여성작가들의 삶과 문학

저자 소개

이 병 순

숙명여자대학교 국어국문학과 졸업.
동대학원에서 문학박사 학위 취득.
숙명여대 한국어문화연구소 책임연구원 역임.
현 숙명여대, 한국산업기술대 강사.

여성작가들의 삶과 문학

초판 인쇄 2012년 12월 24일
초판 발행 2012년 12월 31일

지은이 이병순
펴낸이 이대현
편 집 이소희
펴낸곳 도서출판 역락
　　　　서울 서초구 반포4동 577-25 문창빌딩 2층
　　　　전화 02-3409-2058(영업부), 2060(편집부)
　　　　팩시밀리 02-3409-2059
　　　　이메일 youkrack@hanmail.net
　　　　등록 1999년 4월 19일 제303-2002-000014호

ISBN 978-89-5556-027-5 93810
정 가 17,000원

＊잘못된 책은 교환해 드립니다.

여성작가들의 삶과 문학

이 병 순

역락

책머리에

이 책은 그동안 내가 쓴 글 중 여성문학에 관련된 10편을 따로 골라 모은 것들이다. 박화성, 최정희, 모윤숙, 지하련, 김말봉, 이정호, 서영은, 오정희 등 일제강점기부터 1980년대까지 대표적인 여성작가의 작품들이 주된 연구대상이었다.

Ⅰ장 '해방과 전쟁의 기억'은 해방과 전쟁기 최정희, 모윤숙, 김말봉의 작품들과 그들의 행적을 추적한 논문들이다. 한국현대사 중 격동의 시기였던 해방과 전쟁을 여성문인들은 어떻게 바라보고 대처해 나갔는지, 상황 인식에 따른 각자의 소설적 대응을 살펴보았다.

「현실추수와 낭만적 서정의 세계-해방기 최정희 소설 연구」는 그동안 본격적으로 연구되지 않았던 해방기 최정희의 소설세계를, 1949년에 간행된 창작집 『풍류잡히는 마을』(아문각)을 중심으로 살펴보았다. 그 결과 최정희의 해방기 소설은 강한 현실추수적 경향을 보이는 소설과 자유분방한 낭만적 서정의 세계를 다룬 소설 등 두 방향에서 창작하였다는 사실을 확인할 수 있었다. 「최정희 소설에 나타난 전쟁의 의미」는 최정희가 해방 이후 발표한 「탄금의 서」를 비롯한 자전소설류와 「녹색의 문」, 「끝없는 낭만」, 「인간사」 등의 장편을 연구대상으로 삼았다. 이 시기 그의 소설은 해방기 생존의 논리로 선택한 반공이념이 한국전쟁을 거치면서 어떻게 자신의 소설적 기반으로 자리잡게 되는가를 보여준다는 점에서 주목할 만하다. 최정희의 전쟁기 소설은 자전소설류와 반공이념을 가시화한 작품들로 구분할 수 있는데, 「탄금의 서」에서 그는 해방과 전쟁이 자신의 삶을 어떻게 파괴하였는지 낱낱이 기록하고, 그 과정에서 파인과의 생활을 회고·정리하였고, 「끝없는 낭만」과 「녹색의 문」 등의 장편을 통해서는 공산주의 지배와 폭력을 부각시키며 반공이념을 전면화하였다.

「김말봉의 장편소설 연구」는 해방 이후부터 1953년까지 발표한 장편 「화려한 지옥」과 「별들의 고향」을 대상으로 김말봉 소설의 특징을 살펴본 글이다. 김말봉의 전쟁기 장편들은 해방과 전쟁기의 혼란한 남한 현실을 전편에 깔고, 반공이념을 강조한 계몽적 대중소설들이다. 이 소설들은 공창폐지운동이라는 정책에 동조하고 반공이라는 국시에 부응하는 선량하고 도덕적인 인물이 결국은 살아남고, 행복을 쟁취한다는 메시지를 담고 있다.

「한국전쟁기 여성문인들의 반공서사 연구」는 모윤숙과 최정희를 중심으로 한국전쟁 초기 인민군 점령 3개월간 서울에 잔류했던 여성문인들이 어떤 곳에서 어떻게 지냈는지를 추적하고, 이들이 겪은 공포와 기아 등의 수난이 이후 그들의 글과 삶에 어떤 영향을 미쳤는지 살펴본 글이다.

Ⅱ장 '시간 속의 기억, 사랑, 죽음'은 1960년대에서 1980년대까지 주로 활동했던 이정호, 서영은, 오정희의 작품을 대상으로 삼았다. 여성으로 살아가면서 직면한 사랑과 죽음의 기억들을 작가 특유의 섬세한 어조와 문체로 형상화한 소설을 통해 그들의 내면풍경을 들여다볼 수 있었다.

「이정호 소설 연구」는 1961년에 등단하여 아직까지 작품을 출간하고 있는 소설가 이정호를 조명한 글이다. 그동안 이정호는 문학사에 등재되지 못한 것은 물론 여성문학 연구자들에게도 전혀 그 존재를 드러내지 못한 작가이다. 그러나 관북의 서정적 자연을 원시적 필치로 담아낸 소설들과 전쟁과 이산의 상흔에 관한 연작 장편 등 그의 소설은 우리 문학의 지평을 확장하는 데 충분히 유의미하다. 이정호 소설은 자신의 고향인 관북과 그곳에서 겪은 해방과 전쟁의 참상들, 그리고 월남 이후의 삶에 대한 이야기로 가득하다. 이 글은 그동안 문학사에서 누락된 작가에 대한 관심을 불러일으켜 여성문학 연구의 영역을 확장하고, 손소희·임옥인 등 월남 여성작가들의 소설적 특성을 함께 연구하는 계기를 마련해 줄 것이다.

「서영은의 <먼그대>론」은 서영은의 대표작 「먼그대」에 관한 연구이다. 서영은이 쓴 일기, 수필, 소설 등을 토대로 그의 창작적 특징을 추출해 본 결과 그녀의 글들은 자서전적 글쓰기로 규정할 수 있었다. 작가의 분신으로 보이는 주인공 '문자'는 사랑과 혈육과 소유를 초극한 경지에서 '生의 중심'을 향해 끊임없이 나아가는 시지프스로 보인다. 뿐만 아니라 초기작부터 2000년 초반에 발표한 작품까지 서영은의 작품에 등장하는 주인공들은 대부분 '문자'의 原型이거나 그 後身이었음을 확인할 수 있었다.

오정희의 「동경」을 죽음의식으로 새롭게 고찰한 글이 바로 「죽음의식을 통해 <동경> 다시 읽기」이다. 「동경」은 오정희의 초기소설에서 보이던 고립된 인물의 파괴 충동에서 벗어나 일상의 무의미함과 죽음에 대한 진지한 성찰을 담고 있다. 즉 이 소설은 죽음을 강하게 의식하고 있는 평범한 노부부의 일상을 현미경으로 들여다보듯 세밀하게 그려내며, 소멸해 가는 모든 것에 대한 안타까운 정조를 그려내고 있는 것이다. 특히 한정된 시간과 공간, 제한된 등장인물로 말미암아 이러한 작업은 상당히 담담하고 밀도있게 진행된다.

Ⅲ장 '상실과 저항'은 해방 전 박화성, 최정희, 지하련 소설의 연구 논문들을 한데 모은 것이다. 남성적 필치로 강한 인상을 남긴 박화성의 소

설들과 모성으로 위장한 채 여성성을 내세운 최정희의 해방 전 작품들은 두고두고 재고해 볼만한 작품들이었고, 지하련의 작품 역시 그가 더 이상 임화의 아내가 아닌 '소설가'임을 분명하게 보여주었다.

박화성의 해방 전 소설을 구조주의 관점에서 분석한 「박화성 소설 연구」는, 박화성의 소설은 원론적으로 볼 때 문학의 심미적 기능보다는 시대적 현실이 요청하는 공리주의적 기능을 중시하고 있으며, 이는 주로 등장인물의 설교적 발언을 통해 노출됨을 확인할 수 있었다. 「최정희 소설에 나타난 '모성' 연구」는 1930년대 후반 최정희의 소설을 '모성'이라는 틀로 검토한 결과 최정희 소설의 표면적 주제는 모성성의 강조이지만, 그 배면에 존재하는 잠재적인 목소리는 사회적으로 용납되기 어려워 가식이나 위장이 필요한 '어떤 것'으로 볼 수 있다. 그것은 모성이데올로기에 의해 억눌리고 고통받아 흔들리는, 혹은 모성만으로는 충족되지 않는 여성의 개별적·주체적인 욕망인 것이다. 「지하련 소설 연구」는 지하련의 소설을 해방을 기점으로 나누고, 이를 등장인물의 정체성 유무에 초점을 맞춰 살펴 본 논문이다. 그의 소설에서 정체성은 자신의 삶을 규정하고 나아갈 방향을 결정하는 중요한 요인으로, 인물의 성격뿐만 아니라 주제와도 밀접한 상관성을 갖는다.

딱히 여성문학만을 연구하겠다고 작정한 것은 아니었는데, 이렇게 모아 놓고 보니 그동안 여성문학에 대한 나의 관심이 상당했음을 새삼 깨닫는다. 나 역시 한 여성으로서 시대의 굴곡을 온몸으로 헤쳐나가며 창작에 열중했던 여성작가들의 노고에 다시한번 감사와 존경을 보낸다. 앞으로도 나의 여성문학 연구는 계속될 것이다.

이제 이 책이 나오기까지 내 곁에 있어준 고마운 분들을 호명해야 할 때다. 우선, 자꾸 외곬으로만 빠지려는 나를 가까이에서 지켜보고 격려해 주신 숙명여대 구명숙 선생님과 최시한 선생님께 감사의 인사를 전

해 주신 숙명여대 구명숙 선생님과 최시한 선생님께 감사의 인사를 전한다. 모난 성품 탓에 인사조차 제대로 못하고 살아 왔지만 당신들이 있어 항상 등 뒤가 든든했음을 고백한다.

또 무뚝뚝한 딸의 무심함을 수십 년이나 감내해 오신 부모님과 친구 같은 언니와 동생, 남편과 아들, 그들과 '가족'이란 이름으로 함께 살아온 시간들이 내내 행복했다.

마지막으로 책 출판을 허락해 주신 역락출판사 이대현 사장님과 편집과 교정보느라 애써 주신 이소희 씨께도 고마움을 전한다.

2012년 12월
이 병 순

차 례

I

해방과 전쟁의 기억

현실추수와 낭만적 서정의 세계

_해방기 최정희 소설 연구

1. 해방과 덕소

　최정희는 「지맥」, 「인맥」, 「천맥」 등의 3부작과 장편 『인간사』를 통해 우리에게 잘 알려진 소설가다. 그는 일제강점기부터 거의 반세기 동안이나 꾸준히 작품활동을 해온 대표적인 여성문인으로 소설만 70여 편이 넘게 발표했다. 소위 '여류 2기생'으로 일컫는 문인들 중에서는 가장 장수했을 뿐 아니라, 가장 대중적인 입지를 확보한 문인이다.

　최정희의 소설세계는 크게 세 시기로 나누어 볼 수 있다. 첫째 시기는 일제강점기로, '삼맥'을 대표로 한 일련의 소설들이 이에 속한다. 이 시기는 다시 두 개의 기간으로 나누어 볼 수 있다. 30년대 초 동반자 혹은 경향작가라는 평가를 들을 만큼 경향적인 습작들을 발표한 시기와, 1930년대 후반 여성의 삶의 현실을 다룬 「정적기」, 「곡상」, 「지맥」, 「인맥」, 「천맥」 등의 시기가 그것이다. 둘째 시기는 해방기[1])이다. 이때 발표된 소설들은 초기 습작들과 유사한 경향을 보이는데, 해방현실에 대한 주시와 그에 대한 보고적 서술이 눈에 띈다. 마지막 세 번째 시기는 한국전쟁 이후인데, 「탄금의 서」, 「찬란한 대낮」, 「인간사」 등 여성의 운명과 삶의 신산함을 다룬 중장편들이 여기에 속한다.

그런데 그동안 최정희에 대한 연구는 해방 전 대표작들을 중심으로 하거나, 전후 대표적인 장편인 『인간사』에 치중되어 왔다. 또 해방기를 다룬다 해도 단편 「풍류잡히는 마을」을 중심으로 연구가 진행되었기 때문에 이 시기 최정희의 작품 전체를 조망하기는 어려웠다. 따라서 이 글에서는 해방기에 간행된 창작집 『풍류잡히는 마을』(아문각, 1949)[2]에 실린 작품들을 중심으로 해방기 최정희 소설세계의 전모를 살펴보려 한다.

> 해방이 되었다고는 하나 농민들에게 아직도 사슬은 대인 채로, 굶주리고 헐벗고 하는 참상을 그대로 보고 있을 수가 없어서 쓴 것이다. 내가 여기 와서 그들과 한가지로 살고 있으면서, 내 눈앞에 쓰럿한 비참한 사실을 목도하면서, 그것들을 보아가는 사이에 내 피가 뛰고 내 붓대가 가만 있으려 들지 않는 것을 내가 어떻게 적지 않고 있을 것이냐 말이다.[3]

위의 인용과 같이 해방기 최정희 소설은 작가가 대부분 '덕소'에 살면서 그곳에서 보고 느낀 것을 소재로 하여 쓴 것들이다. 구체적 경험을 중시하는 작가의 창작태도에 따라 덕소에서의 7년간은 그의 해방기 소설 대부분에 고스란히 반영되어 있다.

최정희 소설의 핵심은 작가를 둘러싼 사회적 현실의 변화에 민감하게 반응하는 한편 '경험적 서사'를 구현한다는 데 있다. 즉 최정희의 초기

---

1) 이 글에서 '해방기'란 1945년 8월 15일부터 1950년 6월 25일까지의 기간을 가리킨다.
2) 이 작품집에는 모두 11편의 작품이 수록되었다. 이중 해방 전의 작품인 「홍가」는 제외하고, 대신 작품집 발간 이후에 발표된 「비탈길」, 「봄」, 「선을 보고」를 추가하여 논의하려 한다.
3) 최정희, 「나의 문학생활 자서」, 『백민』, 1948.3, 47쪽.

습작에 나타난 경향성은 1930년대 초가 카프의 전성시대였다는 점을 감안해야 이해할 수 있고, 1930년대 후반부터 1940년대 초까지의 '모성'에의 관심은 김유영과의 결별, 그리고 파인과의 만남 속에서 겪는 일련의 자전적 내용들과 합치된다. 이어 해방기에 이르자 작가는 시대이념의 변화의 방향에 따라 촉수를 내민다. 즉 좌익 이념이 주도권을 잡았던 1947년 중반 전후의 작품에서는 토지 추수의 삼분병작제를 중심으로 지주와 소작인의 악화된 관계(「봉수와 그 가족」, 「풍류잡히는 마을」, 「점례」, 「우물치는 풍경」)를 그려냈는가 하면, 그 이후 좌익이념이 퇴조하고 우익 이념이 자리잡게 되는 1948년부터는 낭만적 서정의 세계(「꽃피는 계절」, 「수탉」, 「베갯모」, 「봄」, 「바람처럼」, 「선을 보고」)로 안착하게 되는 것이다.

이러한 논리 위에서 이 글은 최정희의 해방기 소설을 두 부류로 나눈 뒤, 각 경향에 대해 면밀히 고찰해 보고자 한다. 즉 현실추수적 경향을 나타내는 작품들의 자기복제 경향과, 낭만적 서정의 세계를 드러내는 작품들이 그것이다.

2. 현실추수적 경향

해방기 최정희 작품 중 현실추수적 경향을 보이는 작품으로 「봉수와 그 가족」, 「풍류잡히는 마을」, 「점례」, 「우물치는 풍경」, 「청량리역 근처」 등을 들 수 있다. 앞의 네 편이 해방기 농촌 풍경의 사실적 보고라면, 뒤의 「청량리역 근처」[4]는 해방기 도시현실의 스케치다. 이들 작품은 대개 1947년을 전후해서 발표되었는데, 공통적인 화두는 '해방'과 '무질서'이

---

4) 「청량리역 근처」 역시 장소만 '청량리'라는 도시로 옮겨졌을 뿐, 무질서한 세태와 그 속에서 살아가는 가난한 이들에 대한 작가의 연민어린 시선은 그대로 이어진다.

다. 이 장에서는 농촌 현실을 다룬 앞의 네 편만을 논의의 대상으로 삼는다.

이 작품들에서 최정희는 지주와 소작인과의 관계를 통해서 농촌사회의 제도적 모순을 드러내고 지주의 착취와 횡포 때문에 억울한 희생을 감수해야 하는 소작인들의 참상을 사실적인 수법으로 다룬다. 그러나 이러한 시도는 '무슨 계급의식의 고취라든가, 특정 계급에 대한 적대감을 야기시킨다든가 하는 목적성과는 무관한, 헐벗고 굶주리는 이웃에의 연민이며, 횡포 앞에 무력한 약자에의 옹호'[5]에서 발로된 것으로 보아야 할 것이다.

「봉수와 그 가족」, 「풍류잡히는 마을」, 「점례」, 「우물치는 풍경」 등 네 편은 해방 직후 '덕소'라는 동일한 공간을 배경으로 하여 약간의 에피스드만 달라질 뿐 시점이나 인물 설정, 스토리 전개과정, 결말 등이 유사한 자기복제 소설들이다.[6] 이 소설들은 모두 토지 추수의 삼분병작제[7]를 둘러싼 지주와 소작인과의 갈등을 다루고 있다는 데서 공통적이

---

5) 이미리, 「최정희론」, 숙대 석사논문 1980, 32쪽.

6) 이는 해방 전 소설도 마찬가지다. 「지맥」의 '은영'과 '부용', 「천맥」의 '연이'는 '남의 등록없는 아내요, 어머니'라는 데서 공통적일 뿐 아니라 모성과 여성성 사이에서 끊임없이 갈등하는 존재라는 점에서도 동일하다. 또 이들의 정신적 후원자이자 사랑의 대상이 되는 남자들의 경우도 마찬가지다. 즉 「지맥」의 '이상훈'과 「천맥」의 '김성우', 「인맥」의 '허윤'은 생김새부터 목소리와 취향까지 똑같이 복제된 채 신격화된 존재로 그려져 있다.

7) 토지추수의 삼분병작제, 즉 3·1제는 미군정이 실시한 농업정책의 일환으로 선포되었는데, 1945년 10월 5일 발표된 법령 제 9호 「3·1제 소작료 실시 및 소작조건의 개선건」에 의해서이다. 그 법령은 다음과 같다. '어떠한 소작인이 어떠한 사람에게 지불하는 현물, 현금 혹은 어떠한 지불 가능한 형태이든간에 그 최고 지불한도는 이제부터 어떠한 소작인에 의해서 경작되고 그후에 누구에 의해 수확되었든간에 경작된 곡물, 농산품 및 과일의 3분의 1을 초과해서는 안된다.' 그러나 미군정에 의해 공표된 3·1제는 '본질적으로 식민지적 지주제의 현상유지라는 미군정의 공식입장을 표명한 것'에 다름아니었고, '좌익주도의 변혁운동의 급속한 진전 가능성에 대한 임시대응조치, 즉 농민운동의 개량화를 목적한 정책'이었다고 비판받는다. 박혜숙, 「미군정기 농민운동과 전농의 운동노선」, 『해방전후사의 인식 3』(한길사, 1987), 373쪽.

다. 또 대부분의 스토리가, 관찰자의 입장을 견지한 작중화자가 전해들은 '소문'으로만 전개될 뿐더러, 그 소문에 주석을 다는 화자의 변사적 사설도 동일하게 반복된다. 뿐만 아니라 지주에 대한 작중화자의 울분과 증오가 밖으로 드러나지 못하고 머릿속이나 입안에서만 맴돌 뿐, 그것이 실천적 행동과 괴리를 빚는다는 것 또한 유사하다.

이들 소설의 자기복제현상은 특히 인물 설정에서 두드러진다. 「봉수와 그 가족」에서의 봉수 외가의 지주는 「풍류잡히는 마을」의 '서홍수', 「점례」의 '허승구', 「우물치는 풍경」의 '최주사'와 거의 동일한 인물로 보인다. 즉 이들 모두 대단한 부호이자 지주라는 점, 해방 전이나 후나 별반 다를 바 없이 소작인에 대한 가혹한 착취를 행하고 있다는 점, 친일파였다가 재빨리 친미로 돌아서는 등 정경유착의 장본인이라는 점이 그 이유이다.

또 작품의 서두에 이미 일어난 사건의 결말을 제시해 놓고 이후 하나하나 풀어가는 스토리 전개방법도 똑같다. 「봉수와 그 가족」의 '지게 장례식', 「풍류잡히는 마을」의 '서홍수의 회갑잔치', 그리고 「점례」의 '죽엄자리걷이'와 「우물치는 풍경」의 '우물고사'가 그것이다. 작품의 배경으로 등장하는 '정자나무'에 대한 장황한 설명과 그곳에서 마을 사람들이 국사를 논하는 장면도 매 작품마다 보여 시공간적 배경이 동일하다는 것을 증명해 준다. 또 현재는 암담하나 낙관적인 미래를 기대한다는 결말 역시 유사하다.

이같이 자기복제된 네 편의 소설의 원형이 된 작품이 바로 「풍류잡히는 마을」이다. 집필시기[8]로 볼 때 「봉수와 그 가족」이 제일 앞서지만,

---

8) 1949년에 간행된 작품집 『풍류잡히는 마을』에는 작품의 말미에 집필시기로 보이는 년월을 부기해 놓았다. 「봉수와 그 가족」은 1946년 8월, 「풍류잡히는 마을」은 1946년 9월, 「점례」는 1947년 4월, 그리고 「우물치는 풍경」은 1947년 7월이다.

「봉수와 그 가족」은 사실 소설 집필을 위한 창작노트 수준9)에 가까운 것이기에 「풍류잡히는 마을」을 원형으로 보는 것이 타당할 것이다.

「풍류잡히는 마을」은 토지에 긴박된 농민들의 봉건유제를 다룬 소설로, 토지개혁과 이를 둘러싼 지주와 소작인의 서로 다른 체감온도를 적나라하게 드러낸 소설이다.

이 작품에서 주목할 인물은 지주 서홍수와 목수인 창선 영감이다. 「봉수와 그 가족」에 등장하는 지주가 경제외적 강제까지 요구하는 악덕지주임에도 불구하고 그 존재가 명료치 않았음에 비해, 서홍수의 경우 분명한 얼굴과 목소리를 갖고 등장한다는 데서 좀더 설득력 있는 인물로 그려진다. 그는 돈과 권세를 두루 지닌 대단한 세력가로, 소작인들을 못 살게 구는 전형적인 친일지주다. 이 마을에서 몇 집을 제외하고는 모두 서홍수의 작인으로 살아가는 탓에 그는 '이 부락에서 왕노릇'을 하고 있다. 이러한 서홍수의 설정은 이후 작품들에도 동일하게 복제되어 전형적인 지주의 원형 역할을 한다. 「우물치는 풍경」의 '최주사' 역시 그 마을 사람들 몇을 제외하고는 모두 그의 땅을 경작해 먹고 살며, 「점례」의 '허승구'도 '일읍이 떠드는 부호'일뿐만 아니라 '서울 장안에까지 소문 난 부자'로 서술되고 있기 때문이다.

서홍수의 권력은 재물과 정치의 유착에서 비롯된다. 일제하 총독부의 관리로 있던 아들은 해방 이후 미군정의 군정청 관리로 자리를 옮겨 앉

---

9) 「봉수와 그 가족」은 '봉수'라는 한 아이의 가족적 비극을 다룬 것으로, 토지병작제 실시 이후 가족의 와해를 그리고 있다. 징용갔다 돌아온 봉수 아버지는 염병으로 죽고, 그의 주검은 지게에 실려 나간다. 아버지가 죽은 지 일곱 달만에 어머니마저 소작권을 다시 받는 조건으로 지주에게 팔려간다. 게다가 여섯 살난 봉수마저도 영양실조로 앓게 되자, 봉수가 애지중지 키우던 개를 잡게 된다. 이 작품은 가난이 한 가족에게 미칠 수 있는 폭력적인 결과에 대해 보고하고 있다. 그러나 작품 전체의 구성이 산만하고 스토리가 정리되지 않아 매우 난삽하다. 다만 여기서 잠깐 토지병작제와 악덕지주, 그리고 극한의 가난이 언급된 것으로 보아 이후 구체화될 세 작품의 밑그림 정도의 역할을 하고 있다고 본다.

게 되고, 이 과정에서 잠시 치안유지회에 쌀 열가마니를 기부하는 등 기회주의적으로 처신했던 서홍수는 다시 '그들의 일이란 안 되는 것이 없'(14쪽)을 정도로 강력한 기득권을 회복한다.

> 해방 직후 일본 순사가 쫓겨가고 면직원이 마저대고 할 쩍엔 작인들한 테나 또 마을 사람들에게 어지간 하드니만 그의 아들이 다시 총독부 자리에 앉아 있는 군정청 관리로 들어가면서는 또한 서슬이 퍼러한 것이었다.(31쪽)

이는 해방 이후 친일인사의 응징이 제대로 되지 않았음과, 친일파와 미군정과의 결탁이 빠르게 진행되었음을 시사해 준다. 이들은 토지개혁의 실시가 기정사실화되자 이에 반발, 토지개혁문제가 입법화되지 않도록 지연시키는가 하면, 자신의 토지를 소작인들에게 강매10)하기에 이른다. 이러한 행위로 토지개혁 자체를 허구화시킨다는 것이 그들의 의도였다.

> 토지개혁이니 뭐니뭐니 하지만 세상은 아직도 소란할 뿐 우리 정부가 설 날도 막연한데 토지개혁이란 그리 쉽게 올 리 없을 게라고 지주들은 이렇게 생각하고 그래도 어쩔 줄 아나 하는 마음에서 파는 땅이라 상답을 막우 내여 놓지는 않았다. (중략) 서홍수를 찾아가서 애원하는 자도 있으며 엿이나 닭이나 계란이나 또 그 외의 다른 것들을 선물하는 자도 있었다. 자기의 원이 이루워 안 저서 서홍수에게 생전 처음으로 삿대질을 하며 괄세하는 자도 있었고 왼 집안 권속을 몰아가지고 그 마당에 가서 초상난 모양으로 손뼉을 치며 딩굴며 죽여달라고 아우성치는 패도 있었다. (32-34쪽)

지주는 지주대로 자기 잇속 차리기에 급급하고, 소작인은 소작인대로

---

10) 유인호, 「해방후 농지개혁의 전개과정과 성격」, 『해방전후사의 인식』(한길사, 1979), 390-399쪽.

소작권을 떼이지 않으려고 동분서주하는, 그러면서도 그들은 여전히 주인과 노예의 관계를 벗어나지 못하는 모호한 처지에 놓이게 된다. 그러나 무엇보다 이들을 가장 고통스럽게 만든 것은 토지개혁을 제대로, 제때에 실시하지 않은 것이다. 당시 미군정의 토지정책이 기본적으로 '반(半)봉건적 지주제의 본질을 잔존시키면서 점령정책의 협력계층으로서 지주세력을 지지 보호하는 측면을 내포'11)하고 있었기 때문에 사실상 농민들이 원하는 토지개혁이란 불가능한 것이었다. 결국 농민들을 위해 실시한다는 토지 추수의 삼분병작제가 그 명분과는 달리 지주들의 교활함과 미군정측의 기만, 그리고 농민들의 무지로 인해 오히려 부작용을 빚게 되는 과정을 이 작품은 고스란히 조명해 내고 있다.

　서홍수와 함께 주목해야 하는 인물로 창선영감을 들 수 있다. 서홍수의 작인인 그는 봉건의식에 긴박된 우매하고 무지한 농민의 전형으로 등장한다. 해방이 되어도, 토지개혁을 실시한다 해도 여전히 그가 경제적, 신분적 예속관계를 청산하지 못하는 것은 '조상 대대로 종노릇만 해'(22쪽)온 탓이다. 창선영감은 이후 「점례」의 점례 부모와 「우물치는 풍경」의 학수어머니로 복제된다.

> 　나무의 연륜처럼 어김없이 살어오는 그 사이에 그들은 그렇게 되어버렸던 것이다. 그렇기에 그들의 얼굴은 모다들 비슷비슷한 것이었다. 조서방 얼굴이나 안서방 얼굴이나 어떻게 보면 똑같은 것같기도 했다.(중략) 그들은 같은 운명에서 같은 '멍에'를 지고 살아왔기 때문인 것이 아니겠느냐.(「풍류잡히는 마을」 23쪽)
> 　그들은 어느 때부터 이렇게 된 것인지 알지 못하였다. 거저 할아버지가 그러는 것을 보고 아버지가 그러고 아버지가 그러는 것을 보고 아들이 배우고 이렇게 대대로 내려와서 그렇게 되었던 것이다.(「점례」 60쪽)

---

11) 황한식, 「미군정하 농업과 토지개혁정책」, 『해방전후사의 인식 2』(한길사, 1985), 287쪽.

이처럼 조상 대대로 뼛속까지 사무친 굴종의 습성은 토지추수의 삼분병작제가 실시된다는 얘기를 듣고도 지주에게 달려가 여전히 예전처럼 소작료를 주겠다고 굽신거리거나, 소작권을 떼이고도 지주의 회갑잔치에 쌀과 돈을 내는 등의 미련한 행동으로 나타난다. 그들은 '잘살구 못사는 게 하늘이 마련하는 일'(42쪽)이라고 생각하기에 감히 지주 탓을 해볼 수도 없는 사람들이다. 그럼에도 불구하고 이런 우매한 농민들의 의식 한 켠에도 '독립이 한번 더 돼야'(34쪽) 한다는 해방무용론이 자리잡게 된다. 아무것도 달라진 것 없는 세상은 '눈물의 바다' 혹은 '한숨의 골짜기'로 표현될 만큼 답답하게 그려지고, 그들에게 진정한 해방이란 토지개혁이 제대로 된 세상에서 배고프지 않게 살아가는 것이기 때문이다.12)

이런 비굴한 지주와의 주종관계는 「점례」의 경우 지주의 딸과 결혼 날짜와 겹친다는 이유로 점례의 결혼을 연기하고, 그것이 결국 딸을 죽음으로 몰고 가게 된 한 원인으로 작용하게 된다. 점례는 사실 14세 소녀로 죽음보다 더 무섭다는 배고픔을 면하기 위해 시집가려던 것이 도리어 삶을 마감하게 되는 불행한 인물이다. 가난 때문에 결혼조차 제대로 하지 못하는 예는 「우물치는 풍경」에도 제시된다. 40호밖에 안 되는 조그만 마을에 처녀총각들이 들끓는 것은 바로 '딸 가진 자는 한 식구라도 줄리고저 치울 데를 물색하지만 아들 가진 자는 당장 급한데 한 식구 더 늘린다는 일이 무섭'(121-122쪽)기 때문이다. 이 「우물치는 풍경」은 신성해야 할 우물고사 날에 제사를 지내기도 전에 빵과 술을 먹는가 하면 그 먹을 것을 갖고 다투고, 곧이어 여자들의 몸싸움이 벌어지는가 하면,

---

12) 이렇게 농민들 삶의 물적 토대인 토지문제를 다룬 해방기의 소설로 강형구의 「목석」, 이근영의 「고구마」, 홍구의 「뒷골방천 사람들」, 안회남의 「농민의 비애」, 채만식의 「논 이야기」 등을 들 수 있다.

암내난 돼지가 탈출하는 사건이 생기는 등 무엇하나 정돈되지 않고 우왕좌왕하는 무질서의 극치를 보여준 작품이다.

이 소설들을 통해 볼 때 가난은 결혼(「점례」, 「우물치는 풍경」)이나 장례(「봉수와 그 가족」, 「점례」) 등 인간 삶을 유지하기 위한 가장 기본적인 대사(大事)조차 제대로 못 치르게 하는 것은 물론, 이웃간의 불신풍조만을 키워 공동체적 질서마저 붕괴시키고 있음을 볼 수 있다.

뿐만 아니라 이들은 각종 속신들에 대한 맹목적인 믿음을 갖고 있다. 즉 한해에 한번씩 고사를 지내야 일년 내내 깨끗한 우물물을 먹을 수 있다는 생각(「우물치는 풍경」)이나, 사람이 죽으면 바로 그날로 무당을 불러 '자리걷이'를 해야 집안의 화를 면할 수 있다는 생각(「점례」), 혹은 염병이 된장국 냄새를 쫓아다닌다는 터무니없는 이야기(「봉수와 그 가족」) 등이 그것이다.

「풍류잡히는 마을」에서 '닭'은 우둔하고 힘없는 목수영감 즉 농민을 상징하고, '족제비'는 그를 괴롭히고 수탈하는 서홍수 즉 가진자를 상징한다고 볼 수 있다. '팔어버리라는 자도 있고 잡아 먹으라고 권하는 자도 있지만 파는 것도 싫고 더구나 어린애처럼 길러낸 그것들에게 잡아먹자고 손을 대는 짓은 할 수가 없'(25쪽)다는 작중화자의 말을 빌려 보면, 작가의 '닭'에 대한 각별한 애정을 확인할 수 있다. 즉 닭으로 상징되는 농민에 대한 연민과 애정이 이 작품의 기조인 셈이다. 그러나 가진자로 상징되는 '족제비'에 대한 작중화자의 증오와 분노에도 불구하고 심정적 차원의 분노만으로는 아무것도 해결될 수 없다.

> 「저걸…… 저걸 어쩌나 저눔의 족제비를…… 저걸 잡기만 했으면 그만 죽여버리겠네……」
> 나는 허둥지둥 족제비의 쏜살같이 내달리는 뒤를 좇으며 이렇게 웨치는 것이나 족제비는 털끝 하나 꽁지 한번 내 몽둥이 끝에 닿이우는 일 없

이 채마밭을 빠져서 옆집 울타리 구멍으로 도망가 버렸다.(7쪽)

그러기에 서홍수를 위시한 친일지주들은 족제비처럼 '털끝 하나 꽁지 한번' 다치는 일 없이 해방 전에도 왕노릇을 하며 군림하고, 해방후에도 미군정의 비호 아래 득세하고 있는 것이다. 조직이나 실천적 행동으로 드러나지 못하고, 또 지주와 마을사람들과의 중개에도 성공하지 못한 작중화자의 입안의 분노는 결국 공허할 뿐이다. 따라서 결말부분 진정한 '풍류 잡히는 마을'을 기대하는 작가의 목소리는 작품 전반에 깔린 철저히 관찰자적인 서술태도로 인해 현실감을 보태지 못한 한계를 지닌다. 뿐만 아니라 아버지와는 달리 진취적인 청년을 내세워 낙관적 전망을 제시하려 한 것 역시 적절하지 못하다. 침묵과 행동으로 자신의 신념을 드러낸 목수 아들은 작품 후반부에 비로소 등장할뿐더러, 그의 존재는 작중화자의 입을 통해서만 설명적으로 서술되고 있기 때문이다. 다시 말하면 행동으로 옮기지 못한 작중화자의 분노를 대신해 줄 인물로 급조된 것이 청년의 실체인 것이다. 그러므로 이 작품이 '감격을 자아내지 못한 실패의 원인은 그것이 상식에의 부연(敷衍)이었다는 것과, 그것을 보는 눈이 한걸음 앞서지 못했다'[13)는 평가는 일면 타당해 보인다. 때문에 이 작품은 당대 농촌 현실에 대한 평면적인 세태 보고에 그치고 만 것이다.[14)

13) 곽종원, 「최정희론」(『문예』 창간호, 1949.8), 167쪽.
14) 이 작품은 발표 당시 평자들에 의해 상반된 평가를 받은 바 있다. 즉 '치밀히 그려진 한 폭의 수채화를 보는 감'이라는 김광주와 '그의 초조하지 않는 인간성에 대한 관조에는 경의를 표할 생각'까지 생겼다는 서정주의 호평이 있었는가 하면, 조연현은 이 소설이 감명을 주지 못하는 원인은 '본능적인 것을 대신한 의식적인 노력과 정열적인 것을 대신한 관념 때문'이라고 밝힌 바 있다.
　　김광주, 「최근의 작단—창작 수편에 관한 만감」, 『경향신문』 1947.10.19.
　　서정주, 「창작계의 측면(下)」, 『경향신문』 1948.1.25.
　　조연현, 「감동의 소재—<풍류잡히는 마을>」(『문예』 창간호, 1949.10), 169쪽.

지금까지 살펴본 바와 같이 「봉수와 그 가족」, 「풍류잡히는 마을」, 「점례」, 「우물치는 풍경」 등은 「풍류잡히는 마을」을 원형으로 한 자기복제 소설들이다. 이 소설들은 특히 토지 추수의 삼분병작제를 중심으로 한 지주와 소작인과의 갈등과 불화를 그리고 있다는 데서 공통적이다. 또 인물 설정의 전형성과 에피소드 풀이 중심의 스토리 전개, 작중화자의 관찰자적 태도, 비장한 분위기를 강조하는 결말 등 복제의 혐의가 짙다.

그렇다면 작가는 왜 이러한 복제소설을 창작했을까. 이는 두 가지로 생각해 볼 수 있다. 첫째, 작가의 내부적 요인이다. 작가는 '내 작품은 대부분 나의 신변 얘기'[15]이며, 자신의 경험을 소설화하는 것이 체질이라고 고백한 바 있다. 해방기에 발표된 작품 역시 예외는 아니다. 이 네 편의 작품은 거의 1년이 채 못되는 시기에 모두 발표되었다. 따라서 비슷한 시기에 작가의 일상 테두리에서 벌어진 사건들 역시 유사할 수밖에 없었다. 게다가 가난과 무질서 역시 일반적인 현상이었고, 그 안에서 살아가는 인물들 역시 특유의 개별성을 간직하지 못한 채 똑같은 운명과 똑같은 얼굴을 하고 살아가고 있었다. 따라서 그들 삶에 대한 꼼꼼한 관찰과 보고가 곧바로 피치 못할 복제로 이어졌을 가능성이 높다.

둘째, 외부적 요인으로 당시 문단의 주도권을 행사하고 있었던 좌익이념의 창작 경향을 들 수 있다. 이때의 작품들은 주로 공장이나 농촌 현실 등 구체적인 현장이 배경으로 제시되고, 그들의 직간접적인 투쟁이 주요 내용을 이룬다. 따라서 이 시기의 소설들은 보고문학적 경향을 강하게 지닌다. 이 네 편의 소설 역시 농촌 현실을 바탕으로 한 보고문학적 경향이 농후한데, 이는 해방 문단의 요구에 대한 작가 나름의 답변이라고 볼 수 있다. 일찍이 1930년대 초 카프가 문단의 핵심으로 군림할

---

15) 최정희, 「나의 인생 나의 문학」, 『월간문학』 1976.9, 18쪽.

때 최정희 소설에 나타난 경향성16)을 미루어 볼 때, 이 시기에도 문단의 지배이념에서 자유로울 수는 없었을 것이다. 허나 그 작품 하나하나에 공을 들여 뼈와 살을 만들어내기엔 시간이 촉박하였을 것이다. 따라서 쉽게 일상에서 채택할 수 있는 비슷비슷한 인물과 소재, 구도를 취할 수밖에 없었고, 그러다 보니 불가피하게 복제라는 형태를 띠게 된 것이다. 결국 이 소설들은 상상을 압도하는 현실의 위력에 굴복하여 그 세태를 고스란히 반영하고 있다. 다시 말해 작가의 일상에 경험적 서사로 개입한 현실의 시공간 — 해방, 덕소 — 을 '자기복제'라는 틀로 포착해 낸 것들이다.

3. 낭만적 서정의 세계

해방기 최정희 소설 중 낭만적 서정의 세계를 그리고 있는 소설로 「꽃피는 계절」, 「수탉」, 「베갯모」, 「바람처럼」, 「봄」, 「선을 보고」 등을 들 수 있다. 이 소설들은 대개 1948년 이후17)에 쓰여진 것으로 해방현실과는 무관한 시공간에서 벌어지는 사랑을 테마로 하고 있다. 이 작품들은

---

16) 이 시기에 발표한 작품 중 경향성이 있는 작품으로는 「정당한 스파이」, 「명일의 식대」, 「젊은 어머니」 등을 들 수 있다.

17) 이중 「베갯모」(1947.11)는 제외된다. 작품들의 발표시기 혹은 집필시기를 보면 다음과 같다. 「수탉」(1948.8), 「바람처럼」(1948.8), 「꽃피는 계절」(1948.9), 「비탈길」(1949. 8-9), 「봄」(1950.1), 「선을 보고」(1950.6). 이밖에 사생아를 홀로 키운 어머니의 신산한 삶을 다룬 「비탈길」(1949.8-9)이 있다. 그러나 이 소설은 미완이라 여기에서는 언급하지 않겠다. 『문예』 1949년 9월에 실린 「비탈길」의 맨마지막에 '次號에 完'(123쪽)이라고 적혀 있고, 같은 잡지에 실린 김동리의 '9월 창작평'에도 최정희의 「비탈길」은 연재중이라 언급하지 않겠다는 것으로 미루어 보아 다음호에 더 연재될 것으로 기대했으나 이후 10, 11, 12월에 실리지 않았다. 이후 1950년 1월에 전혀 다른 작품 「봄」을 게재한 것으로 보아 미완이라고 보아도 무방할 것이다.

좌우익의 지리한 이념대립이 시들해지고, '해방'이라는 것에 대한 강박이 희미해진 시점에서 그가 추구하고 싶은 소설 세계가 무엇인지 들여다 볼 수 있는 하나의 창 역할을 할 것이다.

> 해방 후의 것은 대부분이 내가 '덕소'라는 조그마한 농촌에 7년을 가난하고 우매한 농삿군들과 살아오는 사이에 쓰여진 작품들입니다. 해방 후의 내 작품 세계가 달러졌거니 아시는 분들이 계신 듯하나 소재가 달라졌을 뿐이지 작품 세계는 전이나 후이나 조금도 달르지 않습니다. 꽃과 별과 하늘과 이런 것들이 항상 좋고 아름다울 수 있는 한 나의 작품 세계의 이동이 있을 리 없습니다.[18]

작품집 '뒷말'에 밝힌 대로 작가가 '꽃과 별과 하늘과 이런 것들이 항상 좋고 아름'답다는 것을 한껏 강조한 소설들이 바로 이것들이다. 「꽃피는 계절」과 「봄」에서의 '꽃'과 '달', 「바람처럼」에서의 '하늘', '별'은 그 모티프들이 직접적으로 드러난 작품들이다. 따라서 스토리 위주보다는 그 자체의 표현과 묘사의 아름다움을 느끼는 것이 이 작품들의 올바른 독법일 것이다.

「꽃피는 계절」은 매일 티격태격하던 소년소녀 사이에서 싹트는 사랑을 그렸고, 「베갯모」는 소녀들 사이의 우정을, 「봄」은 거기에서 좀더 나아가 한 여학생의 동성애적 사랑이 이성애적 사랑으로 변모해 가는 과정을 담았다. 이 소설들은 모두 '순수한 소녀와 소년을 주인공 또는 부인물로 설정해서 그들의 지순한 의식세계를 통해 선과 미의 세계를 구현'[19]하는 '로망스적 특성'이 나타난다. 이 작품들에서 '꽃'은 작품 전체의 분위기를 형성할 뿐 아니라 등장인물의 미묘한 심리변화를 드러내

---

18) 최정희, 「뒷말 몇 마디」, 『풍류잡히는 마을』(아문각, 1949), 221쪽.
19) 전혜자, 「母權에의 유토피아 지향」, 『김동인과 오스커리즘』(국학자료원, 2003), 113쪽.

주는 매개 역할을 하고 있다는 데서 주목할 만하다. '꽃'과 '달', 그리고 '여학생'과 '병'이라는 소재들은 '봄'이라는 계절과 조화를 이루면서 서정성을 발휘한다.

> 「심미야아!」
> 불르는 소리에 정신을 차렸을 땐 자기 손에 부비운 꽃송이가 앞에 모로 옥한데 낙화가 함박눈 퍼붓듯 막우 쏟아지는 하얀 속을 차순(次順)이가 그 낙화와 같이 하얀 유니폼을 입고 걸어오고 있었다. 나플나플 또렷한 선을 휘날렸다. 볕에 끄으려 보기좋게 감으스레한 얼굴, 오뚝한 코, 진한 눈썹 아래 꼭 백인 깜앟고 빛나는 눈, 모두 낙화 속에 한층 빛나기만 했다.[20]

'모로옥한데', '나플나플' 등의 표현이 눈처럼 퍼붓는 낙화 속이라는 장면 설정과 함께 꿈속 같은 이미지를 제공해 준다. 그로 인해 '차순'의 이미지는 원래의 것보다 한층 아름답게 과장되어 보인다. 이는 「꽃피는 계절」에서 순이와 장수의 집 울을 사이에 두고 교차하며 피어난 하얗고 파란 강낭콩 꽃의 묘사와 함께 낭만적 서정의 세계를 구현하고 있다. 이러한 시적인 묘사는 심리묘사에서도 그 빛을 발하는데, 다음은 순이가 바자울 앞 강낭콩 꽃을 사이에 두고 장수를 만나 뜻밖의 애정어린 이야기를 듣고난 후의 상황이다.

> 순이의 소리는 금새 딴 사람처럼 달라졌다. 장수를 쏘아내다 보든 곳은 눈ㅅ길도 사르지 풀려서 해면같이 부드러워졌다.
> 「안 그럴게. 독개비 바늘이 붓틈 내 뽑아 줄게.」
> 그렇게 성히 울든 씨르램이가 수통 물을 꽉 잠근 뒤같이 순이네 마당에도 장수네 마당에도 딱 끊이고 천지는 잠자리 날개 펴는 소리까지 들릴 만했다. 순이는 코ㅅ마루가 짜릿해지며 눈물이 날려고 했다. 눈물은 씨르

---

20) 최정희, 「봄」, 『문예』 1950.1, 109쪽.

램이가 끊인 때문만이 아니었다.(165쪽)

작가는 등단 초기에 그의 작품에 나타난 남성적 패기[21]가 걱정된다거나, 기사 보고서[22] 같다는 평을 들은 바 있다. 또 해방전 소설이 모성과 여성 사이의 갈등을 다루면서도 '여성적 글쓰기와는 거리가 있는 작가'[23]라는 평을 듣기도 했다. 그러나 늘 친구처럼 다투고 놀던 소년에게서 이성을 발견한 순간의 상황 묘사는 숨막히게 정치하고 아름답다. 부드러움과 섬세함, 아름다움 등이 여성적 이미지라면, 가히 이러한 묘사에 '여성적 어조' 혹은 '여성적인 표현'이라는 이름을 붙일 수 있을 것이다.

이같이 남녀간의 사랑에 대한 작가의 관심은 앞서 발표된 「우물치는 풍경」의 말미에서도 제시된 바 있다. '총각 축들은 도야지 몰이에 눈을 팔면서도 색시들 보는 일을 잊어 버리지 않는구만요. 오히려 더 극성스럽게구는 것 같구만요'(138쪽)라는 언급을 통해 모든 것이 제자리에 있지 못하고 이리저리 횡행하는 무질서의 공간 속에서도 남녀간의 사랑은 영원하고, 이것이야말로 최정희가 그의 소설을 통해 추구하려던 일관된 테마가 아니었나 싶다.

앞의 세 작품이 주로 십대의 순수한 서정의 세계를 다루고 있다면, 「바람처럼」과 「선을 보고」는 성숙한 여성 혹은 어머니를 주인공으로 삼고 있다. 「바람처럼」은 아이들 옷을 만들다 말고 뛰쳐나가 긴 산책을 하는 어머니의 짧은 외출을 다루었고, 「선을 보고」 역시 양쪽 어머니들의 불화에도 불구하고 사랑을 키우는 두 남녀의 사랑을 다루고 있다. 이 두 소설은 특별할 것 없는 소재를 짧은 콩트 형식으로 엮었다는 데 공통점

<hr>

21) 김기림, 「여류문인」, 『신가정』, 1934.2, 37쪽.
22) 이무영, 「여류작가개평」, 『신가정』 1934.2, 53쪽.
23) 이호숙, 「결백한 도전과 수용—최정희론」, 『페미니즘과 소설비평 : 근대편』(한길사, 1995), 340쪽.

이 있다. 그러나 이들 소설에서는 배경과 인물의 심리 묘사가 매우 섬세하고 시적이어서 단연 돋보인다.

> 모르는 길을 걸어서 어디라 없이 바람처럼 가고 싶었던 것이었다. 걸었다. 자꾸만 걸었다. / 밋밋이 넘어가는 고갯길도 걸었다. 수양이 쭈욱 느러선 ― 길게 빠진 길도 걸었다. 이리 빼뚤 저리 빼뚤 논두럭 길도 걸었다. 요리조리 도라서는 비탈길도 걸었다. 횟천횟천 후려드는 외나무 다리도 건넜다. 구름은 바람부는 쪽으로 여전히 흘러갔다. / 내 머리털은 흩날리고 치마 자락은 바람과 함께 퍼득이었다. / 산도 푸르고 뫼도 푸르고 논도 밭도 푸르고 물과 같이 하늘이 다 함께 푸르러 흡사히 천지는 바다와 같은 것이었다. / 나는 여전히 걸었다. 푸른 천지 속을 헤염치듯 걸어갔다.(82쪽)

갑자기 '하늘이 좋'아서 아무런 정처도 없이 훌쩍 나선 길에 대한 묘사다. 시적인 표현과 짧은 단문 처리, 그리고 잦은 문단 바꿈은 바람을 따라 '바람처럼' 집을 나선 주인공의 부유하는 심사를 드러내는 데에 매우 효과적이다. 또 아이 둘의 어머니로서의 모성보다는 자신의 충동적 욕구를 따르는 '나'의 모습 속에서 모성과 여성성 사이에서 갈등하던 일제강점기 최정희 소설 속 주인공 '연이'와 '선영'과의 연계점을 찾을 수 있다. 뿐만 아니라 '나'는 이후 「여자의 풍경」의 '수정여사'나, 「인간사」의 '마채희'로 연계되어 여성 캐릭터의 일관성을 갖게 하는 가교역할을 한다.

한편 「수탉」은 이와는 약간 다른 위치에 서 있는 작품이다. 여기에선 낡고 노쇠한 것, 소멸해 가는 것의 아쉬움과 서러움을 새롭게 부상하는 강건한 젊음과 비교하여 풀어낸다. 흥미로운 것은 이 대립적 구도의 소재로 사용된 것이 '닭'이라는 점이다. 「풍류잡히는 마을」에서의 '닭'이 족제비에게 수난당하는 무기력한 농민의 상징 기제로 쓰였고, 「점례」의 '닭'이 혼수밑천이자 억울한 죽음을 맞게 되는 점례의 혼으로 존재했다면, 여기에서의 '닭'의 세계는 물리적 힘의 서열이 존재하는 본능적인 원시적 생명력으로 상징된다.

나이 예순에 스물여덟살의 아내를 데리고 사는 윤한승의 젊음에의 질투와 욕구는 남다르다. 그 질투로 인해 바로 옆집에 사는 사내 이봉의 '그 건장한 젊음이 자기의 척수를 눌르는 것'(181쪽) 같고, 자기네 암탉을 데리고 가는 이봉네 수탉이 자기를 조롱하는 것 같아 핏대를 올리는가 하면, 끝내는 '하루 낮이나 밤 사이로 부쩍부쩍 자라가는 푸성귀들이 자기의 기를 딱 막히게 해주는 것'(184쪽) 같다고 생각하기에 이른다. 결국 인간의 원초적 본능인 생명에의 욕구가 젊은이는 물론 동물이나 식물 등으로까지 이어져 거의 병적 집착에 이르는 과정을 그린 작품이다.

특히 '꿈' 모티프는 윤한승의 불안한 평소 심리를 그대로 드러내 주는 역할을 하고 있다. 최정희의 소설에서 '꿈'은 등장인물의 심리나 상황에 대한 예고 혹은 징조로 자주 쓰인다. 「흉가」에서부터 시작하여 「산제」, 「봉황녀」, 「베갯모」, 「귀뚜라미」와 「바람 속에서」 등에서 '꿈' 모티프가 원용된 바 있다. 특히 「산제」와 「바람 속에서」는 「수탉」과 마찬가지로 작품의 서두를 '꿈'으로 시작하며 주위를 환기하고 있다는 데에 공통점이 있다.

결국 이 장에서 살펴본 작품들은 소년소녀의 순수한 사랑을 그리거나, '하늘'과 '바람'에 흔들리는 소녀같은 어머니의 부유하는 심사를 다루고 있다. 또 젊음을 탐하는 늙은이의 집착을 통해 인간의 원초적 본능의 세계를 그린다. 이 작품들은 모두 '꽃'과 '바람'과 '달', '푸성귀', '꿈'이라는 소재를 바탕으로 낭만적 서정 세계를 구현하고 있다는 데서 공통적이다. 이 작품들 속에서 해방현실은 실종되고 오직 추상적 무시간성의 세계만이 존재한다.

4. 경험적 서사

해방기는 기대와 좌절이 혼재된 시기였다. 최정희의 해방기 소설 역시 이 기대와 좌절의 여정을 그대로 보여준다. 이 글에서는 최정희의 해방기 소설을 자기 복제와 낭만적 서정의 세계로 나누어 살펴보았다. 즉 1947년 중반을 기점으로 하여 앞 시기에는 주로 현실을 관찰, 보고하는 작품들을 자기복제라는 틀로 재생산했고, 그 이후에는 순수와 서정의 낭만적 세계로 안착하게 된다.

작가는 '해방'과 '덕소'라는 시공간적 좌표 위에서 자신의 일상에 파고든 해방의 의미를 주시하였고, 그와 같은 관심은 못가진자들에 대한 연민과 동정으로 구체화되었다. 「봉수와 그 가족」, 「풍류잡히는 마을」, 「점례」, 「우물치는 풍경」 등이 그 결과이다. 이 작품들은 동일한 공간을 배경으로 하여 약간의 에피스드만 달라질 뿐 시점이나 인물 설정, 스토리 전개과정, 결말 등이 유사한 자기복제 소설들이다. 이 소설들은 작가의 초창기 습작들과 어느 정도 연계성을 지닌다. 즉 현실 혹은 문단의 지배이념에 대한 추수가 그것이다.

그러나 1948년에 접어들어 '해방'과 '덕소'의 좌표가 더 이상 의미를 지니지 못하는 자리에서 작가는 이내 자신이 추구하고자 하는 온전한 소설적 욕망에 충실한다. 즉 현실적인 공간 개념이 무의미하고, 구체적인 시간도 실종된 낭만의 세계가 그것이다. 「꽃피는 계절」, 「수탉」, 「베갯모」, 「바람처럼」, 「봄」, 「선을 보고」 등이 그 세계에 속한다. 이 소설에 나타난 인물들은 해방 전 '삼맥'의 주인공과의 연계는 물론, 「여자의 풍경」, 「인간사」 등 전쟁 이후의 작품들의 주인공과도 연계성을 지녀 최정희 소설의 앞뒤를 잇는 교량 역할을 하고 있다.

결국 해방기의 최정희 소설은 현실의 파장 위에서 그것을 관찰·보고

하는 경향과, 순수와 서정의 세계에 대한 동경을 그린 낭만적 경향으로 양분할 수 있다. 해방현실에 대한 보고적 경향의 작품들이 당위적 차원에서 행해진 복제품들이었다면, 낭만적 서정의 세계를 구현한 뒤의 경향은 온전히 작가의 소설적 욕망의 차원에서 행해졌다고 볼 수 있다. 그러나 이같이 상반되어 보이는 두 영역의 작품들은 사실 한 뿌리에서 생산된 것이다. 즉 자신의 일상에서 출발하고 있다는 사실이 그것이다. 따라서 최정희의 해방기 소설을 가리켜 사회 현실에의 관심이 증폭되었다거나, 일탈된 경향을 보인다고 일컫는 것은 해방기에 발표된 그의 작품 전체의 평가와는 무관하다. 해방기 최정희의 소설에 나타난 사회현실에의 관심은 그것이 작가의 일상에 개입하였기 때문에 가능한 것이기 때문이다. 그러므로 어느 시기든 간에 최정희 소설의 핵심은 자신의 '경험적 서사'이며, 그 안에서 여전히 변하지 않는 인간과 인간 사이의 사랑이나 욕망으로 보아야 할 것이다.

최정희 소설에 나타난 전쟁의 의미

1. 살아남은 여류문단의 현역

일제강점기부터 반세기 동안 꾸준히 작품활동을 해온 최정희는 한국 문학사에서 대표적인 여성문인이다. 그는 해방 전 「삼맥」과 해방기의 「풍류잡히는 마을」, 그리고 전쟁 후 「탄금의 서」, 「녹색의 문」, 「인간사」 등 각 시기별로 대표작들을 발표하며 자신의 입지를 공고히 해왔다. 최정희는 여성문인 2세대로서 살아남은 대표적인 작가일뿐더러 최근에까지 가장 많이 연구되고 있는 작가 중 한 사람이기도 하다.

그의 작품에 대한 기존의 평가는 두 부류로 나누어 볼 수 있다. '경향성'과 '여성성'이 그것인데, 「정당한 스파이」, 「명일의 식대」 등 초기작과 해방기 몇몇 작품을 들어 '경향적인 작품'[1]으로 평가하고, 그 이후 「지맥」, 「인맥」, 「천맥」을 비롯한 1930년대 후반 작품들을 가리켜 '여성성'에 초점을 맞추고 있다고 본다. 최정희 소설의 성격이 어찌 됐든 그의 소설이 여성의 삶과 의식[2]을 여성적 어조로서 형상화하고 있다는 데

---

1) 백철, 「주정과 관념의 문학」, 『신문학사조사』(신구문화사, 1992), 508쪽.

는 공통적이다. 그러나 최근에는 이러한 이분법적인 평가를 지양한 논의가 진행중이다. 최정희의 '여성성의 원리를 가부장제적 사회현실 속에서 작가가 문학적으로 생존하기 위한 전략으로 채택한 창작원리'3)로 파악하는가 하면, '최정희 스타일의 여성성은 세부적으로는 오히려 비여성적임에도 불구하고 전체적으로 여성적인 전달방식과 어조에 의해 야기'4)된다고 분석하기도 한다. 또 표면적으로는 '모성성'이라는 주제를 내세우지만, 그 배면에는 사회적으로 용납되기 어려워 흔적이나 위장이 필요한 여성의 개별적·주체적인 욕망을 중심화두로 삼고 있다5)고 보기도 한다.

최정희의 해방 전 소설에 대한 다양하고도 엇갈리는 평가 속에서 그녀의 해방 이후 소설의 경향은 어떠한가. 해방 이후에도 살아남은 '여류문단의 현역으론 최정희씨 한 사람'6)이라고 지목받은 그녀는 해방기에도 여전히 이러한 이분법적인 틀 속에서 작품활동을 한 바 있다. 즉 1947년 중반을 기점으로 하여 앞 시기에는 주로 사회현실을 관찰, 보고하는 작품들(「봉수와 그 가족」, 「풍류잡히는 마을」, 「점례」, 「우물치는 풍경」)을 자기복제라는 틀로 재생산했고, 그 이후에는 순수와 서정의 낭만적 세계(「꽃피는 계절」, 「수탉」, 「베갯모」, 「바람처럼」, 「봄」, 「선을 보고」)로 안착7)했기 때문이다.

문제는 한국전쟁을 거치면서 그녀의 작품이 어떤 경향으로 변화 발전했는가를 고찰하는 일이다. 이는 「탄금의 서」, 「찬란한 대낮」, 「녹색의

---

2) 홍기삼, 「최정희와 그 문학」, 『신한국문학전집 12』(어문각, 1974), 520쪽. '여자의 슬픔, 여자의 고뇌, 여자이기 때문에 겪지 않을 수 없는 불행, 이런 문제들을 최씨가 놓치지 않고 예각화시켜온 것들이다.'
3) 박정애, 「최정희 소설에 나타난 여성적 글쓰기의 특성 연구」, 『여성문학의 타협과 저항』(강원대 출판부, 2008), 98쪽.
4) 이호숙, 「결백한 도전과 수용」, 『페미니즘과 소설비평 : 근대편』(한길사, 1995), 341쪽.
5) 이병순, 「최정희 소설에 나타난 모성 연구」, 『여성문학연구』 13호(2005.6), 236쪽.
6) 김동리, 「여류작가의 회고와 전망」, 『문화』 1947, 47쪽.
7) 이병순, 「현실추수와 낭만적 서정의 세계—해방기 최정희 소설 연구」, 『현대소설연구』 26호(2005.6), 131-149쪽 참고.

문」, 「끝없는 낭만」, 그리고 「인간사」를 검토해 봄으로써 확인 가능할 것이다. 특히 해방 전과 해방기에는 주로 단편의 틀 속에서 작품활동을 해온 그녀가 한국전쟁 이후부터 장편을 발표하기 시작했다는 점은 의미심장하다. 장편은 단편보다 다층적 구조를 지니고 있어 복잡한 인간 심리나 사회적 현실을 집중적으로 조명할 수 있다는 점에서 인간탐구의 수단으로 많이 활용되어 왔기 때문이다. 이 글에서는 해방과 전쟁이라는 역사적 격동기를 거치면서 작중인물의 삶이 어떻게 형상화되었는지, 그리고 그 과정에서 작가 개인의 일상과 이념은 어떻게 구체화되었는지 그의 1950년대 소설을 중심으로 조명해 보고자 한다. 특히 한국전쟁 이후 살아남은 여류문단의 현역으로 작가적 역량을 과시한 바 있는 최정희의 소설적 혹은 이념적 기반은 과연 무엇인지 분석해 보고자 한다.

2. 생존의 논리

전쟁은 인간의 생존조건은 물론 정신까지 파괴하는 폭력적인 재앙이다. 전쟁 속 인간은 끊임없이 죽음의 위협에 노출되고 부상당하는가 하면, 가족의 이산과 생계를 걱정하며 순간순간을 견뎌 내야 하는 것이다. '전쟁과 사회적 혼란기에 최대의 피해자는 가족이고, 그 가운데서도 특별히 가족의 생명과 보호를 일시적이나마 책임져야 했던 여성'[8]들이다. 여성에게 전쟁이란 '강간의 잠재적인 위협이며, 생활의 결핍상태'[9]를 의미한다. 가장은 참전하거나 실종 혹은 숨어 있어 제 역할을 해내지 못하는 공동상태에서 여성은 집안의 생계를 책임지고 남편과 아이의 보호막

---

8) 함인희, 「한국전쟁, 가족, 여성의 다중적 근대성」, 『사회와 이론』 2호(2006) 161쪽.
9) 이재선, 「전쟁체험과 50년대 소설」, 『현대문학』 1989.1, 265쪽.

이 되어 현실과 싸워야 했다. 또한 민족의 이념적 균열에 의해 빚어진 한국전쟁의 특수성 때문에 살아남은 모든 이들은 전쟁중 혹은 전쟁 이후 끊임없는 사상적 검증에 시달려야 했다. 물론 그 대상자가 여성이라 해서 달라지는 점은 없었다.

이 장에서는 '불행과 운명에 시달리면서 어디까지나 규범적 윤리의식을 벗어나지 못하고 발버둥치는 개체로서의 인간을 부각시'[10]켜 왔던, 그리고 '가난과 불행에 시달리는 인간들의 고뇌의 문제'[11]를 다루어 왔던 최정희의 소설이 전쟁의 포연 속을 어떻게 헤쳐나갔는지 조명해 보고자 한다. 이를 위해 '전쟁'을 직간접적으로 다룬 작품들을 대상으로 하여 작품에 드러난 '전쟁'의 의미를 도출할 것이다.

최정희의 1950년대 소설 「탄금의 서」는 자전적 실명소설로 파인 김동환이 부재한 상태에서 전쟁을 겪어야 하는 자신의 신산한 삶을 적나라하게 그리고 있다. 뿐만 아니라 「찬란한 한낮」(『문학예술』 1956.6-8)의 길수 어머니, 「소용돌이」의 윤수 어머니 역시 전쟁미망인으로서 살아가며 생계와 욕망의 기로에서 헤매고 있다.

최정희 소설의 핵심은 작가를 둘러싼 사회적 현실의 변화에 민감하게 반응하는 한편 '경험적 서사'를 구현한다는 데 있다. '내 작품은 대부분 나의 신변 애기'[12]라고 말한 바 있는 최정희는 이 시기부터 개인적 운명에 대한 저항과 절규가 아닌 사회적, 역사적 운명과의 대결로 전환한다. 주인공이 처한 현실적 비극의 원인은 이제 개인이 어쩔 수 없는 '전쟁'이라는 외적인 조건에서 기인하기 때문이다. 즉 한국전쟁 이후부터 그의 소설은 자신이 대면한 전쟁의 모습을 끌어안으면서 이에 대한 사회적

---

10) 구인환, 「한국여류작가의 문체」, 『한국현대소설연구』(삼영사, 1977), 145쪽.
11) 신동욱, 「최정희의 작품에 나타난 여성과 인간의식」, 『청파문학』 13호, 154쪽.
12) 최정희, 「나의 인생 나의 문학」, 『월간문학』 1976.9, 18쪽.

책임을 집요하게 묻고 있는 것이다.

「탄금의 서」는 총 9편의 단편으로 구성된 연작소설[13]이다. 이 연작소설은 최정희가 파인 김동환과 함께 1940년부터 1946년까지 7년간 경기도 양주군 와우면 덕소에서 보낸 일상을 비롯하여 서울과 대구, 다시 서울에 오기까지의 고단한 여정을 담은 자전소설이다. 이 소설들은 1953년 9월부터 1955년 2월 경까지 각종 잡지에 나뉘어 발표되었다. 즉 전쟁이 끝나자마자 최정희가 한 첫 번째 작업은 바로 해방과 전쟁이 자신의 삶을 어떻게 파괴하였는지 낱낱이 기록하고, 그 과정에서 파인과의 생활을 회고, 정리하는 것이었다.

덕소에서 지내는 동안 최정희는 해방을 맞이하고 전쟁을 겪는다. 뿐만 아니라 이곳에서 아이를 키우며 파인과의 사랑을 지속시켜 간다. 아마도 최정희 개인사적으로 볼 때 가장 안온하고 평화로운 시기가 아니었나 싶다. 하지만 곧이어 터진 전쟁은 그의 삶에 개입하여 일상을 조각내고 가족의 이산을 불러온다. 즉 최정희는 이곳 덕소에서 개인적인 중대사와 역사적인 격변을 한꺼번에 경험한 것이다. 이는 그의 작품 속에 짙게 각인되어 나타난다.

총 9편의 소설은 크게 덕소 → 서울 → 대구 → 서울이라는 장소의 이동이 배경으로 자리잡고 있다. 전반부의 세 편 「해당화 피는 언덕」, 「산가초」, 「반주」는 덕소에 자리잡았다가 그곳을 떠나는 이야기를, 「그와 나와의 대화」, 「수난의 장」, 「속 수난의 장」, 「도피행」은 서울에서의 삶을 담아낸다, 「까마귀」[14]에서 대구로 피난가게 된 정황을 잠시 서술한

---

13) 「해당화 피는 언덕」, 「산가초」, 「반주」, 「그와 나와의 대화」, 「수난의 장」, 「속 수난의 장」, 「까마귀」, 「도피행」, 「다시 서울에」 등이다. 이 중 「다시 서울에」를 제외하면 이미 잡지에 발표한 소설들이다. 여기에 「다시 서울에」를 추가해서 총 9편을 「탄금의 서」라는 중편으로 묶어, 1976년 문학과지성사에서 간행된 창작집 『찬란한 대낮』에 수록하였다.
14) 이 작품은 『사상계』에 1955년 2월에 「人情」이라는 제목으로 실린 소설을 「탄금의 서」

뒤 「다시 서울에」를 통해 환도 이후의 이야기를 펼쳐 놓는다. 7년이나 살았던 덕소의 이야기는 단 세 편에 짧게 언급되어 있는데 비해, 해방을 맞아 귀경하는 과정은 생략된 채 바로 서울 생활로 이어지고, 「수난의 장」부터는 5편에 걸쳐 전쟁에 관한 이야기로 길게 진행된다. 따라서 「탄금의 서」를 통해 작가가 드러내고자 한 궁극적인 메시지는 '전쟁'에 맞춰져 있음을 알 수 있다.

「해당화 피는 언덕」과 「산가초」는 덕소 생활 초기의 평화로운 일상을 담고 있다. 전편에는 여관살이를 하다가 이사를 하여 정착하고 그곳에서 파인, 그리고 아이들과 과일나무를 심으며 전원생활을 하는 고즈넉한 삶이 곳곳에 포진해 있다.

> 수분이 많은 강가 언덕에만 포도를 심구 저쪽 머언 모래사장엔 해당화를 심지. 그래서 북에선 영변의 진달래꽃을 노래하구 남에선 한강변의 해당화를 노래하게 합시다.[15]

한가로운 전원생활은 곧 「산가초」[16] 후반부의 편지 한 통으로 균열을 일으킨다. 파인의 본처에게서 온 귀환독촉 편지가 그것이다. 해방이 되었으니 '방탕한 축첩 생활을 청산'(193쪽)하고 속히 귀가하라는 편지로 인한 파문은 표면적으로 일단락된 것처럼 보이지만 작가의 내면에 또하나의 상흔으로 자리잡는다. 따라서 '과거 반생을 뚝 떼어버리'겠다는 파인의 다짐만으로는 큰 위로가 되지 못한 채 「반주」에 이르러 '나'는 운명의 수렁 속으로 빠져든다.

로 묶을 때 「까마귀」로 개제한 것이다.

15) 최정희 『찬란한 대낮』(문학과지성사, 1976), 180쪽. 이하 「탄금의 서」의 인용은 이 책의 쪽수만 밝힌다.

16) 「산가초」는 애초 『신천지』 1954년 1월에 발표할 때에는 '정녀'와 '남편'으로 지칭하였으나 후에 「탄금의 서」로 묶을 때 '나'와 '파인'으로 수정하였다.

그게 운명이란 거겠지. 그게 내 운명이란 말이거든. 그러니까 난 아무두
탓하지 않어요. 내 운명이란 말이지.[17]

작품 속에서 '나'는 '남의 등록없는 아내요, 어머니'[18]라는 점에서 「지
맥」의 '은영'과 '부용', 「천맥」의 '연이' 등과 그 맥이 닿아 있다. '당신
집이 아'(263쪽)닌 집에서 사는 '파인과의 삶이 타자로서의 삶일 수밖에
없음을 인식'[19]하며 자신의 처지를 확인하는 순간이다. 그러나 '언제나
외롭고 슬프고 약한 ─ 밤낮 세상에 져(負)만 가는 ─ 여자들'[20]은 '세상
의 어느 여자보다 사랑이 무엇이며 아름다운 것이 무엇인 것을 알고 있
는 총명한 여자'이기에 그 운명을 수락하며 어쩔 수 없는 일상을 살아간
다. 이는 '나이를 百살씩 두 번 먹드래도' 반복될 수밖에 없는 그야말로
운명적인 '하나의 修道요 苦行'[21]인 것이다.

덕소에서 서울로 올라가기 전 파인은 '백인결사대'[22]사건으로 연행당
하고, 서울에 올라간 후에도 반민특위에 걸려 기소되는 불운에 시달리게
된다. 「그와 나와의 대화」는 파인이 5년간 공민권 박탈형을 받고 나온
후부터 전쟁 전까지의 상황을 소략하게 정리한 소설이다. 그러나 이 소
설을 통해 작가가 그동안 견지해 온 심경의 변화를 추출해 낼 수 있다는
점에서 주목할 만하다. 해방 전에는 이른바 '백인결사대'라는 항일운동
혐의로 투옥된 바 있는 파인이 이제는 친일의 혐의를 받게 되는 아이러
니가 연출되자, '나'는 한 개인의 이념과 행동이 상황에 따라 얼마든지

---

17) 「반주」, 『바람 속에서』(인간사, 1955), 265쪽.
18) 최정희, 「지맥」, 『최정희 선집』(어문각, 1974), 224쪽.
19) 황수남, 「최정희, 김채원 소설의 모티브 연구」, 『비평문학』 19호(2004), 293쪽.
20) 최정희, 「나의 문학생활자서」, 『백민』 4권 2호(1948.3), 47쪽.
21) 최정희, 「영여계적 사랑」, 『백민』 4권 4호(1948.7), 59쪽.
22) '백인결사대' 사건은 이후 「청탑이 있는 동리」(3회, 『부인』 4권 3호, 1949.4)에서 '정준
    세'의 죄목으로 또다시 등장하는데, 이로 말미암아 '정준세'는 파인의 소설적 변형인물
    로 보아도 무방할 것이다.

달리 평가되는 현실에 경악하고 만다. '돈만 있으면 털 하나 다치는 일 없이 척척 빠져 나가기도 하'는 소용돌이 속에서 석 달을 복역하고 나온 파인을 보며 나는 서서히 개인적 차원이 아닌 사회적 차원의 불합리를 목격하게 된다. 이는 곧 그를 민족의 반역자로 몰아넣은 '그의 조국에 대한 엷은 분노'(228쪽)로 전환된다.

> ××지에 A니 B니 하는 사람들이 당신을 친일파로 몰아세운 것도 <삼천리> 때문이었대요. A니 B니 하는 사람들에게 ××지 사장이 돈을 멕여가지구 당신을 잡아넣게 맨든 거래요. 그래야 <삼천리>가 못 나올 테니까. 삼천리가 못 나와야 ××지가 잘 팔릴 테니까.(229쪽)

잡지에 얽힌 이해관계로 상대방을 이념의 굴레로 옭아매는 현실에 대한 분노는 그러한 현실을 속수무책으로 방관하는 혼란스럽고 무력한 국가에 대한 불신으로 이어진다. 아이들과 애국가를 부르는 파인더러 '당신 나라가 어디게 우리나라 만세'(223쪽)냐고 소리치는 대목은 이러한 심경의 변화를 잘 보여준다. 이는 이후 전쟁을 거치면서 좀더 확산되어 격랑 속을 살아가는 개인의 불행의 원인에 대한 사회적 책임으로 확대된다.

「탄금의 서」에서 전쟁을 정면으로 다룬 작품은 「수난의 장」부터이다. 이 소설은 전쟁의 시작을 알리며 곧 나와 가족의 삶이 역사의 풍파 속에 또다시 '수난'받을 것임을 예고한다. 「수난의 장」에서부터 「다시 서울에」는 전쟁 직후부터 2년간의 서울과 대구 피난 이야기를 담고 있다. 이 소설에서 나는 자신과 파인의 구명을 위해 일종의 위장의 포즈로 문학가동맹에 가입한다. 문맹 가입에 관한 이야기는 이미 작가가 종군작가시절에 쓴 「난중일기에서」라는 글을 통해 육성으로 전한 바 있다. 따라서 동일한 스토리를 전개하고 있는 이 소설은 결국 「난중일기에서」라는 수기를 토대로 쓰여진 기록소설적 성격을 갖는다고 봐야 할 것이다.

> 내가 여기에 오기까지 얼마나 많은 시간을 허비하며 절차를 밟았던가. 하루 낮과 이틀 밤을 생각하고 생각한 결과 <u>내가 시달리지 않고 또 파인을 무사히 숨길 수 있는 방법의 하나가</u> 문학가 동맹에 가입하는 일이라고 생각을 하면서도 발이 옮겨가지 않았다.(253쪽)

최정희의 문맹 가입이 결코 자발적인 행위가 아니었고, 단지 남편의 구명을 위한 어쩔 수 없는 일이었음을 강조한 글이다. 소설에는 문맹에 나가서도 다른 맹원들에게 홀대받고 무시당하는 모습이 곳곳에 포진되어 있다. 이러한 입장은 「탄금의 서」 전편에 걸쳐 서술되어 있을 뿐 아니라, 소설 「청탑이 있는 거리」와 수기 「난중일기에서」, 그리고 전기소설 「강물의 끝」에서도 반복된다.

> 놋그릇을 바쳐다, 채권을 사라, **을 해라, 국방복을 입어라, 각반을 처라, 머리를 빡빡 깍거라, (중략) 신사 참배를 해라, 징병 나가는데 전송을 해라, 창씨를 해라, 세상은 소란했다. <u>남편에게 해가 갈까봐</u> 정씨 부인은 그들이 하라는 대로 했다. 창씨를 하라고 할 때에도 남편은 안하고 벅여보겠다는 것을 부인이 욱여서 했다.[23]

> 총칼 앞에서도 자기를 위장하기 싫어했건만 <u>남편을 숨기기 위해서만은 어쩔 수 없이</u> 그 결벽증을 버리지 않을 수 없었다. 그녀는 문학가동맹에 나가기로 결심했다.
> 동맹회관 안에 들어서자 知友인 노천명이 제일 먼저 눈에 띄었다. 너무 반가와 달려가 손이라도 잡고 싶었으나 낯선 분위기에 짓눌려 웃음으로 대신했다. 「흥, 좋은 때를 만났다고 뱀같이 싹 돌아서 오는구나.」 뜻밖에도 노천명은 옛정에 대해 냉랭하게 등을 돌렸다.[24]

---

23) 최정희, 「청탑이 있는 동리」 3회, 56쪽. 이 내용은 「강물의 끝」에서도 유사하게 서술된다. '남편의 권유로 최정희는 연단에 올라 서투른 말솜씨로 「군국의 어머니」란 제목의 짧은 강연을 갖기도 했다. 남편의 일에 협조하는 의미 이외에 다른 뜻은 없'(83쪽)었다고 밝혀, 자신의 친일 역시 남편의 뜻에 따른 의미없는 행동이었을 뿐이라고 일축하고 있다.
24) 서영은, 「강물의 끝」(문학사상사, 1984), 91쪽.

> 작가 K씨를 모처에 찾아가서 문학가동맹에 가입하겠다는 말을 하고 S
> 여사와 둘이서 가맹하려고 동맹을 찾아간즉, <u>나만은 본래의 맹원이 아니
> 라면서 거절을 했다.</u> (중략) 정없는 눈초리가 총탄보다 무서운 것을 나는
> 이날 비로소 알았고 <u>공산주의가 인간성을 잃어버리게 하는 주의란 것도
> 이날 비로소 알았다.</u> 그러나 또 나는 어떤 세상에서라도 인간이래야만 한
> 다는 것을 더 절실히 깨닫는다.[25]

소설과 전기소설, 그리고 수기 등을 고려[26]해 볼 때 최정희의 문맹 가
입은 자신의 보신과 남편의 은신을 위한 위장된 행위였다고 추측할 수
있다. 뿐만 아니라 비우호적인 문맹의 분위기에 대한 반복된 서술은 자
신과 공산주의자들과의 차별성을 강조하고 자신의 이념적 결백을 주장
하기 위한 수사였을 것이다. 결국 나의 노력에도 불구하고 파인은 행방
불명이 되고, '나' 역시 유엔군 입성 후 적치하 서울에 잔류했다는 명목
과 문맹 가입을 이유로 또다시 취조받는 신세가 된다. 이념에 따라 한
인간의 실존이 얼마나 철저히 붕괴되고 폭력적으로 휘둘려지는지 적나
라하게 드러내는 대목이다. 이후 1952년 7월 2년 간의 대구 피난생활을
청산하고 서울에 와 어머니와의 해후를 그린 소설이 「다시 서울에」[27]이

---

25) 최정희, 「난중일기에서」, 『적화삼삭구인집』(국제보도연맹, 1951), 264쪽.

26) 조영암은 이 시기 최정희를 다음과 같이 언급한다. "일부 여류 중에서도 최정희, 장덕
조, 손소희 등 제씨가 문맹에서 어정거린 것은 무슨 여성 특유의 아부근성도 아닐 것인
데, 이분들은 후일 깊이 참회하는 바가 있어서 그대로 좋왔다." 「전란 중의 문단개관」,
『자유예술』 창간호, 1952.11, 17쪽. 한편 고은은 상당히 동정적인 시각에서 최정희를
변호하고 있다. "많은 잔류 작가가 있어도 최정희에게 아는 척하는 얼굴은 백철, 이봉
구, 손소희 정도였다. 남편은 숨고 아이들은 굶주려 앓고, 들어가면 먹을 것이 없고 나
오면 구박을 받는 생활을 한 젊은 여자에게 강요한 것이 전쟁인지 모른다." 고은, 「한
여류작가의 잔류생활」, 『1950년대』(청하, 1989), 70쪽.

27) 「다시 서울에」의 내용을 아이의 시각에서 서술한 것이 「낙엽지는 날」(『학원』 2권 1호,
1953.1)이다. 이 소설은 피난에서 돌아온 날의 풍경을 '금아'라는 아이의 시각으로 재조
명한다. 이때 중심이 되는 모티브는 아버지가 두고 간 '모자'로서 아버지를 그리는 아
이의 슬픔이 짙게 배어 있다. '~습니다'체의 서술이 아이의 그리움을 극대화하고 있다.
'모자'는 「정적일순」의 마지막 부분에서도 반복된다.

다. 이 소설로 「탄금의 서」는 마무리된다.

그렇다면 최정희가 이렇게 실명까지 거론하며 십여 편의 소설과 수기, 자전소설 등을 통해 자신이 처한 당시의 상황을 재연해 반복 서술하는 이유는 무엇일까. 한 여성의 운명의 굴레를 사회적 책임으로 확대해 나간 이유는 또 무엇일까.

이는 남편 김동환의 사상적 입장에 대한 해명임과 동시에 친일-좌익(문학가동맹)-부역문인으로 낙인찍힌 자신의 행위에 대한 변명과 면죄부를 받기 위해서이다. 남편의 생명을 부지시키기 위해 아내로서 하지 않으면 안 될 행위였다는 식의 '불가피성'의 논리28)가 그것이다. 문학가동맹의 가입도 객관정세와 남편의 구명을 위한 미봉책으로 어쩔 수 없이 선택한 행위였고, 잔류하게 된 이유 역시 남편이자 아이의 아버지에 대한 기다림 때문이라는 것이다. 전쟁이라는 거대한 파도 앞에 자신은 두려움에 떠는 한 나약한 여성으로서 가족을 지키려고 몸부림쳤을 뿐이라는 강변이다.

문맹 가입 건과 그로 인한 부역 사실이 전면화될 때의 충격을 완화시키기 위해 최정희는 종군작가단에 가입해야 했고, 다른 이들보다 더 소리높여 반공을 부르짖으며 맹세29)할 수밖에 없었다. 반공이념에 대한 노골적 언사들은 이후 소설에서 보다 적나라하게 드러난다.

3. 반공이념의 가시화

친일과 문맹 가입으로 인해 해방과 전쟁 내내 곤욕을 치른 바 있는

---

28) 서동수는 최정희의 「난중일기에서」가 '불리한 내용은 삭제한 채 자신의 고난만을 드러내기 위'한 정치적 감각에서 씌어졌다고 지적하였다. 「한국전쟁기 반공텍스트와 고백의 정치학」, 『한국현대문학연구』 20(2006), 101쪽.
29) 「난중일기에서」, 「임하사와 그 어머니」 등에서 반복적으로 제시되고 있다.

최정희는 이제 '반공' 이데올로기를 작품의 화두로 삼게 된다. 최정희에게 '반공'이란 자신의 작가적 삶의 지속 여부, 즉 생사여탈권이 달린 중대한 문제였다. 단정 이후 보수우익 문예조직이 지배하고 있는 문단에서 살아남기 위해서는 그 어느 때보다도 사상 검증이 필요했기 때문이다.

최정희는 종군작가단 중 가장 먼저 창립된 공군종군문인단[30](창공구락부)에 가입한다. 1949년 반민특위에 김동환이 소환되고 1950년 전쟁 초기 적치하 서울에 잔류했다는 명목으로 고통받은 바 있는 그녀는 대구로 피난가자마자 바로 종군작가단에 가입한 것이다. 한국전쟁 중 종군작가단이란 반공의 이념을 내세운 범문단적 조직으로 상당수의 문인들에게 '그들이 겪었던 <사상적 위험> 즉 보도연맹 사건이나 <부역문인> 사건의 위협으로부터 확실한 안전지대를 제공'[31]하였다. 전쟁중 문인들에게 입혀진 '군복의 힘'[32]은 먹고 사는 생존의 문제뿐 아니라 도강할 수 있는 통행증이기도 하는 등 전쟁기에 살아남을 수 있는 비표와도 같이 위력적인 것이었다.

따라서 종군작가단으로 활동하면서 최정희가 발표한 소설에는 반공이념이 노골적으로 드러난다. 주로 여성화자의 서술로 전개되는 이 소설들은 전쟁으로 인해 여성의 삶이 어떻게 파괴되고 전락해 가는가를 추적한다.

「소용돌이」와 「찬란한 한낮」은 전쟁에 나가 돌아오지 않는 남편 때문에 개가하거나 매춘의 길에 들어선 여인의 삶을 형상화한다. 「소용돌이」의 윤수어머니는 남편이 전사한 후 생계를 위해 시작한 매춘 행위가 쾌

---

30) 공군종군문인단은 1951년 3월 9일 대구에서 창립되었다. 단장은 마해송, 부단장은 조지훈, 사무국장은 최인욱으로 최정희, 곽하신, 박두진, 박목월, 김윤성, 유주현, 이한직, 이상로, 방기환, 박훈산, 전숙희, 김동리, 황순원 등으로 구성되었다. 이들은 기관지 「창공」을 발간하였다.

31) 김철, 「한국보수우익 문예조직의 형성과 전개」, 『한국전후문학의 형성과 전개』(태학사, 1993), 51쪽.

32) 최정희, 「피난대구문단」, 『해방문학 20년』(정음사, 1966), 104쪽.

락과 사치로 이이져 결국 죽음을 맞게 된다. 이때 윤수 어머니의 타락은 개인의 자발적인 선택이 아니라 암묵적인 사회적 강요로 이루어진다.

> 나두 윤수 아버지 있을 적엔 얌전할 줄도 알았어. (중략) 남편이 전쟁이 나가 죽고 말았으니 할 수 있나. 먹구 살자던 노릇이 오늘날 이렇게 되구 말았단 말이다.[33]

여학교 출신인 한 지식여성이 참혹한 죽음을 맞게 된 이유는 남편이 전사했기 때문이고, 남편이 전사한 이유는 바로 전쟁 때문이라는 논리다. 이 논리를 따라가다 보면 결국 개인의 행동의 잘잘못은 실종되고 전쟁을 일으킨 공산주의 이념에 대한 증오만이 남는다.

이는 「찬란한 한낮」의 경우도 마찬가지다. 이 소설은 '길수'라는 아이의 시선에 잡힌 전쟁의 풍경이 그려진다. 길수는 어머니의 선택과 일상을 지지하지 않으면서도 확고하게 반대할 수도 없는 초등학생이다. 길수 어머니는 은행원의 아내로 살다가 전쟁 중 의용군으로 나간 남편이 돌아오지 않자 강인기라는 남자와 살림을 차린다. 월남한 강인기는 과거에 얽매여서 현실을 직시하지 못하는 무능력한 남성의 전형이다. 전쟁중에도 자신의 여성적 욕망에 충실했던 길수 어머니는 결국 강인기의 생계까지 책임져야 할 상황에 빠지게 된다.

> 「나두 꿀꿀이죽 같은 건 구경두 못하던 사람이야. 이런 시장판엔 발두 디려안났서. 그놈의 六·二五사변인가 뭔가 하는 것 통에 오늘날 갖잖은 것들하구 상종을 하구 어쩌구 하지만…… 이놈아 너같은 것하구 상관한 것두 시장판에 나온 탓이야. 아이구 내 신셀 어쩜 좋은고?」[34]

---

33) 최정희, 「소용돌이」, 『바람 속에서』(인간사, 1955), 212쪽.
34) 최정희, 「찬란한 한낮」, 『문학예술』 1956.8, 71쪽. 이 소설은 『문학예술』에 실릴 때는 「찬란한 한낮」이었는데 이후 창작집으로 묶일 때 「찬란한 대낮」으로 개제되었다.

두 작품에 등장하는 여성들은 각각 여학교 출신의 지식여성과 은행원의 아내로서 교양있게 살아온 인물들이다. 이들이 전쟁 때문에 거리에 나앉고 매춘까지 일삼다 죽음을 맞이하게 된 이유는 바로 전쟁 때문이다. 이들의 위태로운 삶은 결국 장편 「끝없는 낭만」의 이차래의 죽음으로까지 연결된다.

「끝없는 낭만」은 최정희의 첫 장편으로 1952년 『희망』지에 「광활한 천지」로 연재된 것을 1958년 동학사에서 출판할 때 「끝없는 낭만」으로 개제한 것이다.

할빈에서 출생하여 해방 후 귀국한 이차래는 여학교 4학년 때 전쟁을 맞는다. 아버지의 친구 아들인 곤과 정혼한 그녀는 곤이 참전하자 친구 상매를 따라 부산으로 피난갔다가 돌아온다. 이후 캐리 조오지라는 미군과 조우하고 그의 전폭적인 원조를 환대하는 아버지를 경멸하게 된다.

> 아버지가 이렇게 된 것을 따져 본다면 아버지의 잘못만도 아니예요. 삼팔선이 가로막히지 않았던들 곤의 아버지가 옥에 가지 않으셨던들, 그리고 육이오 사변이 터지지 않았던들 아버지는 그대로 계셨을 것입니다. 이런 생각을 하면 할수록 아버지가 가엾어서 견딜 수 없는 것입니다.(298쪽)

그럼에도 불구하고 차래 가족은 미국인 캐리의 물질적 후원으로 '구원'받아 안락한 생활을 유지하게 되고, 결국 곤이 전사했다는 통보를 받은 차래는 캐리와 결혼한다. 근무가 끝난 캐리가 미국으로 돌아가자 차래는 혼자 아이를 낳아 키우다 곤을 만난다. 곤은 차래의 모습을 보고 '오늘날 그 지경이 된 것은 차래 씨의 잘못만이 아니라' '한국에 태어난 불행한 여성인 까닭'(407쪽)이라고 결론짓는다. 자신과 캐리의 관계가 사랑으로 이루어진 순수한 것이었다고 강변하던 차래는 결국 자신이 '딸라와 미국 물건이 아니면 살아갈 수 없는 양갈보'(407쪽)임을 인정한 뒤 자살하고 만다. 한 평범한 여학생이 전쟁을 겪으면서 양공주로 전락해 가는 과정을 그린 이 소설은 주인공의 선택이 사랑에 기초한 자발적인 것이었음에도 불구하고 사회적 시선과 압박을 견디지 못해 죽음을 택할 수밖에 없는 당대 여성의 현실적 상황을 주목한 것이다.

「녹색의 문」 역시 평범했던 두 소녀가 해방을 겪으면서 신산한 삶과 마주쳐 한 명은 나락으로 떨어지고 다른 한 명은 주체적인 여성으로 변모해 간다는 일종의 성장소설이다. 여학교 선후배인 유보화와 도영혜의 사랑과 결혼에 관한 이야기가 소설의 큰 줄기를 이룬다.

특히 해방 직후 좌우파의 이념 대립 속에서 희생된 도영혜의 존재는 이 작품의 이념적 지향이 어디 있는지 잘 보여준다. 도영혜는 사랑이라는 환상 속에서 남자에게 종속되어 인형처럼 행동하는 인물이다. 학생 때에는 자신이 사모하는 김영서가 학생운동을 일으키자 영혜 역시 학생 시위를 주모하고, 이후 영서에게 버림받자 그의 아들을 가진 채 경위의 아들인 홍찬구와 결혼한다. 결국 아이 때문에 홍찬구와도 갈라서고, 남로당 간부인 성완수와 살면서 건국운동에 동참하다가 그가 월북하자 이번엔 고관의 첩으로 들어앉는다. 항일–친일, 좌파–우파 등 남자에 따라 그녀의 이념적 지향은 달라진다. 남자가 바뀔 때마다 아이는 걸림돌이 된다. 김영서는 자신의 아이의 존재를 인정하지 않았고, 홍찬구는 다른 남자의 아이 때문에 도영혜를 떠난다. 성완수와 고관에게는 도영혜 자신이 아이의 존재 자체를 알리지도 않았다. 즉 아이보다 남자가 우선이고 중요했던 도영혜에게는 모성은 부재하고 여성성만이 존재할 뿐이다. 도영혜에게 아이는 자신의 사랑을 방해하는 걸림돌일 뿐 그 아이에 대한 헌신과 희생 등 모성적 이미지는 찾아볼 수 없다. 이런 의미에서 '모성의 모습을 갖추지 못한'35) 도영혜는 이후 「인간사」의 마채희의 원형적 인물로 볼 수 있다. '알콜분을 마셔야 잠을 잘 수'(131쪽) 있고, '남자 없으면 못 사는 여자'(145쪽)가 된 그녀는 사랑을 쫓기 위해서라면 이념도 바꾸고 아이도 버리는 파렴치한 인물인 것이다. 모성도 주체성도 결여된 채 오로지 남성과의 사랑에만 탐닉했던 도영혜의 종말은 투옥이라는 비극으로 귀결된다.

> 「언니야말루 돌았구려, 해방 통에 도는 사람들이 많다더니만……」
> 「정말 돌기라두 했음 좋겠어. 도무지 갈필 잡을 수가 없어. 성완수 그 자식 저 혼자 훌쩍 넘어갔으니 글쎄 어떡한단 말이야?」
>   (중략)
> 「언니 남편인데 어디 숨은 걸 몰라요?」
> 「그것들은 남편이니 아내니 하는 관념두 없어. 일만 아는 사람들이야. 글쎄 넘어가면서 나한테……」[36]

위의 인용은 도영혜를 버리고 월북한 성완수라는 한 개인에 대한 비난과 함께 그가 견지했던 공산주의 이념의 허상을 드러낸다. 공산주의란 아내도 가족도 돌보지 않는 반윤리적 이념이며, 그에 동조한 성완수 역시 이기적인 파렴치한으로 그려진다. 뿐만 아니라 성완수를 사랑하여 같은 이념을 지향했던 도영혜 역시 품행이 단정하지 못하고 아이조차 방기하는 무책임한 악녀[37]의 이미지로 형상화된다. 결국 작가는 공산주의와 공산주의자 혹은 그에 동조한 사람들 모두 부정적으로 형상화함으로써 반공의 논리를 부각시키고 있다.

반공이념을 직접적으로 드러낸 작품은 「임하사와 그 어머니」이다. 이

---

35) 최정희, 「인간사」, 『최정희 선집』(어문각, 1982), 148쪽.

36) 최정희, 「속 녹색의 문」, 『한국문학전집 14 : 최정희 편』(민중서관, 1976), 228쪽.

37) 김복순은 이 작품에서 도영혜를 악녀로 등장시키고 다시 스파이, 매국노, 빨갱이, 비국민의 은유를 만들어 가는 과정은 당대 사회의 반공주의화와 호몰로지(homology)로 보았다. 「소녀의 탄생과 반공주의 서사의 계보―최정희의 '녹색의 문'을 중심으로」, 『한국근대문학연구』 2008, 218쪽.

소설은 징병을 독려하기 위한 목적으로 전쟁중 씌어진 선전소설이다. 세 살 때 아버지를 잃은 임영하는 할머니, 어머니와 함께 살다가 전쟁을 맞는다. 아들이자 손자인 영하를 감추기에 급급한 '어머니들'의 모성에도 불구하고 영하는 결국 군 지원을 결정한다.

> 「절 육이오 때 숨겨두신 목적이 어딨어요? 밥이나 먹고 똥이나 싸게 하려구 숨겨두셨어요? 내 나라 내 민족이 위기에 있는데 그래 남아루 나서 비슬비슬 숨어 살란 말이예요? 내 나라 내 민족이 다 망한 후에 살면 뭘 해요. 그렇게 살아선 값이 없어요. 내 나라 내 민족을 위해 싸우다 죽는 건 비슬비슬 값없이 사는 것 몇 배 이상이예요.」[38]

개인보다 민족을 우선시하는 논리는 전시에 흔히 나타나는 국가주의적 사고방식이다. 임영하의 위와 같은 발언은 구들장 밑에 숨어 보신하기보다는 당당히 조국을 위해 싸우겠다는 구국적 결단으로, 최정희의 「난중일기에서」도 이미 언급된 바 있다. 「난중일기에서」는 '반공서적의 효시'[39]로 불리는 『적화삼삭구인집』에 실린 일기 형식의 수기이다. 이 책에는 잔류문인들(양주동, 백철, 최정희, 장덕조, 손소희)뿐만 아니라 인민군에 강제징집되었거나 납북되었다가 탈출한 문인(송지영, 박계주, 김용호) 등이 '사상 검열을 통과하고 자신의 생존을 보장받기 위해서 자발적으로 이데올로기에 순응하는'[40] 내용의 글을 실었다. 이들 대부분은 '공산주의의 지배와 폭력을 부각시키며 자신들의 부역이 생존에 불가피한 상황이었음을 강조'한다. 그리하여 이들의 '인공치하의 체험은 전쟁의 공적 기억이자 근대 국민국가의 교훈으로 편입'[41]되기에 이른다.

---

38) 최정희, 「임하사와 그 어머니」, 『협동』 37(1952.12), 136쪽.
39) 오제도, 『적화삼삭구인집』(국민보도연맹, 1951), 이 책은 『북한』 1972년 6월부터 8월까지 분재되었는데, 첫회인 1972년 6월 편집자 서문에 이와 같은 말이 실려 있다.
40) 유임하, 「이데올로기의 억압과 공포」, 『현대소설연구』 25(2005), 62쪽.

익조가 돌아왔다. (중략) 익조가 키도 크고 음성도 부풀어 훌륭한 군인
이 되어 문턱 안에 들어서는데 나는 그냥 앉은 채 일어서지 못한다. 거져
그를 쳐다보며
「네가 몸받쳐 피흘리는 국가를 위하여 엄마도 몸받쳐 피를 흘리겟다고」
고 이렇게 속으로 부르지졌다.
실상 나는 이때까지 — 그를 만나지 않은 이때까지 — 민족은 사랑했어
도 국가는 사랑해 보지 못한 것 같다. 이제 나는 익조와 함께 익조가 피흘
려 받치는 국가를 위해 나도 받치기를 맹세한다.[42]

이는 「난중일기에서」 10월 21일자 일기의 한 부분으로, 아들을 군인
으로 내보내면서 최정희 자신 역시 국가를 위해 헌신하겠다는 다짐이다.
위의 글은 일제 말 총동원체제하에서 아들을 군인으로 키워 전쟁에 내
보내자는 내용의 '군국의 어머니'를 연상케 한다. 가족주의를 배격하고
국가주의에 부합[43]하는 내용의 이 일기는 앞의 소설과 그 맥락이 닿아
있다. 즉 일기가 창작노트로 활용된 것이다.

이 소설을 창작할 즈음 최정희가 창공구락부 소속으로 문인극 및 시
국강연회 등을 통해 군인들의 사기를 앙양하고 정서 함양을 도모[44]하였
다는 사실, 그리고 종군작가단의 임무와 성격이 '후방과 일선과의 유대
강화를 목표로 하고 후방국민들에게 전쟁의 목적과 반공의식을 고취'[45]
하고자 한 것이었음을 상기해 본다면 「임하사와 그 어머니」는 철저하게
목적의식하에 씌어진 선전소설임을 알 수 있다.

최정희의 국가주의적 동원에 대한 적극성과 자발성은 '1967년 베트남

---

41) 유임하, 「6·25전쟁 발발과 전쟁 기억의 형성」, 『한국소설의 분단 이야기』(책세상, 2006),
   64-65쪽.
42) 최정희, 「난중일기에서」, 273쪽.
43) 이와 같이 반공과 내셔널리즘의 관련성에 주목한 논문으로 남원진의 「반공의 국민화,
   반반공의 회로」, 『국제어문』 40(2007)를 들 수 있다.
44) 신영덕, 「한국전쟁기 문단의 특성」, 『한국전쟁기 종군작가 연구』(국학자료원, 1998), 41쪽.
45) 이덕진, 「종군작가단 회고」, 『육군』 71호, 60쪽.

종군작가단의 단장 자격으로 베트남을 방문하여 사이공, 퀴논 등지의 장병을 위문하는 행동으로 일관되게 지속'46)되었다. 이렇게 볼 때 최정희는 일제 말, 한국전쟁, 베트남전쟁으로 이어지는 국가비상사태에 능동적으로 부응하며 국가주의를 자신의 이념적 지향으로 설정해 왔음을 알 수 있다. 일제 말 개인 자격으로 국가주의에 헌신하여 친일을 외쳤다면, 한국전쟁 이후부터는 종군작가단이라는 조직에 가입, 직접적 행동과 함께 반공이념을 소설화하였던 것이다. 이는 해방기 생존의 논리로 선택한 반공이념이 한국전쟁을 거치면서 자신의 소설적 기반으로 자리잡게 되는 과정을 보여준다는 점에서 주목할 만하다.

결국 최정희 소설에 나타난 '전쟁'은 등장인물들의 일상과 정신을 송두리째 변화, 굴절시키는 일종의 폭력으로 드러난다. 즉 전쟁 초기 피학적인 객체였던 인물들은 후기로 갈수록 반공이념을 가시화하며 전쟁에 적극 가담하는 주체적 인물로 변모한다.

4. 전쟁의 의미

인간에게 전쟁이란 무엇인가. 혼란과 상처, 이산과 죽음 앞에서 인간은 작고 초라해진다. 특히 여성의 경우 전쟁의 폭력성이 주는 억압이 한층 심하다. 전쟁에 끌려간 남편의 생사는 알 길 없는데 갑작스레 떠맡은 가장의 역할은 버겁기만 하다. 게다가 자신의 이념까지 의심받는 상황이라면 더욱 그러할 것이다. 이렇게 자신을 둘러싼 주객관적인 조건이 위기상황일 때 인간은 절박한 생존의 논리 앞에 무릎을 꿇게 된다. 최정희의

---

46) 박정애, 「'동원'되는 여성작가 : 한국전과 베트남전의 경우」, 『여성문학연구』 10(2003), 80쪽.

1950년대 소설은 전쟁이 한 여성에게 미친 영향을 고스란히 담고 있다.

최정희의 전쟁기 소설은 두 부류로 나누어 볼 수 있다. 하나는 「탄금의 서」를 비롯한 자전소설류이다. 이 소설에서 그는 해방과 전쟁이 자신의 삶을 어떻게 파괴하였는지 낱낱이 기록하고, 그 과정에서 파인과의 생활을 회고, 정리한다. 여러 편의 소설과 일기, 자전소설 등을 통해 자신이 처한 당시의 정황을 반복 서술하는 이유는 남편의 사상적 입장에 대한 해명임과 동시에 친일─좌익(문학가동맹)─부역문인으로 낙인찍힌 자신의 행위에 대한 면죄부를 받기 위해서이다. 전쟁이라는 거대한 파도 앞에 자신은 두려움에 떠는 한 나약한 여성으로서 가족을 지키기 위해 몸부림쳤을 뿐이라는 강변이다.

전쟁과 함께 '수난'이 시작되었다. 어떤 방법으로든 이 수난을 모면 혹은 종료시켜야 했던 최정희가 선택한 것은 바로 반공이념이었다. 종군작가단에 가입하면서 최정희의 작품 역시 반공이념을 담보하기 시작한다. 「끝없는 낭만」과 「녹색의 문」 등의 장편을 통해 공산주의 지배와 폭력을 부각시키며 반공이념을 전면화하는 것이다. 즉 최정희 소설에 나타난 전쟁은 등장인물들의 일상과 정신을 송두리째 변화, 굴절시켜 끝내 죽음에까지 이르게 하는 일종의 폭력으로 각인된다. 이 시기 그의 소설은 해방기 생존의 논리로 선택한 반공이념이 한국전쟁을 거치면서 어떻게 자신의 소설적 기반으로 자리잡게 되는가를 보여준다는 점에서 주목할 만하다. 즉 전쟁 초기 피학적인 객체였던 인물들은 후기로 갈수록 반공이념을 가시화하며 전쟁에 적극 가담하는 주체적 인물로 변모한다.

김말봉의 장편소설 연구

__1945-1953년까지 발표된 소설을 중심으로

1. 자처한 대중소설가

『찔레꽃』의 작가 김말봉은 대중소설가다. 일찍이 임화는 '우리 문단에서 씨처럼 최초부터 통속소설을 들고 나온 작가도 없고, 그 길에 철저한 이가 없'[1]다고 밝힌 바 있듯이, 그녀는 스스로 '대중소설가라고 자처'[2]했을 뿐 아니라, 그 언명을 많은 작품으로 실천해 왔다. 그러나 '대중소설가'라는 자기선언과 끊임없는 대중소설의 발표는 독자들의 열렬한 환대를 받았음에도 불구하고 그와 그의 작품들을 평자들의 관심 밖으로 밀려나게 하는 요인으로 작용해 왔다. 대중 혹은 통속소설[3]에 대한 평자들의 우려와 불편한 시각은 다음 글에서 비교적 잘 드러난다.

---

1) 임화, 「통속소설론」, 『임화문학예술전집 3—문학의 논리』(소명출판, 2009), 312쪽.
2) 김태영, 「신문소설의 백미」, 정하은 편, 『김말봉의 문학과 사회』(종로서적, 1986), 25쪽.
3) 대중소설 혹은 통속소설에 대한 명확한 개념 규정이 따로 있어야겠지만, 이 글에서는 통칭하여 '대중소설'로 명명한다.

그리고 인간의 삶의 과정 가운데에서도 깊이있는 운명의 탐색을 보여
주지 못한다. 행위의 기복과 그 사연의 변화만을 추구하기 때문에 인간행
동의 본질을 드러낼 수가 없다. (중략) 결국 통속소설은 문학의 세계에서
중시되는 예술적 체험을 독자에게 부여하지 못하기 때문에 지적, 정서적
파괴성만을 조장할 수 있다. (중략) 소설의 통속화 경향은 문학의 질적인
훼손을 초래할 수도 있으며, 사회의 비문화성을 조장할 수 있는 것이다.[4]

그간 대중소설은 본격 혹은 정통소설에 비해 깊이있는 운명의 탐색을
보여주지 못하고 지적, 정서적 파괴성을 조장하여 문학의 질적인 훼손을
초래할 수 있다는 이유로 외면당해 왔다. 대중소설에 대한 이같은 평가
절하는 이미 그렇게 분류되어 있는 작가와 작품에 대한 철저한 무관심
으로 나타난다. 김말봉은 『찔레꽃』 이외에도 해방 이후 『화려한 지옥』
을 필두로 장편 23편을 포함, 수많은 작품을 발표했음에도 불구하고 그
에 대한 관심과 연구는 상당히 미흡한 실정이다.

그나마 김말봉에 대한 평자들의 관심은 주로 해방 전에 발표한 『찔레
꽃』에 모아져 있다. 백철은 '통속소설의 득세'라는 장에서 "김말봉이 『밀
림』, 『찔레꽃』을 갖고 일약 저어널리즘의 스타아"[5]가 되었다고 언급하
며 이때부터 통속소설이 저널리즘과 영합하게 되었다고 평가했다. 김윤
식, 김현, 권영민 등의 문학사에는 김말봉에 대한 단 한 줄의 언급도 없
으며,[6] 이재선의 소설사[7]에는 대중소설가로 간단히 정리되어 있다. 김

---

4) 권영민, 「대중문화의 확대와 소설의 통속화 문제」, 『한국민족문학론 연구』(민음사, 1988),
   516쪽.
5) 백철, 「통속소설의 득세」, 『신문학사조사』(신구문화사, 1992), 528쪽.
6) 조연현, 『한국현대문학사』(성문각, 1969/1992) ; 김윤식, 김현, 『한국문학사』(민음사, 1973) ;
   김윤식, 『한국현대문학사』(일지사, 1976) ; 김윤식, 정호웅, 『한국소설사』(예하, 1993) ; 권
   영민, 『한국현대문학사』(민음사, 1993) 등
7) 이재선은 「여류작가와 여성문학의 세계」라는 장에서 박화성, 강경애, 백신애, 이선희, 최
   정희를 개별 장으로 다룬 뒤 6장에 '장덕조 및 기타 작가'에서 '이밖에 여류작가로 『밀
   림』(1935)과 『찔레꽃』(1936) 등의 대중소설로 등장한 김말봉'이 있다고 언급한다. 『한국

말봉에 대한 체계적인 연구는 그의 사후 20여 년이 지난 1986년 사위 정하은이 편집한 『김말봉의 문학과 사회』가 처음이다. 그러나 이 또한 가족에 의해 편집된 책이라 몇몇 논문을 제외하고는 다분히 작가의 인간적 혹은 종교적 면모를 회상과 기억에 의존하여 서술했다는 점에서 본격적인 연구서로 보기 어렵다. 다행히 몇 년 전부터 『화려한 지옥』, 『별들의 고향』, 『푸른 날개』, 『생명』 등 그의 대표작들을 중심으로 간헐적인 연구[8]가 진행되고 있다.

최근 들어 대중소설에 대한 문화적, 문학적 접근이 활발해지고 그에 따라 대중소설에 대한 평가도 새롭게 이루어지고 있지만, 김말봉이 활동하던 일제강점기와 5, 60년대까지 '대중소설' 혹은 '대중소설가'는 여전히 저급한 소설로 치부되고 있었다. 따라서 그러한 문단 현실 속에도 꿋꿋이 대중소설가임을 자처했다는 것은 대중소설에 대한, 혹은 대중에 대한 그녀의 애정과 신념이 어느 정도였는지 가늠하게 해준다. 김말봉이 생각하는 소설의 가장 중요한 요건은 '재미'와 '감동'[9]이었다. 여기서 '재미'란 소설이 지니는 흥미와 오락적 요소를 가리키며, '감동'이란 독서 후에 느끼는 정서적 카타르시스를 일컫는다. 즉 어떤 소설이라도 일단은 흥미로워야 독자가 읽게 되고, 읽은 후에 진한 정서적 환기를 가져와야만 진정한 소설이라고 본 것이다. 소설의 재미와 감동을 극대화시켜 보여줄 수 있는 장르로 그녀가 선택한 것이 바로 대중소설이다.

　　현대소설사』(홍성사, 1979), 444쪽.

8) 서정자, 「김말봉의 현실인식과 그 소설화」, 『문명연지』 4, 2003 ; 안미영, 「김말봉의 전후 소설에서 선악의 구현양상과 구원 모티프」, 『현대소설연구』 23호, 2004 ; 황영숙, 「김말봉 장편소설 연구」, 『한국문예비평연구』 15, 2004 ; 최미진·김정자, 「한국전쟁기 김말봉의 『별들의 고향』 연구」, 『한국문학논총』 39, 2005 ; 최미진, 「광복후 공창폐지운동과 김말봉 소설의 대중성 연구」, 『현대소설연구』 32, 2006 외.

9) 김말봉은 '누가 뭐래도 소설은 우선 재미있어야 하고, 또 널리 읽혀야 독자들에게 선의의 감동'을 줄 수 있다고 언급한 바 있다. 「죽으면 성경밖에 가져갈 것이 없다」, 정하은 편, 앞의 책, 53쪽.

그렇다면 대중소설이란 무엇인가. 그 개념 규정은 상당히 모호하여 논란의 여지가 있지만, 이 글에서는 전통적인 제도권 예술의 논의에서 대체로 소외된, 대중성 또는 통속성의 특성[10]을 지닌 소설이라고 규정한다. 이러한 대중소설은 대체로 비범한 주인공이 선악의 대결구도 속에서 정의를 위해 싸우는 도식적인 구조, 전형적인 성격, 행복한 결말, 애정담[11] 등의 특징을 지닌다. 김말봉의 소설 역시 이러한 전형적인 특징을 구비하고 있다.

김말봉은 1947년부터 『화려한 지옥』을 비롯하여 『별들의 고향』, 『태양의 권속』[12] 등의 장편을 잇달아 발표했다. 이 소설들은 각각 해방과 전쟁이라는 격동기를 살아가는 사람들의 이야기를 비교적 실시간으로 포착, 형상화하여 당시 현실과 세태를 담아냈다는 점에서 공통적이다. 또 작품의 시간적 배경 역시 세 편의 소설이 순차적으로 연결되어 파노라마처럼 펼쳐진다. 『화려한 지옥』은 1946년 봄부터 1947년 초까지를, 『별들의 고향』은 1947년 12월부터 1951년까지를 소설적 배경으로 삼고 있으며, 『태양의 권속』은 1951년 피난지 부산을 시공간으로 설정하였다. 따라서 이들 작품을 검토하면 당대를 살아가는 대중들의 해방과 전쟁에 대한 인식은 물론 그들의 정서와 생활, 이념과 사랑의 풍속도를 어느 정도 복원해 낼 수 있을 것이다.

세 편의 작품 모두 전쟁중 서울과 부산에서 각각 단행본으로 출간되

---

10) 박성봉, 「대중예술 비평을 위하여」, 『대중예술의 이론들』(동연, 1995), 22쪽.

11) 김중현 외, 『대중문학의 이해』(예림기획, 2005), 24-27쪽.

12) 이 글에서는 『화려한 지옥』은 문연사본(서울 : 1951년 8월 초판/1954년 9월 4판), 『별들의 고향』은 정음사본(서울 : 1953년 6월), 그리고 『태양의 권속』은 삼신출판사본(부산 : 1953년 7월)을 텍스트로 삼았다. 『화려한 지옥』은 『부인일보』(1947.7.1-1948.5.8)에 『카인의 시장』이라는 제목으로 연재되었고 『태양의 권속』은 『서울신문』(1952.2.1-7.9)에 연재되었다. 그러나 『별들의 고향』의 연재 여부는 아직 알 수 없다. 다만 작품의 시간적 배경이 1947년 12월부터 1951년 2월 경까지이므로 1951년을 전후한, 즉 전쟁기에 씌어졌을 가능성이 높다.

었다. 특히『화려한 지옥』은 1951년 8월 30일 초판이 발행된 이후 1954년 9월까지 3년 동안 4판이나 찍었을 정도로 독자들의 관심을 받았다. 특히 이 시기가 먹고 사는 것은 물론 목숨조차 보전하기 어려운 전쟁중이었음을 감안할 때 김말봉 소설의 대중성, 즉 독자 획득 능력이 얼마나 탁월했는지 확인해 볼 수 있다.

이 글에서는『화려한 지옥』,『별들의 고향』을 중심으로[13] 대중소설의 인물이 어떻게 형상화되고, 그 바탕에 깔린 사회현실은 인물의 행동과 사건 전개에 어떤 역할을 담당하는지를 밝혀 보고자 한다. 또 해방에서 한국전쟁에 이르기까지 사회현실에 대한 작가의 신념이 당대 지배적 이념과 어떻게 결합하여 강화되는지 고찰해 보고자 한다.

2. 도덕적 양극화와 주체적 여성상의 수립

김말봉의 소설의 중심축은 '사랑'이다. 평범한 연애를 하던 남녀 주인공은 그들의 사랑을 방해하는 연적이나 신분·돈에 의해 위기에 봉착한다. 독자들의 관심은 소설의 주인공들이 이 갈등과 장애를 어떻게 극복하고 사랑을 성취해 나가는지에 쏠려 있다. 따라서 등장인물들의 삼각, 혹은 사각 관계와 주인공이 겪는 고난의 여정은 독자들을 흡인하기 위해, 즉 '재미'를 위해 꼭 필요한 장치이기도 하다. 김말봉의 소설은 사랑

---

13) 『태양의 권속』은 1951년에서 1952년까지 피난지 부산을 배경으로 했음에도 불구하고 젊은이들의 사랑의 엇갈림과 질곡에 초점에 맞춘 전형적인 연애소설이라 부분적으로만 언급하기로 한다. 이는 당시 부산이 '戰時'라는 지금 여기(here and now)의 현실로부터 탈각'된 채 '환멸과 타락의 공간'(서동수, 「지역의 분할과 반공윤리의 생산」, 『한국민족문화』 38, 2010, 74쪽)으로 그려지고 있어,『태양의 권속』에 대해서는 考를 달리하여 살펴볼 예정이다.

이나 연애의 과정이 전면에 나타나고, 그 사랑의 방해요소나 인물이 반드시 포진되어 있으며, 결국 인간간의 깊은 이해나 화합을 목표로 하고 있다는 점에서 대중소설의 하위범주인 '연애소설'14)로 규정할 수 있다.

『화려한 지옥』에서는 출신성분의 차이로 어긋나기 시작한 오채옥, 백송희와 황영빈이 결국 파국으로 결말이 나는가 하면, 『별들의 고향』에서는 김영숙과 최창열이 전쟁이라는 외적 조건을 무릅쓰고 사랑을 쟁취하고, 『태양의 권속』의 김신희와 이상칠 역시 연적들의 방해로 고비를 맞다가 오해를 불식하고 사랑을 기약하는 것으로 결론을 맺는다.

『화려한 지옥』은 두 여성의 삶의 굴곡을 공창폐지운동을 중심으로 풀어나간 총 9장으로 구성된 소설이다. 기생 신분이었다가 벗어난 오채옥의 끝없는 수난이 작품의 한 축을 이룬다면 다른 한 축에는 기생의 딸이라는 태생적 콤플렉스에 시달린 백송희의 살인과 자살이 놓여 있다. 공창이었던 오채옥의 탈출과 안착을 위한 긴 여정이 전편에 깔리고, 그 위에 백송희와 황영빈의 애정의 행로가 덧씌워진다. 자칫 삼각관계처럼 보일 수 있는 이들의 관계는 오채옥과 백송희의 연대로 갈등으로까지 치닫지는 않는다.

오채옥이라는 인물의 설정은 당시 작가가 주창했던 공창폐지운동을 대중들에게 널리 알리고 이의 정당성을 홍보하기 위한 방편으로 보인다. 따라서 기생이었던 오채옥과 기생의 딸인 백송희에 대한 서사는 기생과 기생의 후예들이 겪는 비인간적인 해방현실에 대한 저항과 고발의 의미로 읽힐 수 있다. 그 두 여성의 파란많은 삶의 중심에는 황영빈15)이 자

---

14) 김창식, 「연애소설의 개념」, 대중문학연구회 편, 『연애소설이란 무엇인가?』(국학자료원, 1998), 9-27쪽 참조.

15) 대중소설의 인물이 "기호적인 성격을 가진 추상적"(서영채, 「1930년대 통속소설의 존재 방식—김말봉의 『찔레꽃』 읽기」, 『소설의 운명』(문학동네, 1996), 181쪽)인 존재로 그려지고 있다는 점을 고려해 볼 때, 『화려한 지옥』의 황영빈은 이후 『별들의 고향』의 최창

리잡고 있다. 등장인물들의 얽히고설킨 애증의 교차와 또 정리될 만하면 발생하는 우연적 사건 전개들은 독자들의 흥미를 유발시키고 이를 지속하게 하는 요소로 작용한다.

이 소설의 등장인물은 철저하게 '도덕적 양극화',[16] 즉 선악의 이분법으로 배치되어 있다. 주인공격인 채옥과 송희를 중심으로 그들 개개인의 삶을 지원하고 격려함은 물론 공창폐지를 위해 적극 활동하는 정민혜, 주영매, 손탄실 등 긍정적 인물들이 포진되어 있고, 그 반대쪽에는 자신의 행동에 책임지지 못하는 황영빈을 비롯하여 손성묵, 김황룡 등 파렴치하고 이기적인 인물들이 대조를 이루고 있다. 남성인물들은 여성인물들에게 혼인을 빙자하여 돈을 갈취하거나 돈을 내세워 정조를 유린하려하고, 혹은 적산가옥이라는 명분으로 집을 빼앗으려 협박하는 등 갖가지 고난과 위해를 가한다. 이들은 철저히 긍정과 부정, 여성과 남성, 선과 악으로 양분되어 서사를 이끌어 나간다. 이러한 인물 구성과 배치는 멜로드라마에서 흔히 볼 수 있는 방법이다.

> 멜로드라마에서는 대개 선악이나 미추 등 이분법적으로 대비되는 평면적인 인물들이 비약과 우연성이 심한 사건 전개 속에서 과장된 연기와 극적 장치를 통해 일정한 감정의 반복적인 강조나 과도한 감정이입을 유도하곤 하는데, 이러한 요소들이 감정의 과잉을 형성하는 것이다.[17]

김말봉의 소설이 많은 독자를 거느리고 있는 이유 역시 이러한 극적

열, 『태양의 권속』의 이상칠, 『푸른 날개』의 권상오, 『생명』의 설병국에게까지 그 계보가 이어진다. 이들은 매사에 우유부단하고 상황에 이끌려 쉽사리 판단을 유보하고 흔들리는 인물로, 자신의 사랑을 지키지도 못하면서 쉽게 놓아주지도 못하는 고뇌형 혹은 갈등형 인물들로 기호화된다.

16) Ben Singer, *Meiodrama and Modernity*, 이위정 옮김, 『멜로드라마와 모더니티』(문학동네, 2009), p.76.

17) 대중서사장르연구회, 『대중서사장르의 모든 것 1 : 멜로드라마』(이론과실천, 2007), 13쪽.

인 구성과 배치 때문이다. 독자는 소설 속 긍정적 인물들의 편에 서서 감정이입을 한 채 약자들을 격려·지원하고, 악한들에게 야유와 경멸을 쏟아붓는다. 해방전 작가의 베스트셀러였던『찔레꽃』역시 이같은 인물 배치에서 한치도 벗어나지 않는다는 점에서 공통적이다. 그러나『찔레꽃』에서 이민수를 사이에 두고 안정순과 조경애가 애정 갈등을 벌이고, 조만호 집 침모가 자신의 딸 영자의 신분상승을 위해 안정순을 빙자하여 술수를 부리는 등, 여성인물들 사이의 유대가 전혀 없었던 것과는 달리 이 작품에 등장하는 여성들은 정민혜를 중심으로 공창폐지운동을 전개하는가 하면, 오갈 곳 없는 이에게 집을 알선해 주고 직업을 소개하는 등 강력한 여성연대를 결성하여 남성들에게 맞서는 한편 해방 현실을 타개해 나간다. 이같은 여성인물들의 모습은 그동안 대중소설에서 보여준 상처받고 버림받는 수동적·피학적 여성의 이미지에서 벗어나 서로 연대하여 좀더 현실적이고 능동적인 여성상[18]을 수립해 냈다는 데에 점에서 그 의의가 있다. 특히 고부간의 갈등이나 세대 차이가 나는 여성인물들 사이에 구박이나 간교한 계략이 없고, 나이와 직업, 교육 유무에 상관없이 서로가 서로를 배려하고 지원하는 모습은 이 소설의 강점 중의 하나로 꼽을 수 있다.

오채옥의 경우 가난한 집안에서 태어나 학교도 제대로 마치지 못한 채 아버지와 오빠의 사망하자 결국 소녀가장으로서 생활난[19] 때문에 공

---

18) 이는『태양의 권속』의 김신희의 경우도 마찬가지다. 김신희는 아버지인 김병화가 대학 총장을 지냈음에도 불구하고 피난지에서는 '국제시장 넝마장사보다도 무능'(18쪽)한 면모를 보이자 무역회사 타이피스트로 취직하여 가족의 생계를 책임지는가 하면, 애인 이상칠이 강설려와 자신 사이에서 방황할 때에도 끝까지 자신의 사랑을 믿고 지켜낸 인물이기 때문이다.

19) 1948년 1월 15일 현재 공창실태조사 결과, 연령은 14세에서 35세까지, 부양가족은 최대 9명까지이며, 교육정도는 무학이 80%, 소학교 중퇴가 15%로 대부분 한글조차 해독하지 못한 형편이라고 조사되었다. 이 통계결과에 대해 필자는 '우리 사회가 가난'하기 때문이라고 서술했다. 김용년,「공창이 없어지든 날까지」,『새살림』2권 2호, 1948, 23쪽.

창의 길로 들어설 수밖에 없었다. 가족의 생계를 위해서 어쩔 수 없이 선택한 길이 바로 일월루의 '기생'이었던 것이다. 채옥은 『찔레꽃』의 옥란의 계보를 잇는 동시에 이후 『별들의 고향』의 노연심, 『태양의 권속』의 강복매(황매)로 기호화되며 연계된다.

> 빈곤과 병고에 시달리는 가족 5인을 가진 자로서 그가 여자가 아니고 사나이라 할지라도 그의 노동력을 사주는 데가 없다며는 그래서 그가 도적질할 기력도 없고 자살할 용기도 없고 또 미쳐지지도 않는다면 그리고 돈을 가지고 그의 정조를 요구하는 사람이 있다하며는 그 유혹에서 감연히 싸워 이길 자가 몇이나 될까?[20]

위의 인용은 당시의 사회적 현실이 기생을 양산할 수밖에 없었고, 그 기생들은 공창이 폐지된 후에도 마땅히 자신의 일자리를 찾을 수 없었음을 반증한다. 공창폐지 후 풀려난 기생들의 행로는 여관 접대원이 15%, 주점급 카페 접대부가 75%, 가정급 식모, 침모로 3%, 공장급 타직장으로 2%, 간호부급 악극단으로 5%라는 통계[21]를 보면 이같은 사실을 확인할 수 있다. 즉 여관이나 주점급 접대원으로의 전직이 전체의 90%였다면, 이들 대부분이 또다시 몸과 웃음을 파는 유사한 직종에 종사했다는 결론이 나온다.

따라서 오채옥의 변신은 특별하다. 그녀가 전체 5%에 속하는 간호부로 취업할 수 있었던 것은 정민혜와의 만남이 크게 작용하지만, 또하나 '잉태'라는 경험을 거쳤기 때문이다. 그녀가 일월루를 탈출한 계기는 바로 '잉태'였다. 채옥은 잉태한 사실을 안 순간 "뱃속의 새 생명을 위해서라도 다시는 그 노릇은 못"(27쪽)한다며 '기생'이라는 신분으로부터 벗어

---

20) 김말봉, 「공창폐지와 그 후 1개년」, 『연합신문』 1949.2.24.
21) 「공창폐지 후 창녀들이 흐른 경향」, 『연합신문』 1949.2.22.

나려 한다. 태어날 아기는 자신과는 다른 길을 걸어가게 해야 한다는 강력한 모성이 작용한 때문이다. 이는 '뱃속의 생명을 위하여' 갖은 고생을 하면서도 죽음을 선택하지 않은 이유이기도 하다.

> 순간 채옥은 가슴이 두근거렸다. 당황하고 놀라웁고 신비스러웁고 황홀한 모든 정서를 한데 뭉처 놓은 듯한 그러한 감격이 채옥의 더러워지고 상처난 온몸의 혈관 속에 용소슴하고 돌아간다.
> 「꼬무럭 꿈틀!」
> 채옥은 반사적으로 한 손을 아랫배에 대었다. 눈물이 뜨거운 눈물이 핑그르르 채옥의 두 눈에서 노―란 뺨 위로 줄기지어 흘러내린다.(146쪽)

아이의 생명을 구하고자 유곽을 탈출한 채옥이 냉혹한 현실에 견디지 못해 죽음을 생각할 때 그녀를 살린 것은 바로 뱃속의 아이다. 공창에서 도망쳐 경찰에 쫓기고 미군에게 유린당한 후 장국밥집과 사창의 식모 노릇을 하면서까지 채옥이 지키려고 한 것은 바로 한 아이의 '생명'이었다. 이제는 그 생명이 역으로 더럽고 상처난 영혼을 새롭게 탄생시키는 에너지로 작용하여 채옥의 목숨을 구하게 된다. 이는 김말봉의 단편 「합장」(『신조』, 1951.6)에서 병원에 온 어린아이가 돈이 없어 수혈을 받지 못하자 간호사 순희가 자신의 피를 수혈해 준다든가, 「어머니」(『신경향』 4권 1호, 1952.6)에서 남순이가 어머니와 남편 등 가족의 반대에서 불구하고 아이와의 끈을 놓지 않는 것을 연상케 한다. 뿐만 아니라 장편 『생명』(『조선일보』 1956.11.28-1957.9.16)에서 전창님이 설병국의 아이를 갖자, 이미 김정미와 약혼까지 한 그와의 결혼을 다짐하고 이를 실행해 나가는 과정과 유사하다. 그 어떤 방해와 역경에도 반드시 지켜야 할 제 1의 원칙은 바로 '생명'에 대한 경외이기 때문이다. 채옥이 지닌 강한 모성은 그녀를 '사람'으로 다시 태어나게 했다. "그것이 사람의 노릇이야? 즘생이지"(26쪽)라고 자신의 직업에 대해 자조하던 채옥이 아이를 갖고 정민혜를 만나면서 '사람의 딸'로 거듭나게 되는 것이다.

> 공창이라면 첫째 난잡스럽고 건방지고 아주 망난이로만 상상하였든 영매는 채옥을 만나보는 순간
> 「너도 사람의 딸이구나」
> 하는 인상을 가질 수 있었다.(197쪽)

공창은 곧 '짐승' 혹은 '망난이'라는 사회적 인식이 어느 순간 '사람의 딸'로 뒤바뀌re-vion 인식된 것이다. 공창에서의 탈출과 모성의 획득, 그 위에 종교적 믿음까지 더해지자 채옥은 자신의 정체성까지 새롭게 확보할 수 있게 되었다. 결국 오채옥은 간호부로 취업하게 되고 이어 의사와 결혼까지 하는 등 해피앤딩을 맞게 된다. 짐승에서 사람의 딸로 거듭나더니 이윽고 신분상승까지 이루어낸 것이다. 이는 그동안의 고난에 대한 충분한 보상으로 볼 수 있다. 작가가 오채옥을 통해 제시한 끝없는 '재활에의 정신적 자세'는 해방과 전쟁기에 요망되는 삶의 방식으로 '김말봉 문학의 한 중추적 주제'22)이기도 하다.

고난에 대한 보상과 해피앤딩은 대중소설에서 독자가 기대하는 결말이다. 특히 신문소설을 읽으며 독자가 숙원하는 가장 모범적인 소설적 여인상은 바로 '성춘향'이다. 춘향은 모진 풍파를 견딘 후 결국 사랑을 쟁취하고 신분상승의 꿈까지 이룩한 인물로, 독자에게 대리만족과 카타르시스를 동시에 안겨 주었기 때문이다. 김말봉의 소설 속 여인들은 춘향이처럼 기생 혹은 기생의 딸이라는 태생적 콤플렉스를 가진 인물들이다. 『화려한 지옥』의 오채옥, 『별들의 고향』의 초선, 노연심, 『태양의 권

---

22) 신동욱(1986), 「여성의 운명과 순결미의 인식」, 정하은 편, 앞의 책, 71쪽.

속』의 황매 등은 기생이었고, 『화려한 지옥』의 백송희, 『별들의 고향』의 유송난 등은 기생의 딸이라는 유전적 환경으로 인해 고통을 겪는다. 이들의 희구는 단 하나 '인간답게' 대우받으며 살아가는 것이다. 이들 중 『화려한 지옥』의 오채옥의 경우 그를 정신적, 사상적, 종교적 지도자인 정민혜 여사에게 전적으로 의탁하여 인간으로 거듭남에 성공할 뿐더러 끝내 고난에 대한 보상까지 받게 된다. 반면 적절한 조력자를 만나지 못하거나 거부하며 끊임없이 내면적 갈등에 시달릴 경우 백송희처럼 살인과 자살이라는 극단적 선택을 하거나, 유송난처럼 이념에의 맹목으로 치달았다가 양공주로 전락한 후 의미없는 죽음을 맞게 된다. 백송희와 유송난은 『찔레꽃』에 등장하는 옥란의 후예들로서 자존을 지키지 못해 자멸해 가는 인물들이다.

3. 사회현실의 재현과 지배 이념의 강조

해방에서 전쟁에 이르는 역사적 격변기에 대중이 욕망하는 상상적 인물과 시공간의 가상현실은 무엇이었을까? 우선 가난으로부터의 탈출을 들 수 있다. 세습된 가난과 혼란기에 발생할 수밖에 없는 또다른 가난이 덧보태져 옴쭉달싹할 수 없는 상황에 놓인 인물들이 그 환경에서 벗어나는 것, 또 거기에서 나아가 신분상승을 꿈꾸고 행복한 삶을 이루는 것이 모두가 기원하는 최대의 과제였다. 둘째, 어떠한 역사적 현실 속에서도 변하지 않고 꿈꾸게 되는 사랑의 실현이다. 자신의 전존재를 걸고 사랑하여 그 결실을 이루고자 하는 욕망은 격변기라고 해서 크게 달라지지 않는다. 셋째, 전쟁의 종식이다. 대립되는 이념 전쟁의 소용돌이 속에서 겪게 되는 반목과 분쟁을 끝내고 평화를 희구하고자 하는 소망이다.

이는 이러한 상황을 만든 공산주의 이념에 대한 강한 환멸과 불신으로 드러난다.

이 시기의 김말봉의 소설에서는 위의 세 가지 요소들이 적절하게 배합되고 착종되어 외화된다. 『화려한 지옥』의 오채옥과 『별들의 고향』의 김영숙, 『태양의 권속』의 김신희 등은 모두 신분상승의 꿈을 이룩하거나 사랑을 획득하는 결말을 얻는다.23) 이 과정에서 당대 현실은 작품의 배면에 깔려 해방과 전쟁기 삶의 갈피를 들여다볼 수 있게 할 뿐 아니라 가족의 이산이나 연인의 별리 등 사건을 추동시키는 직접적 계기로 작용하기도 한다.

『화려한 지옥』은 『카인의 시장』이라는 제목으로 1947년 7월부터 1948년 5월까지 연재되었다. 러취 군정장관이 공창폐지문제를 입법의원에 상정시켜 공창폐지령 초안이 입법의원을 통과한 것이 1947년 8월 29일이었고, 법률 제 7호로 공포된 것이 10월 11일, 그 효력이 발생하기 시작한 것이 1948년 2월 14일이었다. 이는 소설 내에서 정민혜를 중심으로 공창폐지운동을 전개한 것과 거의 동시간대이다. 김말봉은 실제적으로 폐업공창구제연맹24) 위원장을 맡아 공창폐지운동을 전개하는 한편 이를 여론화하기 위해 소설로 구성, 신문에 연재25)했다. 현실적 시간이

---

23) 서정자는 '김말봉 소설의 여성들은 아무도 행복한 삶에 도달하지 못한다'(「김말봉의 현실인식과 그 소설화」, 『문명연지』 4권 1호, 2003, 37쪽)며, 이는 작가의 삶에 대한 비극적 인식을 드러내는 것이라고 언급한 바 있다. 그러나 오채옥의 경우 아이를 잃긴 했지만, 공창에서 탈출하여 취업과 결혼에 성공하는 등 새로운 인생을 건설하게 되었다는 점에서, 또 『별들의 고향』의 김영숙도 연적이었던 유송난을 물리치고 최창열과의 사랑을 지켜냈고, 『태양의 권속』의 김신희 역시 우여곡절 끝에 연인이었던 이상칠과의 재회를 기대하는 것으로 결말지어졌기 때문에 행복한 결말로 볼 수 있다.
24) 폐업공창구제연맹은 독립촉성애국부인회로 대표되는 우익여성운동단체가 주도한 단체로 공창제 폐지를 위한 입법요구 활동에 주력하였다. 양동숙, 「해방후 한국의 공창제 폐지과정에 대한 연구」, 한양대 석사논문, 1998, p.23.
25) '공창폐지운동의 일환으로 그 당시 공창들의 삶의 모습과 사회적 분위기, 폐업공창구제연맹의 활동 등을 그린 김말봉의 소설 『카인의 시장』을 기관지인 『부인신보』에 연재해

소설적 시간과 나란히 병행된 셈이다. 이 점에서 볼 때 『화려한 지옥』은 "실제로 과거나 현재에 있었던 사건을 다루는데 등장인물이나 배경들을 바꾸어 소설화"한 열쇠소설(Schlüsselroman)[26]로 볼 수 있다. 어떤 역사적 사건을 이해하는 데 열쇠의 노릇을 하는 열쇠소설을 통해 독자들은 그 소설에서 실제 사건의 전모와 실제 인물을 짐작해 낼 수 있는 것이다. 독자는 채옥이 겪는 우여곡절을 통해 그녀가 기생이 될 수밖에 없었던 저간의 사정을 이해하고, 공창에서 빠져 나와 사회에 적응하기가 얼마나 어려운 일인지, 또 이를 위해 얼마나 구체적이고 실제적인 대안이 필요한지 실감하기 때문이다. 이 경우 소설은 역사적 사건이나 사회 현실에 대한 보고와 고발 혹은 계도의 목적을 강하게 드러냄으로써 고발 혹은 계몽소설로 기울어지게 된다.

『화려한 지옥』에서 작가는 '공창폐지운동'이라는 역사적 사건을 전면에 내세우고 있다. 사실 '모성'과 '공창폐지'는 사실 당대 미군정청 부녀국이 가장 중점적으로 전개했던 주요 업무 중 하나였다.[27] 미군정청 산하에 부녀국이 설치된 것은 1946년 9월이다. 이 부녀국의 실제 활동에서 가장 큰 업무[28]는 첫째가 각종 강습회 개최와 교육, 계몽 사업이었다. 이를 위해 부녀국에서는 1948년 4월 어머니학교를 설치, 운영하였다. 둘째는 공창폐지문제였다. 따라서 '모성'의 강조와 '공창폐지문제'는 당시 기획된 관제 이데올로기의 하나였고, 이 두 가지가 『화려한 지옥』

이를 여론화시키려 하였다.' 양동숙, 위의 논문, 23쪽.

26) 정하은(1986), 「반속 정신의 금자탑을 세운 '화려한 지옥'」, 앞의 책, 110쪽.

27) 하지만 결과론적으로 보았을 때 미군정 부녀국은 공창폐지에 관한 어떠한 실질적인 대안도 마련하지 못한 채 성병치료와 교화지도만을 강조, 많은 창기들을 유곽에서 강제로 퇴거시키는 역할만 담당하였다고 한다. 양동숙, 「해방후 공창제 폐지과정 연구」, 『역사연구』 9, 2001, 241쪽.

28) 황정미, 「개발국가의 여성정책에 관한 연구 : 1960-70년대 한국의 부녀행정을 중심으로」, 서울대 박사논문, 2001, 43쪽.

에 고스란히 반영되어 있다. 특히 공창폐지문제는 작품 곳곳에 거칠게 포진하여 계몽적 의도를 노골적으로 드러내 때때로 소설 구성의 파탄을 가져오는 요인으로 작동한다.

> 공창폐지의 사명은 획으로 유곽의 여인들을 인도적으로 구원하자는 것과 또 종으로 민족보건을 위하여 성병을 박멸하자는 민족의 보건운동으로 볼 수 있구만요…… 공창폐지연맹이야말로 건국의 가장 초석적 사명을 가지고 있습니다.29)

위의 인용은 정민혜와 백송희 간에 벌어진 긴 대화의 일부이다. 문답 형식으로 된 이 대화는 주로 정민혜의 교조적인 일장연설로 이어진다. 정민혜는 당시 폐업공창구제연맹 위원장이었던 작가 김말봉의 페르소나로 소설 속에서 유일하게 이상화된 완전무결한 인물로 등장한다. 황영빈에게 버림받고 스스로 연맹에 찾아온 송희에게 시종일관 연설조로 운동의 정당성을 밝히는 이 대목은 작가가 다른 지면에 쓴 수필과 큰 차이가 나지 않을 정도로 비소설적이다. 즉 이 소설은 당시 사회 현실이나 역사적 사건을 적절한 문학적 매개 없이 반영 혹은 재현하는 데에 그치는 한계를 보인다.

결국 『화려한 지옥』은 모성과 공창폐지문제를 중심축으로 하여 월남한 전재민, 적산가옥불하, 모리배, 정당간 이념 투쟁, 축첩과 남아선호사상 등 당시 일반 서민들이 공유하는 다양한 일상과 풍속과 사랑이 작품 곳곳에 켜켜이 교직되어 있는 일종의 계몽적 대중소설로 규정할 수 있다.

『별들의 고향』30)도 마찬가지다. 이 소설에는 서로 다른 이념 때문에

---

29) 김말봉, 『화려한 지옥』(문연사, 1951), 132-133쪽. 이 소설의 126-133쪽까지는 공창폐지 문제에 관해 정민혜와 백송희가 나누는 긴 대화로 이루어져 있는데, 공창폐지연맹의 목적과 사명, 행동강령 등이 노골적인 언술로 드러나 있다.

30) 필자가 텍스트로 삼은 『별들의 고향』(정음사, 1953)은 한남대학교 도서관 소장본으로,

가족이 반목하고, 젊은이들의 사랑이 붕괴되는 등 작중인물의 삶에 전쟁이라는 시대현실이 짙게 드리워져 있다. 박경진과 그의 어머니는 "너는 내 자식이 아니야"(87쪽), "주의와 사상이 다른 사람은 피차에 이단"(87쪽)이라고 규정하며 돌아서고, 경진은 오빠인 박국진과 친구이자 올케인 최봉희를 총살하기까지 한다. 유송난과 최창열의 만남과 이별도 마찬가지다. 이들에게는 이념 갈등 외에 신분의 차이가 덧씌워진다. 공산주의와 민주주의의 대립, 대구 양반집 장자와 기생의 딸이라는 신분적 차이가 이들을 외적으로 이미 분리시켰기 때문이다.

뿐만 아니라 『별들의 고향』에서도 여전히 공창폐지문제가 거론되고 있고, 미군정하에서 실시된 초대 국회의원 선거, 인민군 치하 3개월간에 있었던 인민재판, 9·28서울 수복과 1·4후퇴, 대구 피난지와 댄스홀 이야기 등 당대의 현실적 정황이 파노라마처럼 펼쳐진다. 이 과정에서 끝까지 살아남은 자들은 최창열과 박영주, 김영숙, 피득순 등 반공이념을 견지하거나 종교를 신봉한 자들이다. 작품에서 반공이념은 주로 공산주의자들의 몰지각하고 비이성적인 행동에 대한 고발과 비판으로 드러난다. 특히 인민재판을 다룬 장면은 송난으로 대표되는 공산주의자들에 대한 환멸과 반감을 여지없이 보여준다.

> 창열은 두 팔로 영숙을 안아 이르켰다.
> 영숙의 뺨에서 피가 흘러내리는 것을 창열은 손수건을 꺼내 씻으며
> 「정신을 채려요 영숙씨」
> 하고 그의 등을 쓸어주는 것이다. 송난의 가죽띠를 쥔 손이 바르르 떨렸다. 가죽띠가 이번에는 미친개의 이빨처럼 창열의 손과 팔을 물어찢기 시작하였다.(344쪽)

105~108쪽, 119~126쪽, 137~140쪽, 153~156쪽, 405~416쪽이 누락되어 있다.

창열과 영숙 등 취조받는 자들은 '태연'하고 '젊고 아름다운 그리고 교양'까지 갖춘 '마돈나의 상'을 보는 듯하나, 오히려 취조하는 송난은 아무 얘기도 듣지 못할 정도로 흥분하여 이성을 잃고 날뛰는 모습을 보여줘 대조적이다. 사랑하는 이에 대한 질투와 원한이 송난의 기괴한 행동을 조종하고, 이는 공산주의이념과 결합하여 더욱 잔인하고 비정하게 묘사된다. 이렇듯 이 작품에서 전쟁은 작중인물의 애정갈등을 증폭시키거나 이념을 구획하여 생사를 결정하는 중요한 계기로 작용한다. 특히 전시의 '반공'이라는 지배이데올로기는 인물의 형상화는 물론 사건의 갈등과 전개에 절대적인 영향을 미치고 있는 것이다.

『화려한 지옥』에 비해『별들의 고향』에서 반공이념이 강화된 것은 전쟁이라는 외적 현실이 작용함은 물론이겠지만, 사실 작가의 개인적 경험이 더 큰 요인일 수 있다. 해방 이후 폐병으로 입원해 있던 작가의 아들이 전쟁 발발 후 자원입대하여 일선에 나갔다 전사했기 때문이다. 전쟁으로 아들을 잃은 어머니의 상처는 공산주의 이념에 대한 극도의 혐오를 초래하였고, 이는 종교와 합치되면서 한층 공고해진다.

> 기도가 아주머니의 일과의 전부였었다고 생각한다. 위로의 말을 찾지 못하여 글썽거리고 있던 나를 보고 하던 말이 아직도 기억에 남는다.
> "우리 영이가 폐병 환자로 요양소 침대 위에서 죽지 않고, 국가의 간성으로 싸워 죽은 것은 하나님의 은총이야."[31]

반공이 국시인 시대현실 속에서 소설 속 반공이념의 수용과 추앙은 불가피한 선택이었으나 그 위에 작가가 일찍부터 견지해 온 기독교라는 종교적 신념, 그리고 아들의 전사라는 개인적 상처가 덧보태져 반공이념

---

31) 한무숙, 「아아, 김말봉 선생」, 정하은 편, 앞의 책, 49쪽.

은 더욱 강력하게 내면화된다.

한국전쟁을 거치면서 기독교 내부에서는 '전쟁의 발발과 그로 인한 비극의 원인을 북한 공산주의자들의 탓으로 돌리는 설명체계로서의 사탄론이 급증'[32]하였다고 한다. 즉 대다수의 신자들이 공산세력을 사탄과 등치시키는 담론을 수용[33]하였고, '공산주의=반기독교 이념, 기독교=반공산주의 종교라는 등식이 불변의 진리로 고정'[34]되어, 이후 기독교는 반공주의의 집결지요 공산주의 비판의 선봉에 서게[35] 되었다.

'최초의 여류 장로'였던 김말봉은 '철저하고 독실한 기독교인'[36]이었다. '문학을 하는 것도 하나의 종교적인 사명으로 한 것이 틀림이 없을 것'[37]이라는 말이 있을 정도로, 기독교는 대표작『찔레꽃』을 비롯하여 『화려한 지옥』, 『별들의 고향』, 『생명』 등 김말봉의 작품 전편에 깔려 있는 기본 이념이다. 김말봉의 작품 속 기독교는 친미, 반공의 이데올로기로 작용한다. 즉 그의 소설 속 기독교 이념은 이상화된 인물 정민혜나 인자하고 포용력있는 선교사들의 언행을 통해 드러나는데, 이들은 주로 젊은이들을 교육, 계몽시키는 역할을 담당한다. 특히 선교사들은 젊은이들의 미국 유학을 알선, 추진하여 지배세력으로 양성하는 데 주력한다. 『별들의 고향』의 영숙과 창열은 물론, 『생명』의 전창님이 미국유학을 하게 되기까지는 선교사(목사)의 역할이 지대했다. 이들은 종교를 통해 휴머니즘을 구현하는 행동형 인물들이다.

　　김선생의 문학세계는 그 소재가 남녀간의 애정 문제를 많이 다루었지

---

32) 김홍수, 『한국전쟁과 기복신앙 확산 연구』(한국기독교역사연구소, 1999), 78쪽.
33) 강인철, 「한국 개신교 반공주의의 형성과 재생산」, 『역사비평』70호, 2005, 46쪽.
34) 김홍수, 앞의 책, 225쪽.
35) 조용훈, 「한국교회와 반공주의」, 『기독교 사회윤리』12집, 2006, 63쪽.
36) 김태영, 「신문소설의 백미」, 정하은 편, 앞의 책, 29쪽.
37) 정을병, 「내가 만난 최초의 문인」, 앞의 책, 255쪽.

만, 그 깊은 내용은 인간 김말봉의 기독교적 체질의 박애정신이 근간을
이루고 있다. 인간과 인간이 부딪히는 휴머니티의 노출이 언제나 끈으로
이어져 있는 것이 김말봉 문학의 특색이라고 할 수 있을 것이다.[38]

『별들의 고향』에 등장하는 주요 인물인 창열과 영숙, 송난 등은 초반
에 대학생이라는 똑같은 신분에서 출발하지만 결말 부분에 이르면 창열
은 육군 중위로, 영숙은 간호장교로 자기 몫을 해내고 있는 반면, 송난
은 투옥과 월북, 월남을 거쳐 양공주로 전락한 후 일본으로 밀입국을 시
도하다 죽음을 맞는다.[39] 이러한 비극은 우선 반공이념의 선택 여부에
달려 있고, 다음은 기생의 딸이라는 생래적 원한과 막연한 적개심에 사
로잡혀 스스로 인간다운 삶을 지켜나가지 못했기 때문이다. 『태양의 권
속』의 여성실업가 강월라가 밀수하다 구금되고 그의 딸 강설려 역시 출
세의 발판으로 남자를 사귀다가 결국은 버림받는 등, 김말봉 소설에 등
장하는 몰인정하고 부도덕하고 파렴치한 인물들은 대부분 파국을 맞게
된다.

> 「저 하늘에 피어나는 별 하나하나가 다 어떤 사람의 혼령이라면 六·二
> 五 후부터 확실히 별들은 더 많이 생겨났을 거야.」(중략)
> 「지금은 밤이다. 밤이다. 하지만 조금 후에 밤이 가면 새벽이 오고 그리
> 고 태양이 떠오른다고. (중략) 고향을 지키자! 어둠이 사면을 삼키는 우리
> 고향을, 친구야 너와 나만은 태양이 떠올 동안 비록 적은 광명이라도 한
> 데 모아 어두운 고향에 비춰보자.」
> (중략)
> 「네- 득순씬 분명 별입니다. 그리고 영숙씨도 또 창열군도 분명 별입
> 니다. ……나도 한 개 적은 별이구요.」[40]

---

38) 곽종원, 「대중소설은 중간소설이다」, 앞의 책, 228쪽.
39) 이 내용은 텍스트의 누락으로 인해 최미진의 논문 「한국전쟁기 김말봉의 <별들의 고
   향> 연구」, 297쪽에서 제시한 작품 줄거리를 참고하였다.

　작품의 결말 부분 창열, 영숙은 물론 영주와 득순 등 남은 자들은 힘을 합쳐 조국을 지킬 것을 맹세한다. 시간적 배경이 전쟁중임을 고려할 때 다가올 전쟁의 승리를 위해 각자의 자리에서 맡은 바 임무를 충실히 완수하자는 다짐으로 볼 수 있다. 공산주의 이념을 신봉했던 자들의 몰락을 제시하고 그 반대쪽에 있던 젊은이들을 규합함으로써 반공이념의 승리를 예견하는 낙관적인 대목이다. 『태양의 권속』에서는 이상칠이 애인 김신희를 배신한 형벌로 기꺼이 자원입대를 결정하는 등, 국가가 요청한 전시동원에 적극 참여하기도 한다. 위의 작품에서도 죽은 자들은 물론 살아남은 자들까지 모두 '별'로서 하나가 된다고 선언하는 자가 독실한 크리스천인 박영주임을 감안해 보면, 이는 반공이념과 종교의 품 안에서 모두가 하나됨을 역설한다고 보아도 무방할 것이다. 바로 종교적 휴머니즘의 길이다.

　김말봉의 『화려한 지옥』과 『별들의 고향』은 해방과 전쟁기의 사회 현실을 구체적으로 재현해 냈을 뿐 아니라, 그 시공간에서 살아가는 사람들의 사랑과 생활을 그린 작품이다. 해방현실의 혼란상과 모략, 공창제를 둘러싼 찬반논쟁, 전쟁의 발발과 이념 선택 등 다양한 역사적 사건들이 전면에 등장한다. 그 과정에서 공창폐지운동이라는 정책에 동조하고, 반공이라는 국시에 부응하는 선량하고 도덕적인 인물들이 종국엔 살아남고, 행복을 쟁취한다는 메시지를 종교적 휴머니즘 차원까지 끌어올린 소설인 것이다. 즉 김말봉이 해방에서 전쟁에 이르는 동안 발표한 소설들은 당대 지배이데올로기인 반공을 강조하고, 자신이 견지해온 기독교라는 종교적 믿음을 결합한 계몽적 대중소설로 볼 수 있다.

---

40) 김말봉, 『별들의 고향』(정음사, 1953), 418쪽.

4. 계몽과 교화의 대중소설

김말봉의 소설에는 현실을 살아가는 다양한 계층의 인물들이 존재한다. 그의 소설 내적 시간은 대부분 현실의 시간과 동시에 진행된다. 때문에 그의 소설에는 현실에 존재하는 동시대인들의 희로애락은 물론 현실에는 있을 수 없는 이상적인 기대와 구원이 공존한다. 특히 해방과 전쟁을 다룬 소설들은 당대의 역사적 사건이나 사회현실을 고스란히 들여다볼 수 있게 하는 하나의 '창' 혹은 '열쇠' 역할을 담당하고 있다.

김말봉은 해방 이후 『화려한 지옥』을 비롯해 『별들의 고향』, 『태양의 권속』, 『푸른 날개』, 『생명』 등 잇달아 장편을 발표하였다. 이 작품들에는 당대 현실이 고스란히 실시간으로 담겨 있으며, 해방과 전쟁이라는 시공간적 특수성은 작중인물의 행동은 물론 사건의 진행과 공간 이동을 결정짓는 주요 변수로 작용한다. 해방이라는 현실과 종교라는 믿음은 기생 오채옥으로 하여금 '망나니'에서 '사람의 딸'로 재생할 수 있게 한 요인이었고, 전쟁은 유송난을 생래적 콤플렉스에서 벗어나지 못한 채 질투와 이념의 화신으로 변모시켜 파국에 이르게 했다. 이러한 스토리 진행과정 곳곳에 공창폐지운동의 정당성과 전쟁의 끔찍함을 역설하여 계몽과 교화의 역할을 담당하기도 했다.

결국 김말봉의 소설은 자신만의 좁은 내면에 갇혀 있던 인물을 새로운 세상에 눈뜨게 하고, 제대로 치유하지 못한 상처가 원한으로 발전해한 인간을 파국으로 몰아넣게 하는가 하면, 다양한 계층과의 연대가 희망으로 다가온다는 지극히 상식적이고 일상적인 이야기가 들어 있다. 기생이든 아이든 '생명'의 소중함을 역설하고 도덕적 승리를 강조하며 이를 휴머니즘의 차원으로까지 고양시켰다. 부정적인 인물들 축에 주로 남성을 배치하고, 피해자이자 약자인 연민과 동정의 대상에 여성을 배치한 이유 역시 이를 역설하기 위한 효과적인 장치로 보인다. 또한 선하고 약한 인물로 설정된 여성들이 기존의 수동적이고 피학적인 이미지를 벗고 서로 연대하여 능동적으로 현실에 대처하는 모습을 보여준다는 점에서 주목할 만하다.

김말봉은 그의 소설을 통해 해방에서 전쟁에 이르는 한국의 격변기에 공창이나 이념 갈등, 전쟁 등 폭력적이고 비인간화를 조장하는 제도나 사건 등은 반드시 개선되어야 하나, 그 제도나 이념보다 앞서는 것이 '인간'이라는 사실을 증명하고자 했다. 특히 사건을 해결하는 우연적 계기로 종교를 차용하고 있고, 종교 안에서는 신분을 초월하여 모두 하나임을 강조하는 종교적 휴머니즘의 길을 제시하였다. 그러나 그 과정에서 반공이라는 관제 이데올로기와 공창제 폐지 등 국가정책들이 문학적 매개 없이 재현되는가 하면, 사건의 해법을 상당 부분 종교적 힘에 의지하고 있다는 점은 문제적이다. 또 선악의 이분법이라는 도덕적 양극화를 작품의 기본 구도로 삼고 있기 때문에 인물의 심리나 갈등이 정치하게 드러나지 못하고 피상적으로만 선(先)규정되고 있다는 점 또한 지적되어야 한다. 따라서 『화려한 지옥』과 『별들의 고향』은 해방 전에 발표한 『찔레꽃』에 비해 국가정책이나 지배이데올로기, 종교적 신념 등이 전면에 포진된, 즉 '계몽성'이 농후한 대중소설로 규정할 수 있을 것이다.

한국전쟁기 여성문인들의 반공서사 연구
_모윤숙과 최정희를 중심으로

1. 집단적인 원체험

전쟁은 인간의 생존조건은 물론 정신까지 파괴하는 폭력적인 재앙이다. 길고 어두워 마치 '창세기 前을 연상케'[1] 하는 '지옥'[2] 같은 세상에서 인간이 선택할 수 있는 유일한 길은 '우선 살고 봐야 하겠다는'[3] 절박한 생존의 욕망뿐이었다. 전쟁의 포화 속에서도 살아남아야 했고, 이념의 횡행 속에서도 살아남아야 했다. '칼날을 딛고 서서 생명의 공포에 떨던 불안정의 시기'[4]로서 목숨의 비루함이 여지없이 맨얼굴을 드러내는 시대, 그것이 바로 전쟁기였다.

전쟁 속 인간은 끊임없이 죽음의 위협에 노출되고 부상당하는가 하면, 가족의 이산과 생계를 걱정하며 순간순간을 견뎌내야 했다. '전쟁과 사

[1] 최정희, 「난중일기에서」, 『적화삼삭구인집』(국제보도연맹, 1951), 49쪽.
[2] 모윤숙, 「천지가 지옥화」, 김송 편, 『전시문학독본』(계몽사, 1951), 68쪽.
[3] 백철, 「사슬로 묶여서 3개월」, 『적화삼삭구인집』, 25쪽.
[4] 장덕조, 「내가 본 공산주의」, 위의 책, 71쪽.

회적 혼란기에 최대의 피해자는 가족이고, 그 가운데서도 특별히 가족의 생명과 보호를 일시적이나마 책임져야 했던 여성'5)들이다. 전쟁은 '모든 여성들을 역경으로 몰아넣는 거대한 괴물'6)로서, 여성에게 전쟁이란 '강간의 잠재적인 위협이며, 생활의 결핍상태'7)를 의미한다. 가장은 참전하거나 실종 혹은 숨어 있어 제 역할을 해내지 못하는 공동상태에서 여성은 집안의 생계를 책임지고 남편과 아이의 보호막이 되어 현실과 싸워야 했다. 또한 민족의 이념적 균열에 의해 빚어진 한국전쟁의 특수성 때문에 살아남은 모든 이들은 전쟁중 혹은 전쟁 이후 끊임없는 사상 검증에 시달려야 했다. 물론 그 대상이 여성이라 해서 달라지는 점은 없었다.

전쟁 초기 한강 이남으로 피난을 갔던 이들과 그렇지 못했던 이들의 운명은 이후 삶과 죽음의 경계를 이룬다. 도강파와 잔류파가 그것인데, 일개인의 안위와 생명을 보존하기 위해 피난길에 올랐던 이들과, 정부의 공식발표만을 믿고 서울에 잔류했던 이들은 9·28수복 이후 전혀 다른 처지에 놓이게 된다. 즉 도덕적 부채감에 시달려야 할 도강파가 오히려 이념적 순결성을 무기로 내세워 잔류파의 사상적 불결함을 심판, 매도하는 비교우위를 선점한 것이다.

> 너희들은 갈보냐. 그렇지 않으면 들병장사냐. 공산당이 오면 공산당에게 貞操를 팔고, 오랑캐가 오면 오랑캐에게 꼬아올리고, 코큰사람 오면 코큰사람에게 또 요사를 떨고. (중략) 너희들의 갈 길은 이제 하나밖에 없다. 懺悔와 贖罪의 記錄을 남기라. 거룩한 女流作家 갈보群像님들은 修女院으로 들어갈 것이고, 不然이면 塔골 僧房으로 가서도 無妨하고, 聖스런 男流作家 詩人群像님들은 따라가서 함께 同棲하시어도 無妨無妨하실 것이고…… 또 不然이면 漢江鐵橋로나 靑酸加里로나 점잖게 自盡하야 萬古에

---

5) 함인희, 「한국전쟁, 가족, 여성의 다중적 근대성」, 『사회와 이론』 2호, 2006, 161쪽.
6) 장덕조, 「군인과 여성」, 『전선문학』 2호, 1952.12, 28쪽.
7) 이재선, 「전쟁체험과 50년대 소설」, 『현대문학』 1989.1, 265쪽.

남을 累名을 淸算해봄직도 하지만, 워낙이 愚夫愚婦들이라 그렇게 할 수
도 없을 터이니, 차라리 또 우리에게 妓流와 같은 秋波를 보내라. 그러
면 우리들은 너희의 허무하고 가없은 "人生"을 嘉賞하야 勳一等, 功一級,
菊花大授章을 주는 데 吝嗇치 않으리라.8)(강조 인용자)

위의 글은 감정적이고 원색적인 발언이긴 하나 이 시기 도강파의 수
준과 인식을 적나라하게 드러낸 글이다. 여기서 그들이 요구하는 것이
두 가지이다. 하나는 '참회와 속죄'의 기록을 남기라는 것, 다른 하나는
자신의 이념을 증명해 보이라는 것이다. 아니라면 절필하든지 자결하는
수밖에 없다는 것이 글의 요지이다. 따라서 이 시기 잔류파는 참회와 속
죄를 담은 여러 편의 수난기·피난기를 쓰며 자신의 무고함을 증명해
내야 했고, 반공·멸공의 선언으로 이념적 결백성을 주장해야 했다. 이
는 9·28 수복 직후 대한민국에서 살아남을 수 있는 유일한 생존의 문
제였다.

이 시기 여성문인 중 모윤숙, 노천명, 최정희, 손소희, 장덕조 역시 인
민군 서울 점령 기간중 서울에 남아 있었다. 이들은 한결같이 '설마하니
서울이 어떻게 되리라고는'9) 전연 생각지도 못한 상태에서 '하나의 막
간 희비극'10)일 거라고 생각하여 피난을 선택하지 못한 자들이다. 미처
도망갈 새도 없이 혹은 아이 때문에 일11) 때문에 망설이다가 눌러앉게
된 이들은 두고두고 후회의 눈물을 흘리게 된다. 당시 '피난은 국민의

---

8) 조영암, 「잔류한 부역문학인에게 : 보도연맹의 재판을 경고한다」, 『문예』 전시판, 1950.
　　12, 74-75쪽.
9) 손소희, 「짐짝 위에 실려다닌 1950년」, 『한국문단인간사』(행림출판사, 1980), 165쪽.
10) 모윤숙, 「아아! 6·25」, 『영운 모윤숙 전집 6 : 회상의 창가에서』(성한, 1986), 258쪽.
11) 이호철의 회고에 의하면 손소희는 6·25를 명동의 '마돈나'에서 겪었다고 한다. 1948년
　　겨울부터 손소희는 전숙희와 함께 다방 '마돈나'를 경영하며 종합지 『혜성』을 간행하고
　　있었기 때문이다. 이호철, 「일년만, 꼭 일년만 더…」, 『손소희 문학전집 4』(나남, 1990),
　　470쪽.

자격을 인정받을 수 있는 가장 중요한 징표'12)였기 때문이다. 도망가지 못하고 서울에 남아 있었다는 사실 자체가 하나의 '죄'였고, 그러한 '죄'를 지은 이들은 죄책감에 시달리며 '국민의 자격'을 확보하기 위해 동분서주하며 불안한 하루하루를 연명하게 된다.

당시 잔류파는 은신자와 부역자로 나누어 볼 수 있다. 모윤숙의 경우 농가와 산으로 옮겨다니며 은신하였고, 최정희·손소희·노천명·장덕조 등은 서울에 남아 있으면서 문학가동맹에 가입 활동하였다. 모윤숙의 경우 전쟁 전까지 친일과 낙랑클럽 활동 등 자신이 취한 정치적 이력이 있었기에 결사적으로 은신할 수밖에 없었고, 나머지 문인들은 '설마' 하는 생각에 혹은 '분명한 정치적 경향이 없는 여류며 보통의 시민으로 버티어 넘어갈 수 있지 않을까'13)하는 생각에 잔류한 것으로 추정된다. 이후 이들은 시와 소설, 수난기·체험기 등의 글14)을 통해 자신의 판단이 '오산'15)이었음을 토로하고, 이후 자신이 견지하게 된 이념적 지향을 적극적으로 드러내는가 하면, 대한여자청년단과 종군작가단에 가입하는 등 본격적인 반공 전선에 앞장서게 된다.

이 글은 한국전쟁기 여성문인들이 인민군의 서울 점령 3개월 동안 어떻게 지냈는지를 확인해 보고, 이들의 집단적인 원체험이 이후 그들의 글에 어떻게 형상화되었는지 고찰하고자 한다. 특히 모윤숙, 최정희를 중심으로 잔류파 여성문인들이 '고난의 90일'을 어떻게 보냈고, 그 체험

---

12) 김동춘, 「피란」, 『전쟁과 사회』(돌베개, 2006 : 개정판), 119쪽.
13) 조리, 「장덕조 소설 연구」, 전북대 박사논문 2007.2, 50쪽.
14) 여성문인들의 체험기로는 모윤숙, 「나는 지금 정말 살아 있는가?」/ 최정희, 「난중일기에서」/ 손소희, 「초토 위의 곡예사들」, 「짐짝 속에 실려 다닌 1950년」/ 노천명, 「오산이었다」/ 장덕조, 「내가 본 공산주의」 등을 대표적으로 꼽을 수 있다.
15) 노천명은 「오산이었다」는 글을 통해 '협력을 하면 괜찮으리라는 예상─좌익 사람들 중에 내가 잘 아는 사람들이 있으니까 구원을 받으리라는 기대─모든 것은 나의 큰 오산이었다.'라고 적고 있다. 노천명, 『나비 : 노천명 전집』(솔, 1997), 459쪽.

이 이후 그들의 작품에 어떻게 반공이념으로 형성되어 가는지를 추적해 보려 한다. 이 연구는 해방 전부터 작품활동을 시작하여 해방 이후 시와 소설의 양쪽에서 가장 대표적인 두 여성 문인의 전쟁초기 반공이념 수용 과정을 조명해 본다는 점에서 의의가 있으며, 이들의 글이 전쟁의 기억을 공적으로 발화, 복원하여 이를 정전화하는 과정에서 어떤 기여를 했는지 연구한다는 점에서 그 필요성이 있다.

이 글에서 쓰고 있는 '반공서사'라는 용어는 다음 두 가지 의미를 함축한다. 첫째 반공텍스트에 실린 글을 가리킨다. 반공텍스트란 '반공이데올로기의 유포를 위해 기획된 것'16)으로서, 여기에는 북한 공산주의에 대한 체험기, 수난기, 피난기, 종군기 등이 주로 증언의 방식으로 기록되어 있다. 당시 출간된 대표적인 반공텍스트로는 『적화삼삭구인집』17)과 『고난의 90일』,18) 『전시문학독본』19) 등을 들 수 있다. 둘째 반공텍스트에 실리지는 않았지만 반공이데올로기를 뚜렷이 드러낸 시, 소설, 수필 등 각종 창작물들을 그 대상으로 삼는다.

---

16) 서동수, 「한국전쟁기 반공텍스트와 고백의 정치학」, 『한국현대문학연구』 20호, 88쪽.
17) 『적화삼삭구인집』은 합동수사본부의 오제도 검사 지휘로, 부역혐의를 받고 있는 작가들에게 자신의 행위에 대한 반성과 함께 이념적 결백을 증명하여 제도권에 복귀할 수 있도록 해준 통과의례이자 면죄부적 성격의 고백록이다. 여기에 여성문인으로는 최정희, 손소희, 장덕조의 글이 실렸다.
18) 『고난의 90일』은 정부와 함께 피난길에 오르지 못한 채 뒤늦게 피난길에 올랐거나(유진오) 서울에서 은신해 있던(모윤숙, 이건호), 혹은 납치되었다가 생환(구철회)한 교수, 시인, 신문기자의 인민군 서울 점령 90일 동안의 체험을 기록한 것으로, '대중의 정치적 계몽'과 '滅共 聖戰에 이바지'(4쪽)하려는 취지에서 기획되었다. 모윤숙은 여기에 「나는 지금 정말로 살아 있는가?」를 실었다.
19) 김송이 편집한 『전시문학독본』은 전시에 '문학─문화애호가들에게 정신적 양식'을 제공함과 '중등 이상 학도들의 교재'의 빈곤을 메울 목적으로 편찬한 것으로, '수필과 단상', '시편', '수난 및 종군기', '단편소설', '논설 및 평론집' 등 총 다섯 부분으로 구성되었다. '수난 및 종군기' 편에 모윤숙의 「천지가 지옥화」라는 글이 실렸다.

2. 수난의 과장과 변형

1950년 6월 25일, 정오 방송을 통해 전쟁 사실을 접한 모윤숙은 곧바로 문화인들을 총동원시켜 라디오와 '삐라' 선전으로 일선방비를 시작했다. 대부분의 사람들이 전쟁을 미처 실감하지도 못한 채 어리둥절하고 있을 무렵 모윤숙은 중앙방송국을 통해 자작애국시를 낭독하고 '서울을 사수하자'고 절규하는가 하면 조연현, 김동리, 박목월 등과 함께 문총 비상국민선전대를 조직하는 등 상황에 대처하는 기민함을 보여주었다. 그러나 이틀 새에 서울이 완전히 점령된 것을 확인하자 그녀는 갑자기 어떻게 처신해야 할지 허둥대다가 집안에까지 총알이 들이치자 결국 피난에 실패[20]하고 은신하게 된다.

모윤숙은 친일경력이 있는 대표적인 여성시인으로 해방기 낙랑클럽[21]을 조직해 이승만의 최측근으로 정치활동을 한 바 있어 북한당국이 공개 수배, 처형하려던 'A급 대상자'[22]였다. 그녀 자신이 이러한 사실을 가장 잘 알기 때문에[23] 그녀의 도망은 필사적이었다. 도강에 실패한 후 모윤숙은 9·28수복이 이루어질 때까지 90일 동안 서울과 경기도 일대

---

20) 여기에 대해서 손소희는 「귀향과 욕망의 폭우」에서 이렇게 회고하고 있다. '모선생이 6월 26일 서울시민에게 시민은 동요하지 말라는 방송을 끝내고 밖으로 나오자, 시간은 밤 11시 서울은 이미 북쪽의 침략군대가 입성한 뒤였다고 한다.' 앞의 책, 189쪽.
21) 모윤숙과 낙랑클럽에 관해서는 공임순, 「스캔들과 반공―여류 명사 모윤숙의 친일과 반공의 이중주」, 『한국근대문학연구』 17호, 2008, 165-189쪽을 참고할 것. 그는 이 글에서 모윤숙은 '밀실정치의 주역으로 <스캔들>의 변치 않는 대상으로 주류 영역에 진입하 대표적인 성애화된 여성지도층 인사'라고 평가했다.
22) 중앙일보사 편, 『민족의 증언 2』(을유문화사, 1973), 24쪽.
23) 모윤숙은 '내가 공산당의 원수일 수밖에 없는 것은, 건국 전에 유엔한위의장 K·P·S 메논 씨를 이승만 박사 편을 들게 하는데 큰 몫을 했고, 또 조병옥 박사 등과 함께 파리의 47년 유엔총회로 하여금 한국정부를 승인토록 하는 일을 했기 때문이죠. (중략) 그러니까 공산당에 잡히면 그 자리에서 끝장이 난다는 것을 누구보다도 나 자신이 잘 알고 있었어요.'라고 위의 책 25-26쪽에서 밝히고 있다.

의 산과 농가들을 돌아다니며 은신하였는데, 이때의 경험을 토대로 쓴 글이 바로 「나는 지금 정말로 살아 있는가?」와 「천지가 지옥화」이다.[24] 실제로 9·28 서울 수복 직후에는 '피난 여부가 반공의 표지'[25]가 되었기 때문에 모윤숙은 이 글들에서 자신이 피난을 안 간 것이 아니라 못 간 것이라는 사실을 반복 강조하고, 그 와중에서 얼마나 고생을 하고 죽을 고비를 넘겼는지 소상히 밝히고 있다.

「나는 지금 정말로 살아 있는가?」는 '괴뢰군 입성'–'봉변'–'마포강변에서'–'궐문을 돌파'–'구원을 받으며'–'사선을 넘어넘어' 등 총 6장으로 구성된 수난기이다. 이 글은 모윤숙이 촌부로 변복하고 마포에서 아현동으로, 다시 서대문, 종로, 동대문을 거쳐 낙산에 이르기까지 검문과 검색을 교묘히 피해가며 필사의 도망을 한 내용이 주를 이룬다. 따라서 이 글은 그녀가 몇 번이나 죽을 고비를 넘기고, 또 자살의 충동을 이겨내며 공포와 기아에 떨었던지 그 순간순간을 생생히 증언한 기록문학으로 볼 수 있다.

「나는 지금 정말로 살아 있는가?」에는 삶과 죽음에 대한 욕망과 충동이 곳곳에서 충돌한다. 제목에서처럼 이 시기 모윤숙에게 '살아 있다는 것'은 체감되지 않는 의문부호로만 존재한다. 생존에 대한 본능적인 욕망은 공포와 기아 등 그 욕망과는 배치되는 객관현실 속에서 불쑥 죽음에의 충동으로 전화된다.

'어서 바삐 나의 삶을 종결지어 버리려는 조급한 감정에 나는 사로잡히고 말았다.'(56쪽), '이런 지옥 같은 현실에 이 몸을 살려두고 싶지는 않다. (중략) 나는 그 자리에서 죽기로 결심하였다.'(57쪽), '정녕 이제는

---

24) 이후 이 90일간의 체험은 『회상의 창가에서』(1968)에 「아아! 6·25」를 비롯한 4편의 글을 통해, 『느티의 일월』(1976)에는 「국군은 죽어서 말한다」로 다시 씌어진다. 두 글은 『영운 모윤숙 문학전집』(1986) 6권과 7권에 재수록되었다.

25) 김동춘, 앞의 책, 120쪽.

한많은 이 삶도 그만이다.'(64쪽), '높은 山峰에서 뛰어내린다면 손쉽게 목적을 이룰 수 있을 듯하기에 산으로 올라갔다.'(65쪽) 등의 죽음을 각오한 표현들은, 이내 '이제는 정말로 죽을 날이 다가온 듯 구슬픈 생각이 든다.'(59쪽), '나는 용감히 대적하여 싸울 결심이 났다 ― 살아나자는 충동은 강렬한 본능이다.'(59쪽), '생존권이 완전히 박탈될 순간을 앞두고, 혈관으로 신경으로 스며드는 공포증은 가슴깊이 때아닌 선풍을 일으킨다.'(60쪽), '날강냉이도 씹어먹고 날콩도 우려먹으며, 밤이면 모기떼와 싸워나갔다.'(68쪽) 등 삶에 대한 욕망의 표현들과 혼재되어 드러난다. 삶은 죽음과 병치, 교차되어 나타나는 것이다.

구차한 삶을 원하지 않아 죽음으로 그 삶을 종식시키고자 하는 충동은 정작 죽음이 목전에 다가들면 '구슬픈' '공포'로 전화되어 삶에의 강렬한 희구로 대체된다. 기아와 공포, 더위와 벌레들에 시달리면서도 살아 있고, 또 살아가야 한다는 것은 비장한 현실이자 본능이었다. '갈 곳도 방향도 없'어 기구하다고 탄식하던 모윤숙은 정작 자신이 숨어 있던 농가에 체포조가 들이닥치자 재빨리 은신한다.

> 나는 바로 그 집 부엌 뒷문이 바로 내 옆에 있었다고 생각되어 재빠르게 부엌으로 들어가 물독에 몸을 잠갔다. (중략) 물독은 꽤 큰 독이어서 텀벙텀벙 들어가매 몸에 물이 허리에까지 차왔다. 앉으려니 앉을 수가 없어 조곰만 꾸부리고 광우리와 볏집들을 머리에 막 주서올려 놓았다. (중략) 내 이름을 부르고 역도, 반동, 국제스파이 무엇무엇 섬기는 소리가 이따금 들리는 대로 그저 잇빨이 떡떡이었다. 나는 이렇게 머리와 허리를 꾸부리고 여섯 시간을 지났다.[26]

'애걸 끝에 흩어진 떡부스러기를 얻어먹'고 물이 담긴 항아리에 숨어

---

26) 모윤숙, 「나는 지금 정말로 살아 있는가?」, 『고난의 90일』(수도문화사, 1950), 67-68쪽.

6시간을 버티는 등의 행위는 그녀 자신의 표현대로 '수십 년이나 쌓아올린 교양과 자존심'을 한꺼번에 포기하는 것이다. 이는 다시 말해 그만큼 당시의 상황이 절박했음을 알리는 한편 강렬한 삶에의 욕망을 확인하게 해준다. 그러나 오로지 살기 위해 그렇게 지하실, 벽장, 물항아리 속, 다락과 부엌, 산중 등을 헤매었으나 결국 그녀는 자살을 시도할 수밖에 없는 절박한 순간을 맞이하게 된다. 공산주의자들에게 붙잡히거나 투항하기보다는 차라리 죽음을 선택하는 것이 낫다는, 공산주의에 대한 강한 거부감이 극단적인 직접 행동으로 표출된 것이다. 이 글과 비슷한 시기에 씌어진 「육군 중위 C에게」에서도 이 '석달 열흘'은 그녀에게 '공포, 암흑, 비겁, 쫓김, 주검'27) 등 '지옥의 요소'들로 기억된다. 이는 당시 모윤숙에게 공산주의란 공포와 암흑, 쫓김과 주검과 동의어로 인식되어 각인되었고, 그것의 대척점에 있는 삶의 욕망과 환희, 광명 등이 그녀가 생각하는 반공의 실체였음을 말해 준다.

> 모든 것이 괴롭고, 외로울 뿐이다. 하염없이 흐르는 눈물을 머금으며 간직하였던 아편을 서너 알 입속에 넣었다. 정녕 이제는 한많은 이 삶도 그만이다. 이 최후의 순간까지도 서울을 탈환하는 국군의 모습을 보지 못한다는 것이 오직 하나의 遺恨이다. 의식이 마비되기 시작한다.
> 이튿날 나는 생각 밖에도 도로 깨어났다.28)

낙산 밑 빈민굴에 있는 어느 초가에서 행한 이 자살시도는 이후 1958년에 씌어진 「9·28回顧記」29)에서는 광나루 하류 어느 산속으로 굴절되

---

27) 모윤숙, 「육군 중위 C에게」, 『문예』 1950.12, 643쪽.
28) 모윤숙, 위의 글, 64-65쪽.
29) 이 글은 1958년 9월 『신태양』에 수록된 후 1960년 일문서관에서 간행된 『포도원』에 실렸다. 서두에 '벌써 8년이 지났건만 머리에 반영된 선혈의 환영 때문에 나는 그대로 기억과 경험을 정돈해서 생각할 수가 없다'라는 구절로 보아, 당시 경험이 시간이 흐름에 따라 변형되고 있음을 작가 스스로도 예견하고 있다.

어 기억된다.

> 배가 고프다기보다는 어지럽고 눈에 아무것도 안 보이는 데다가 귀로
> 는, 별의별 소리가 웅웅거리고 들려와서, 아마 이런 것이 저승인가 보다
> 생각하면서 준비해 두었던 마취제를 먹었다. (중략) 산비탈에 누어 쓰러져
> 있은 지 사흘이나 되었을까 했을 때 나는 육중한 구두발이 내 옆구리를
> 차는 것을 느꼈다.
> 아프지는 않았고, 그저 감각할 정도로 스치는 바람에 눈을 간신히 떴다.
> 나는 많은 국군의 屍體를 산이나 길에서 보았던 터라 믿어지지 않으리
> 만치 망설여졌으나, 내 눈에 나타난 군인의 유니폼은 확실히 살아 있는
> 국군이었다.30)

이 글에서 모윤숙은 군보도과장이 준 세 알의 마취제를 먹고 자살을
시도한 후 사흘 뒤 국군에게 발견되어 구사일생으로 대한민국의 품에
안긴다.31) 아무도 없는 농가에서 자살시도한 후 다음날 홀로 깨어난 이
전의 묘사보다, 산속에서 군인의 도움으로 사흘 만에 깨어난 후자가 훨
씬 극적이다. 특정한 사건에 대한 기억은 그것을 기억하는 개인과 시점
에 따라 은폐되거나 포장되고 미화된다. 특히 '사후적 기억 postmemory'
은 시간과 공간의 격차가 개입되어 '기억을 이루는 개개 요소들의 의미
가 전치되어 새로운 모습의 기억'32)으로 형성된다. 후자의 기록이 전자
에 비해 보다 극적으로 재구성된 이유는 과거 자신이 겪었던 상황과 사

---

30) 모윤숙, 「9·28回顧記」, 『포도원』(일문서관, 1960), 171-173쪽. 이 글의 제목은 차례에는
   '回想記'로, 본문에는 '回顧記'로 씌어 있다.
31) 이 기억은 1968년에 씌어진 "죽음의 계곡에서"는 '나는 수면제에 취한 채 어느 철조망
   안에 굴러떨어져 수없이 차이고 밟히고 하다가 오소령(국군)에게 발견'(전집 6, 273)이
   라고, 1976년의 "국군은 죽어서 말한다"에서는 '나는 다리를 끌며 어디까지 갔는지 어
   느 낭떠러지에 떨어져 있었을 때 서울 탈환을 향해 달려오는 우리 국군에 발견되어 겨
   우 눈을 떴다'(『전집』 7, 19쪽)라고 기록된다.
32) 전진성, 「트라우마의 귀환」, 『기억과 전쟁』(휴머니스트, 2009), 37쪽.

건에 대한 절박함을 과장하여 자신이 겪은 수난을 극대화시키기 위해서이다. 모윤숙의 경우도 시간의 흐름에 따라 자신이 겪은 '수난'은 점점 더 과장되고, 굴절·변형되어 발화된다.

자살의 경험은 이후 시에서도 반복되어 재생된다. 전쟁 중 발간된 모윤숙의 시집 『風浪』은 序錄에서 밝히고 있듯이 '기술적으로 완성된 詩라기보다 내가 직접 보고 당한 인간으로의 감정을 솔직히 기록한 隨想感'이다. '수난편', '전쟁편', '서정편' 등 3부로 나뉘어진 이 시집 중 '수난편'은 인민군의 서울 점령 3개월 동안의 경험이 날것으로 드러나 있다. 이중 "깨여진 서울"은 앞서 살펴본 광나루 산 속의 자살 시도 경험을 시화한 것이다.

> (상략)
> 가도 가도 山과 山, 가시숲, 긴 골짝이
> 피 흐르는 발에 풀잎을 싸고
> 이름 모를 풀을 먹어 부풀어오르는 날
> 저 원수의 중얼거림이
> 몇 시간 후엔 이 목숨을 가져간다오.
> 하늘에 번화한 푸로페라에
> 눈물은 또다시 환해 오건만
> 몸 지쳐 주저앉은 적은 이 목숨
> 누가 들어 이 울음이 전해지오리
> 서백리아 긴 방랑의 먼저 간 동포여!
> 아― 나도 그대들을 따라가야 하는가 가야 하는가?
> ―六二五 사변 당시 서울 강나루 山속에서[33]

『風浪』의 수난편의 시들은 '논두렁길', '수수밭', '외양간', '무덤', '장

---

33) 모윤숙, 「깨여진 서울」, 『풍랑』(문성당, 1951), 14-15쪽.

독대 항아리 뒤'에서 전란을 피해 도망다닌 처절한 경험들을 서술한 '隨想'적 시들이다. 끊임없이 죽음과 대면하고 살아 있어도 그것을 삶으로 인식하지 못하던 순간, 그녀는 한 군인의 죽음을 목도한다. 생사를 분명히 가늠할 수 없는 상황에서 발견한 군인의 죽음은 그녀에게 각별하고 뼈아픈 느낌으로 다가와 급기야 자신과 동일시하기에 이른다. 이 순간의 기록이 바로 "국군은 죽어서 말한다"이다. '나는 광주 山谷에 헤매다가 문득 혼자 죽어 넘어진 국군을 만났다'라는 긴 부제가 달려 있는 이 시는 살아 있는 시인과 죽은 군인의 '피맺힌 대화'이자 절규였다.

> (상략)
> 나는 죽었노라. 스물다섯 젊은 나이에
> 대한민국의 아들로 나는 숨을 마치었노라.
> 질식하는 구름과 바람이 미처 날뛰는 조국의 산맥을 지키다가
> 드디어 드디어 나는 숨지었노라.[34]

자살 시도가 무화된 상황에서 발견한 이름모를 한 군인의 죽음은 자신의 죽음을 대체하고 동일시할 수 있는 현실적 매개물이다. 실제로도 군인의 도움으로 자신이 깨어나 탈출할 수 있었기에 군인은 자신을 살려준 고마운 존재이다. '자랑스런 대한민국'의 군인이 자기 대신 죽음으로써 자신은 환생할 수 있었고, 군인 역시 거룩한 죽음으로 모두에게 기억됨으로써 영생을 얻게 된 것이다. 결국 모윤숙은 이 수난의 경험을 통해 자기 대신 죽은 군인과 죽음 직전에 자신을 살려준 군인 등, 군복으로 상징된 대한민국에 대한 은혜와 부채감을 두고두고 기억해야만 했다.

　몇 번이나 목숨을 끊어버리려던 쇠잔한 몸을 이끌고, 산을 넘고 내를

---

34) 모윤숙, 「국군은 죽어서 말한다」, 『풍랑』, 78쪽.

건너 남으로 남으로 달리었다. 광주 부근 깊은 산골짜기에 다달았을 때, 달빛에 멀리 휘날리는 태극기가 보인다! 지친 몸이언만 날아가는 것 같았다. 뛰어들며 깃대를 부둥켜 안고 나는 울었다! 어찌할 바를 모르고 옆에 서있는 국군병사의 목을 끌어안고 나는 소리쳐 울었다……35)

머리엔 무거운 철모를 쓰고 몸은 철통같이 단속되어 믿음직한 젊은 얼굴! 그는 정말 소문 높은 투사 백인엽 대령이었다. / 그는 나를 이제부터 보호해 주려니 믿으면서, 또 그는 불덤이 속에 가라앉은 서울을 구출하리라 믿어졌다. (중략) 철모 쓴 군인들과 나는 짚차에 올라 서울로 들어왔다. 동대문 전차 정류소 앞을 통과할 때 나는 그저 울었다. 소리소리 내어 울었다.36)

초기의 수난기에서 단지 감격으로 그려지던 군인에 대한 기억은 시간이 갈수록 과장, 미화되어 결국 예찬으로 형상화된다. 군인에 대한 이같은 직접적인 예찬은 특히 자신을 구해준 백인엽 대령의 직속상관인 정일권 3군 총사령관에 대한 헌시로까지 구체화된다. '(상략) 山脈과 山脈에서 / 江과 江 사이에서 / 모여드는 兵士들을 / 그 우람찬 팔 안에 포옹하고 // 적의 요란한 고함이 들리면 / 내다라 쳐부수는 용감한 기운에 / 自由는 壓迫에서 해방되고 / 祖國은 그대 발 앞에 千萬里 뻗어 가리니'37) 등 이 시에서 '군인'은 이제 영웅으로까지 신격화된다.

따라서 이후 그녀가 고민해야 할 문제는 어떻게 죽느냐가 아니라 어떻게 살아가야 하느냐이다. 그것은 전쟁을 일으켜 자신을 비참한 존재로 전락시키고 죽음까지 대면케 한 '적'에 대한 분노를 형상화하는 길이고, 자신을 죽음에서 구출해 준 대한민국 군인들의 은혜를 갚는 길이다. 이

---

35) 모윤숙, 「나는 지금 정말로 살아 있는가?」, 68쪽.
36) 모윤숙, 「9·28회고기」, 75-78쪽.
37) 모윤숙, 「先驅者－정일권 중장에게」, 『풍랑』 75-76쪽. 이 시는 1962년에 발간된 모윤숙 선집 『옥비녀/풍랑』(일문서관)에는 「C중장에게」(208쪽)로 제목이 바뀌어 실린다.

는 자신을 이렇게 수난에 빠트린 공산주의에 대한 거부, 즉 철저한 반공 이념으로 전면화된다. 이 시들이 『風浪』의 '수난편'이 아니라 '전쟁편'에 실려 있다는 것 역시 이러한 사고의 전환이 가져다 준 결과이다. 자신과 자신을 대신한 군인의 죽음이 헛되지 않으려면 이 전쟁에서 꼭 이겨야 하고, 전쟁에서 이기기 위해서는 애국심을 바탕으로 하여 승전의식을 고취해야만 했다. 그것이야말로 자신의 목숨을 살려준 생명의 은인에 대한 예의이고, 대한민국의 '국민'의 자격을 갖추는 일인 동시에 '적자'로서 다시 태어나는 길이기 때문이다.

이는 '처절한 위기 상황에서 겪은 체험이기 때문에 더욱 강렬하고 절대적이고 비타협적이다. 이 강렬하고 절대적인 체험이 승리한 측의 공식적인 지배이데올로기와 부합되는 한 다른 체험들을 압제'[38]하게 된다. 인민군 치하에서 3개월을 보낸 후 복귀한 모윤숙은 대한여자청년단[39] 단장을 지내며 전선에서 군인들의 위문활동을 지원하는 등 국가의 반공주의적 호명에 철저히 부합하는 반공 전사로 거듭나게 된다. 뿐만 아니라 이후에도 모윤숙은 베트남 전쟁에 국군의 파병을 독려하며 「베트남 전선에서 국군을 본다」[40]라는 시를 발표하는 등 일관된 국가주의적 태도를 유지한다.

---

38) 김동춘, 「또다른 전쟁」, 앞의 책, 81쪽.

39) 당시 대한여자청년단에서 활동했던 김정례 前보사부장관은 "부산에서 대한여자청년단은 모윤숙 단장을 중심으로 모든 임원들이 똘똘 뭉쳐서 여성청년에 대한 애국심 고취 운동, 애국선열 국립묘지 봉안 및 국립묘지 정화사업, 군인위문 및 지원사업, 여성계몽 운동, 피난민 구호사업과 여성의식화 운동, 윤락 여성 선도사업 등을 함께 했다."고 밝힌 바 있다. 「여성 지위 향상에 디딤돌 되겠다 : 여성신문 창간 10주년 기념 특별 인터뷰 : 이희호 선생」, 『여성신문』 500호, 1998.11.13.

40) "(상략) 장하여라 그 얼 그 정신 / 굽힘없는 이순신의 저항이다 / 가도가도 깊어지는 저 밀림 수령에 // 몰아오는 적의 고함을 따라 / 아시아의 열풍에 몸을 떨면서 / 죽음도 마다않고 달리는 국군을 본다."(하략) 『서울신문』 1966.1.8.

3. 속죄와 생존의 논리

최정희 역시 전쟁 초기 피난을 가지 못한 잔류파로 분류된다. 모윤숙의 경우 그의 수난기들이 주로 피난 가지 못한 자의 '수난'의 기록에 초점을 맞췄다면, 최정희의 글들은 '수난'과 함께 '속죄'에 치중되어 있다. 여기에서 수난과 속죄의 차이점은 무엇인가. 물론 속죄의 서사에는 이미 수난의 서사가 전제되어 있다. 수난이 이미 행해진 '죄'를 바탕으로 주어진 것이기 때문이다. 피난을 가지 못했다는 것, 게다가 공산치하에서 문맹에 가입하여 활동한 '죄'를 범했다는 사실은 이미 수난을 동반할 수밖에 없었고, 이는 이후 반드시 속죄의식을 치러야 거듭날 수 있는 것이다. 따라서 최정희의 수난기에는 수난보다는 속죄에 더 무게가 실릴 수밖에 없었다. 이때의 속죄는 생존의 차원에서 행해진다. 이러한 최정희와 달리 모윤숙의 수난의 서사에서 속죄의식을 찾아보기 어려운 것은 바로 이 부역의 혐의에서 자유로울 수 있었기 때문이다.

이 시기 최정희의 일상을 재구해 볼 수 있는 자료로는 「亂中日記에서」와 「나는 이런 것을 보았다」 등의 수필과 『강물의 끝』(자전소설), 「탄금의 서」에 실린 단편들을 꼽아볼 수 있다. 「난중일기에서」는 1950년 6월 27일부터 10월 21일까지 씌어진 일기 형식의 글로서, 피난 가지 못한 이유와 문학가동맹에 가입하게 된 경위, 자신이 겪은 처참한 일상들을 낱낱이 기록한 일종의 자술서 형식을 띠고 있다.

최정희는 남편 김동환과 함께 피난길에 올랐으나 한강 인도교 폭파로 실패하고 다시 집으로 돌아온다. 그녀는 자신이 제때에 피난가지 못한 이유는 '공산주의가 어떤 것이며 공산주의자들의 세상이 어떤 것인지 몰랐던 것이다. 서울에 남더라도 고스란히 가정을 지키려니 생각'한 자신의 미숙한 상황 판단 탓이고, 문학가동맹에 가입한 사실 역시 목숨을 보

장받기 위한 미봉책임과 동시에 공산주의에 대한 무지에서 비롯된 일이
라고 고백하고 있다. 사실 이때 최정희는 큰딸 아란이가 큰 병에 걸려
있었고[41] 무엇보다도 '돈 한 푼 없는 주제로 피난한다 해도 굶어 죽'[42]을
수밖에 없었기에 선뜻 먼 길을 떠날 엄두를 내지 못했다고 토로하였다.

> 부릅뜬 눈을 한 洞人民委員會 사나이 앞에 文學家同盟에 들어서 活躍하
> 겠느라고 약속했던 것인데 同盟에서까지 나에게 加盟을 거절한다면 나는
> 그사람에게 또 "총살"이라는 위협을 받을 것이요 파인을 곧 찾아내라고
> 못 살게 굴 것이 겁이 나서 후들후들 떨고 있는데 前 三千里社 社員이던
> 作家 某氏가 同盟 責任者에게 事情을 말하고 加盟식혀 주었다. (중략)
> 　情없는 눈초리가 총탄보다 무서운 것을 나는 이날 비로소 알았고 共産
> 主義가 人間性을 잃어버리게 하는 主義란 것도 이날 비로소 알았다.
> 　그러나 또 나는 어떤 世上에서라도 人間이래야만 한다는 것을 더 切實
> 히 깨닫는다.[43]

> 　내가 여기에 오기까지 얼마나 많은 시간을 허비하며 절차를 밟았던가.
> 하루 낮과 이틀 밤을 생각하고 생각한 결과 내가 시달리지 않고 또 파인
> 을 무사히 숨길 수 있는 방법의 하나가 문학가동맹에 가입하는 일이라고
> 생각을 하면서도 발이 옮겨가지 않았다.[44]

> 　총칼 앞에서도 자기를 위장하기 싫어했건만 남편을 숨기기 위해서만은
> 어쩔 수 없이 그 결벽증을 버리지 않을 수 없었다. 그녀는 문학가동맹에
> 나가기로 결심했다.
> 　동맹회관 안에 들어서자 知友인 노천명이 제일 먼저 눈에 띄었다. 너무

---

41) '아란인 항상 주사와 약이 있고 병원이 있어야 사는 아이기 때문이다. 처음부터 파인과
　　함께 피신을 못한 것도 이 아이 때문이다. 돈 한푼 없이 이 병든 아일 데리고 아무데도
　　갈 수 없다. 한 몸도 숨을 곳이 없는 이때, 아무리 생각해도 갈 데가 없다.' 「난중일기
　　에서」, 45쪽.
42) 고은, 「한 여류작가의 잔류생활」, 앞의 책, 67쪽.
43) 최정희, 「난중일기에서」, 앞의 책, 41-42쪽.
44) 최정희, 「탄금의 서」, 『찬란한 대낮』(문학과지성사, 1976), 253쪽.

반가와 달려가 손이라도 잡고 싶었으나 낯선 분위기에 짓눌려 웃음으로
대신했다. "흥, 좋은 때를 만났다고 뱀같이 싹 돌아서 오는구나." 뜻밖에
도 노천명은 옛정에 대해 냉랭하게 등을 돌렸다.[45]

위의 수난기와 소설, 자전소설 등을 통해 반복 서술되고 있는 상황은
자신은 문학가동맹에 가입조차 쉽지 않았을뿐더러, 가입한 이후에도 여
전히 멸시와 외면을 받았다는 내용이다. 이는 문맹에의 가입이 자신의
보신과 남편의 은신을 위한 위장된 행위였을 뿐 결코 자발적인 행위가
아니었음을 강조하기 위함이다. 뿐만 아니라 '비우호적인 문맹의 분위기
에 대한 반복된 서술 역시 자신과 공산주의자들의 차별성을 강조하고
자신의 이념적 결백을 주장하기 위한 수사'[46]라고 보인다. 문맹에서 벽
보를 붙인다든지 가두행렬을 할 때도 '왜 하고 있는지' 모르겠고, 그러
한 '자신에게 대한 반발이 심할 때는 꼭 죽고 싶'기까지 하였다는 대목
도 마찬가지다. 살기 위해 어쩔 수 없이 꼭두각시처럼 부역행위를 했을
뿐, 그것은 자신의 의지가 전혀 개입되지 않은 위장된 포즈였다, 하물며
그 위장을 하는 순간에도 죽음을 연상할 만큼 괴로웠다는 심적 상태를
구절구절 드러내며 결백을 반복적으로 호소하고 있다.

그러나 위장이라 하더라도 부역을 했다는 것은 '빨갱이의 낙인'을 찍
는 행위였고, 이는 이후 개인을 매장시킬 수 있는 무서운 폭력으로 외화
된다. 조연현의 회고에 따르면 실제로 9·28 수복 이후 서울에는 도강
파 문인들이 편집발행한 부역문단인명단[47]이 배포되었는데, 이때 잔류
파들이 대부분 A, B, C 세 등급의 부역자로 구분되어 있었다고 한다. 'A

---

45) 서영은, 『강물의 끝』(문학사상사, 1984), 91쪽.
46) 이병순, 「최정희 소설에 나타난 전쟁의 의미」, 『한국사상과 문화』 50집, 2009.12, 147쪽.
47) 실제로 이 시기에 김송이 편집하고 김광섭이 발행한 『문학』 전시판 『전선문학』(1950.
   10) 목차에는 "반역문화인명부"가 들어 있다. 하지만 해당 본문은 낙장되어 확인할 길
   이 없다.

급은 적극적 부역, B급은 자진부역, C급은 소극적 부역'으로 표시되어
있는 이 문건은 조금도 협력한 적 없이 고생만 한 김광주 씨까지 명단에
올리는 등 '자기들의 상상적 판단을 기성 범죄처럼 확정 공개'한 것으로
논란이 된 바 있었다.[48] 이 명단 사건에 대해 최정희는 후에 이렇게 회
고한다.

> 문총에선 도강했던 문인과 숨었던 문인들이 모여 부역한 문인을 처단
> 한다고 했다. A급, B급, C급, 급수를 매긴다고 했다. 나는 B급이라고 들었
> 다. C급까지 있은 뒤에 B급으로 낙착되었다는 소문 — B급이 아니라 B급
> 몇 배 이상의 급이더라도 그것으로 해서 내 마음이 부대끼지 않을 것이
> 다. 항상 남의 재단보다 나 스스로의 재단이 무서운 것이 아닐까?[49]

1955년에 발표된 소설 「속 수난의 장」에서 그녀는 '헌신짝같이 버리
고 갔다 와서 잘못했다고 꾸짖는 것'[50]이 과연 옳은 행동이냐며 도강파
의 심판에 의혹을 제기한다. 그들의 행동에 도덕적 정당성을 찾기 어려
웠을 뿐만 아니라, 사건이 벌어진 지 이미 5년이란 시간이 흘러 기억을
복원하는 데 여러 변수가 작용했기 때문이다.[51] 즉 이미 수난의 기록과
소설 창작, 종군작가단이라는 가시적 행동을 통해 속죄의 의식을 치른

---

48) 결국 문협이 재조사를 하여 새로 작성하게 되는데, '괴뢰치하에서 문학가동맹에 잠시라
도 나간 모든 문인'을 대상으로 심사한 결과 A급은 조금이라도 자발적으로 움직인 표
적이 있는 사람으로 무조건 기소, B급은 일단 구류, C급은 훈계 석방이었다. 결국 문인
대표로 조연현이 '합동수사본부'에 나가 한 사람도 처벌받지 않게 처리하였다고 한다.
이 일을 두고 조연현은 도강파가 '관념적인 적개심'으로 부역문인문제를 처리하려 했다
고 부연하고 있다. 조연현, 「6·25동란과 『문예』 전시판」, 『내가 살아온 한국문단』(현대
문학사, 1968), 88-92쪽.
49) 최정희, 「속 수난의 장」, 『최정희 선집』(어문각, 1982), 453쪽.
50) 최정희, 위의 글, 454쪽.
51) 이같은 태도는 「나는 이런 것을 보았다」에서 더욱 강화되어 나타난다. 취조받는 순간에
도 '나'는 당당하게 행동하는데, 이는 '어떤 주의 앞에서도 주저롭거나 두려울 것이 없'
기 때문이라고 밝히고 있다. 최정희, 『젊은날의 증언』(육민사, 1962), 269쪽.

바 있고, 그것으로 자신은 이미 충분히 사면받았다고 생각했기 때문에 가능한 서술태도이다. 따라서 이 소설에서 화자는 "난중일기에서"에서 주로 쓴 '무서워서', '더 무서워서', '죽을방 살방', '후들후들', '방맹이질 하는 가슴', '장승처럼 서서' 등의 위축된 표현과는 사뭇 다른, 어떻게 보면 당당하기까지 한 태도를 보인다.

그러나 1950년 현재 시점에서 최정희가 살아남을 수 있는 유일한 방법은 속죄와 더불어 새로 태어난 국가에 대해 충성을 서약하는 것뿐이었다. 위의 글에서 공산주의는 몰인정하고 '총살이라는 위협', '인간성을 잃어버리게 하는 주의'로 서술되어 거의 죽음과 동의어로 쓰이고 있다. 이는 당시 최정희가 인식하고 있는 반공의 실체가 무엇인지 분명하게 보여준다. 즉 죽음에 대척되는 삶, 그것도 인정과 인간성이 넘치는 진정한 삶이야말로 바로 공산주의에 대한 분명한 반대의사를 표명함으로써 가능하다는 논리인 것이다.

10월 21일 일기에는 '훌륭한 군인'이 되어 돌아온 아들 익조를 보며, 그녀는 군인으로 상징되는 국가에 대해 헌신할 것을 다짐한다. 이러한 비장한 결심은 '이전의 부역행위를 상쇄하기 위한 알리바이이자 여성이 국가주의에 귀속되는 양상을 단적으로 보여'[52] 준다.

> "네가 몸받쳐 피흘리는 국가를 위하여 엄마도 몸받쳐 피를 흘리겠다."
> 고 이렇게 속으로 부르지졌다.
> 실상 나는 이때까지 — 그를 만나지 않은 이때까지 — 民族은 사랑했어도 國家는 사랑해 보지 못한 것 같다. 이제 나는 익조와 함께 익조가 피흘려 받치는 國家를 위해 나도 받치기를 맹세한다.[53]

---

52) 김양선, 「반공주의의 전략적 수용과 여성문단」, 『어문학』 101집, 2008, 342쪽.
53) 최정희, 「난중일기에서」, 52쪽.

이는 콩트 「낙화」(『문예』 1953.1)에서 개구쟁이였던 아랫집 친구가 5년 후 이등병이 되어 일선에서 싸우고 있다는 말을 전해 들은 후 갑자기 경건한 자세를 갖추고 승전을 기원하는 내용과 동일한 구성이다. 또 모윤숙이 수난기의 말미에 군인을 예찬, 미화하며 애국심을 강조한 것과 같은 맥락에서 해석할 수 있다. 즉 앞부분에서 자신의 사적인 체험을 구구절절이 늘어놓다가 갑자기 결말에 이르러 서둘러 국가에의 헌신과 복종을 맹세한 것은, 자신이 이 글을 쓰고 있는 이유와 함께 이 글이 실릴 책의 기획 의도를 새삼 상기했기 때문이다.

『고난의 90일』은 '대중의 정치적 계몽'과 '滅共 聖戰에 이바지'하려는 취지에서 기획되었고, 『赤禍三朔九人集』은 부역문인들에게 속죄와 참회의 기회를 주어 이들을 다시 '大韓民國의 文化人으로 再生시키자는 데'54)에 그 기획 의도가 있었다. 따라서 모윤숙은 대중의 정치적 계몽을 위해 자신의 수난체험을 예로 들어 반공, 승공 이념을 호출할 수밖에 없었고, 최정희는 자신의 부역행위를 속죄하며 국가의 지배이념에 절대복종할 것을 맹세해야만 했다. 이들은 '사상 검열을 통과하고 자신의 생존을 보장받기 위해서 자발적으로 이데올로기에 순응하는'55) 내용의 글을 쓸 수밖에 없었던 것이다. 이는 모윤숙, 최정희를 비롯하여 전쟁 이후 씌어진 대부분의 반공주의 담론이 '공산주의 체제와 이념분자들에 대한 적대감과 증오심을 증폭시켜, 체험에 근거한 반공의 담론을 공적 기억으로 강화하는 면모'를 보여준다는 점에서 공통적이다.56)

그러나 『적화삼삭구인집』에 실린 세 명의 여성작가들의 수난기의 톤이 한결같지는 않다. 장덕조가 자신이 보고 들은 산 경험을 통해 공산주

---

54) 오제도, 「민족의 양심과 반영 : 민족문학의 첫걸음」, 『적화삼삭구인집』, 142쪽.
55) 유임하, 「이데올로기의 억압과 공포」, 『현대소설연구』 25호, 2005, 62쪽.
56) 유임하, 「6·25전쟁 발발과 전쟁 기억의 형성」, 『한국소설의 분단 이야기』(책세상, 2006), 64-65쪽.

의 체제가 얼마나 '무자비하고 몰인정'스러운 '생지옥'이었는지 감정적 차원에서 토로하고 있는가 하면, 최정희는 일기 형식으로 자신의 부역행위에 대한 합리화를 반복 서술하였다. 그에 비하면 손소희는 '영희'라는 허구적 인물을 내세워 픽션 형식으로 서술하여 있어 세 편의 글은 조금씩 그 층위를 달리 한다.

이는 이 책에 실린 남성작가들의 글과 비교해 보아도 그 차이가 분명하다. 양주동은 고해성사 형식으로 공산주의의 허구성을 폭로하면서 '빨갱이'의 개념을 상세하게 분류하고 있고, 백철 역시 자신의 무지함과 어리석음을 강조하며 투철한 반공주의자로 거듭날 것을 천명한다. 박계주 역시 북한을 비판하며 자신의 이념적 태도를 분명히 하고 있다. 즉 남성 작가들의 경우 주로 자신의 어리석음을 토로하면서도 '빨갱이'의 개념 규정과 북한의 현실태에 대한 비교적 객관적이고도 이성적인 서술태도를 보였다면, 여성문인들의 경우 감정적인 어조로 공산주의 치하에서 겪은 일상을 동어반복 형식으로 나열하거나 일기 혹은 픽션 형식 등 지극히 개인적이고 주관적인 차원의 서술태도를 보이고 있다. 아내로서, 어머니로서 어찌할 수 없는 불가항력이었다는 변명과 도피중 여성으로서 받아야 했던 갖은 수모에 대한 과장적 호소가 그것이다. 그러나 이같은 차이점에도 불구하고 결말 부분에서 자신의 과거를 속죄하고 반공주의자로 다시 태어날 것을 천명하는 것은 남성, 여성 작가를 막론하고 동일하다는 점에서 공통적이다.

이후 최정희는 1·4후퇴 때 대구로 피난을 가 1951년 3월 9일에 창단한 공군종군작가단 '창공구락부'에 유일한 여성문인[57]으로 가입하여 문인극 및 시국강연회에 참여하는 등 적극적인 활동을 전개했다. 한국전

---

57) 결성 1년 후 전숙희가 추가단원으로 창공구락부에 가입한다.

쟁 중 종군작가단이란 반공의 이념을 내세운 범문단적 조직으로 상당수
의 문인들에게 '그들이 겪었던 「사상적 위험」 즉 보도연맹 사건이나 「부
역문인」 사건의 위협으로부터 확실한 안전지대를 제공'[58]하였다. 즉 전
쟁중 문인들에게 입혀진 '군복의 힘'[59]은 먹고 사는 생존의 문제뿐 아니
라 도강할 수 있는 통행증이기도 하는 등 전쟁기에 살아남을 수 있는 비
표와도 같이 위력적인 것이었다. 이 시기 최정희는 종군작가단 활동과
소설 창작을 병행하는데, 이때 발표한 소설로 「임하사와 그 어머니」(『협
동』 37호, 1952.11), 「사고뭉치 서억만」(『훈장』, 1952), 「유가족」(『코메트』 1952.
12) 등이 있다. 그녀는 이 소설들을 통해 징병을 독려하고 전사한 군인을
칭송하는 한편, 전사한 아버지를 둔 아이의 씩씩한 삶을 그려낸다.

　「사고뭉치 서억만」은 신병으로 들어오던 날부터 사고만 치는 이등병
서억만이 일선에 나가 장렬한 전사를 한 후 그의 유서를 발견하고 그 수
첩을 훈련소 교육재료로 삼는다는 내용의 소설이다.

> 　다른 전우들처럼 분명하지 못했던 대신 ― 이 여러 가지 대신으로 나는
> 나의 목숨을 사랑하는 나라와 사랑하는 민족과 사랑하는 우리 부모와 사
> 랑하는 내 누나와 아우와 그리고 나의 전우들과 나의 여러 상관과 나에게
> 제일 많은 기압을 주었고 또 나를 가장 사랑해준 사랑하는 보병 제 육대
> 대 제일중대 사소대 삼분대 분대장을 위하여 바치나이다. 오오 신이여 저
> 의 소원이 이루어지게 하여 주소서. 제가 소원한 바대로 저 한 몸이 수십
> 명의 적을 격멸하게 하여 주소서.[60]

　위의 내용은 서억만이 출동하기 직전에 쓴 글로, 이 글을 쓴 뒤 정찰

---

58) 김철, 「한국보수우익 문예조직의 형성과 전개」, 『한국전후문학의 형성과 전개』(태학사,
　　1993), 51쪽.
59) 최정희, 「피난대구문단」, 『해방문학 20년』(정음사, 1966), 104쪽.
60) 최정희, 「사고뭉치 서억만」, 『훈장』(공군본부 정훈감실, 1952), 86쪽.

대의 일원으로 출동하여 수십 명의 적을 혼자 격멸한 후 전사했다. 분대 내에서 보초조차 제대로 서지 못하는 골칫덩어리였던 그는 죽고 나서 영웅으로 거듭난다. 군인으로서 전투에서 죽는다는 것, 그것은 어떤 결점도 무마될 만큼 강력한 것이었다. 전쟁은 영웅을 원하고 그 영웅은 죽음으로 신격화된다.

전쟁 중 죽음의 가치에 대해 언급한 또하나의 소설이 바로 「임하사와 그 어머니」이다.

> "절 육이오 때 숨겨두신 목적이 어딨어요? 밥이나 먹고 똥이나 싸게 하려구 숨겨 두셨어요? 내 나라 내 민족이 위기에 있는데 그래 남아루 나서 비슬비슬 숨어 살란 말이에요? 내 나라 내 민족이 다 망한 후에 살면 뭘 해요. 그렇게 살아선 값이 없어요. 내 나라 내 민족을 위해 싸우다 죽는 건 비슬비슬 값없이 사는 것 몇 배 이상이에요."[61]

할머니와 어머니 몰래 입대한 육군 하사가 부상당한 후 휴가차 집에 오며 입대할 때의 상황을 회상하는 내용의 이 소설에서도 '내 나라 내 민족을 위해 싸우다 죽'는 것이 남자의 가장 이상적인 가치라고 역설한다. 두 소설 모두 징병을 독려하고 죽음을 불사한 전투의지의 고취를 목적으로 한 전쟁소설이다. 이는 『코메트』, 『훈장』 등 공군본부 정훈감실에서 발행한 기관지에 실린 것이었기에 '反共' 혹은 '打共'이라는 분명한 목적성을 띠지 않을 수 없었다.

---

61) 최정희, 「임하사와 그 어머니」, 『협동』 37호, 1952.11, 136쪽. 이와 같이 징병을 독려한 그녀의 소설로 「출동전후」(『전시 한국문학선』, 국방부 정훈국, 1954)를 들 수 있다. 이 소설에서도 소집영장이 나온 아들을 보내지 않으려는 어머니에게 아들은 다음과 같이 단호하게 말한다. "어머니 저같은 사람이 안 가면 누가 가요. 하루에도 수십번씩 이가 갈리구 주먹이 쥐어지는 걸 참으면서 제 손에 총검이 잡히는 날을 고대했는데 어떻게 안 간단 말입니까. 어머니, 놈들을 하나두 남기지 않구 이 지구상에서 멸명시키는 날까지 싸우겠어요."(256쪽)

최정희는 이렇게 징병을 독려하고 반공이념을 내세운 일련의 소설 창작과 종군작가단 활동 등으로 인해 잔류파로서의 불온한 과거를 삭제[62]하고 다시금 대한민국의 '국민'으로 편입, 이후 한국문단의 주역으로 부상하게 된다. 이후 최정희는 '1967년 베트남 종군작가단의 단장 자격으로 베트남을 방문하여 사이공, 퀴논 등지의 장병을 위문'[63]하는 등 자발적 부역을 실천하며 반공 이데올로기를 전파한다.

4. 개인에서 국민으로

비록 짧은 기간이었다고는 하나 '3개월 혹은 1-2개월 동안 경험한 인민군 치하의 체험은 오늘의 남한 사회질서의 근본을 구성하고 있는 「집단적인 원체험」이었다. 그것은 바로 자유민주주의와 인민민주주의의 가장 생생한 비교 기간이요, 실험기간이었다. 휴전 이후 이승만 정권이 위기에서 벗어난 것과 5·16쿠데타와 군사정권의 등장은 모두 전쟁 당시 <북한> 통치 시절의 부정적 기억이 반사적으로 결집된 것'[64]이기 때문이다.

이는 문단도 마찬가지다. 문단은 전쟁 직후 재편되었는데, 상당수 문인들의 월북과 월남이라는 엑소더스에 이어 주로 도강파 혹은 은신파들

---

62) 9·28 수복 직후 최정희를 비롯한 잔류파들에게 거센 욕설을 퍼부었던 조영암도 이 시기에 오면 이들을 재평가하게 된다. "일부 여류 중에서도 최정희, 장덕조, 손소희 등 제씨가 문맹에서 어정거린 것은 무슨 여성 특유의 아부근성도 아닐 것인데, 이분들은 후일 깊이 참회하는 바가 있어서 그대로 좋았다." 「전란 중의 문단개관」, 『자유예술』 창간호, 1952.11, 17.
63) 박정애, 「'동원'되는 여성작가 : 한국전과 베트남전의 경우」, 『여성문학연구』 10, 2003, 80쪽.
64) 김동춘, 「점령」, 앞의 책, 206-207쪽.

이 문단의 실세를 장악한다. 여기에 속죄와 반성의 글로 사상검증을 마친 잔류파들도 합세, 한국문단의 주역으로 거듭난다. 이 결과 남한의 공식적인 지배이데올로기는 반공주의와 국가주의가 결합된 형태로 정착하게 되고, 이 과정에서 문인들은 비로소 '개인'에서 '국민'으로 재탄생한다.

이 글에서는 한국전쟁 초기 인민군 점령 3개월간 여성문인들이 어떤 곳에서 어떻게 지냈는지를 추적하고, 이 '고난의 90일'이라는 집단적 원체험이 이후 그들의 글과 행동에 어떤 영향을 미쳤는지 살펴보았다. 잔류파 중 은신했던 모윤숙과 부역했던 최정희는 각각 전쟁 초기에 피난을 시도하였으나 실패하자 인민군 치하 서울에서 고난의 90일을 보냈다. 이들은 이후 수난기를 발표하며 자신의 사적 체험을 공적 담론으로 호명, 복원해 냈다. 다른 여성문인들 역시 '가다가 총에 맞아 죽을지, 굶어 죽을지, 잡혀 올지 모르는'[65] 상황에서 '목숨을 유지한다는 것'이 얼마나 큰 '굴욕'[66]인지 온몸으로 느꼈을 뿐 아니라, '그 석달 동안에 받은 압박과 굴욕과 수난의 기억은 내 생애를 통하여 — 아니 그야말로 자손만대에까지 잊을 수 없을 것'[67]이라고 입을 모아 절규했다.

모윤숙의 수난기가 체험의 직접성 그 자체에 초점을 맞춰 고난의 참상을 생생하게 알리는 데 치중했다면, 최정희의 그것은 고난에 처한 자신의 심리적 상황을 중계하며 속죄의 의식을 병행하고 있다는 데에 차별성이 있다. 그녀에게 '속죄'란 생존을 위한 불가피한 절차였다. 이는 부역의 유무가 가져다 준 차이일 것이다. 잔류파라 하더라도 부역을 하지 않고 은신해 있었던 경우 이념의 도덕적 우위를 점할 수 있었기 때문이다.

---

65) 노천명, 「오산이었다」, 앞의 책, 459쪽.
66) 손소희, 「결심」, 『적화삼삭구인집』, 237쪽.
67) 장덕조, 「내가 본 공산주의」, 위의 책, 209쪽.

　　결국 이들은 자신이 겪은 수난의 참상을 고발하고, 자신의 부역행위를 속죄하는 글을 게재함으로써 과거의 상흔을 치유하고 문단에 복귀한다. 이들은 '고난의 90일' 동안의 체험을 시, 소설, 수필 등 장르 불문하고 복제하며 공론화하였으며, 이 체험의 결과 얻어진 교훈을 되새겨 반공전사로 거듭난다. 이 과정을 거쳐 이들은 비로소 '개인'에서 '국민'으로 재탄생하게 된다. 즉 부역 혐의로 혹은 피난 가지 못해 국민으로서의 자격을 박탈당했던 불온한 과거를 삭제하고, 온전한 대한민국의 국민으로 자리잡는다. 전쟁 후 모윤숙과 최정희는 나란히 참전시를 쓰고 종군작가단 단장으로 베트남전에 참전하는 등 자발적 부역에 앞장서게 된다. 그 결과 이들은 각각 한국여류문학인회 회장(2대 최정희 / 3대 모윤숙), 한국현대시인협회장, 한국소설가협회 대표위원 등을 역임하며 시와 소설 양쪽에서 대한민국 문단의 주류로 자리잡으며 한국문학사에 오롯이 등재된다.

II

시간 속의 기억, 사랑, 죽음

이정호 소설 연구

1. 문학사에 누락된 작가

이정호는 1962년 『현대문학』 지에 2회에 걸쳐 「인과」와 「잔양」을 추천받아 등단한 여성작가이다. 2009년 장편 『그들은 왜 갔을까』를 출간하기까지 50여 년 동안 단·중편 46편, 장편 4편 등 꾸준한 작품활동을 해왔지만 그에 관한 연구는 일천한 형편이다. 그 이유는 무엇일까. 우선 1950년대 이후 대거 등장한 손창섭, 장용학, 김성한, 하근찬 등 신세대 남성작가군에게 문단의 이목이 집중되는 바람에 상대적으로 여성작가들은 도외시될 수밖에 없었다. 뿐만 아니라 한국전쟁 전까지 불과 20여 명에 불과하던 여성 작가의 수가 195, 60년대에 이르러 160여 명 정도로 급격히 늘어났는데, 이러한 여성문인의 양적 팽창은 더 이상 '여성'이라는 이름만으로 주목받는 시대가 끝났음을 알려준다. 이런 상황에서 뚜렷한 대표작이나 문제작이 없었다는 것은 당연히 연구의 대상에서 배제될 수밖에 없었다.

둘째 여성작가 중에서도 특정 작가 혹은 작품에 연구자들의 관심이 집중되었기 때문이다. 195, 60년대 여성작가 중 강신재, 박경리, 임옥인, 최정희, 한무숙 등 문학성이 검증된 작가들의 연구는 어느 정도 이루어진 데 비해 박기원, 송원희, 윤금숙, 이정호, 최미나, 한말숙 등은 여러 작가들을 묶어 함께 다루는 경우를 제외하고는 단독으로 연구된 적이 거의 없는 형편이다.

셋째 이정호가 당시로서는 늦은 32세라는 나이로 등단한 후 교사라는 직업과 작품활동을 병행1)하였고, 특별한 동인이나 문단활동을 하지 않았을뿐더러2) 1989년 이후 1997년까지는 거의 작품활동을 하지 않아3) 연구자들의 관심에서 멀어진 때문이다.

이같은 이유로 이정호의 소설은 연구자들에게 제대로 평가되지도 못한 채 문학사에서 사장되고 있다. 그러나 이정호의 소설은 해방 이후부터 전쟁에 이르기까지 혼란한 북한의 사회상과 그 속에서 살아가는 사람들의 일상을 들여다볼 수 있는 좋은 자료일 뿐 아니라, 여성의 입장에서 전쟁을 바라보는 새로운 시각을 제공하고 있어 주목할 만하다. 아울러 그의 작품에는 우리 문학에서는 보기 드물게 관북 지방의 문화와 방

---

1) 이정호는 '문단에도 늦게 나왔고, 또 초기에 또 교직에 있었고 이래 거기다가 별로 사교적인 편이 못돼서, 문우가 그렇게 많지 않'다고 언급한 바 있다. 『2007년도 한국 근현대 예술사 구술채록연구 시리즈 96 : 이정호』(한국문화예술위원회, 2007), 204쪽. 이 책은 이하 『구술채록연구 96』으로만 표기한다.
2) 『움직이는 벽』은 1982년 『제3문학』 동인지에 전재되었던 작품이다. 『제3문학』은 백우암, 윤정규, 이규정, 이정호, 김춘복의 작품을 게재하며 서문에서 "역사적 현실에 대한 각성을 기반으로 주체적 문학창조를 추구"하는 제 3의 문학 지향을 천명한 바 있다. 그러나 이들은 이렇다 할 활동을 펼치지 않은 채 1집으로 마감했다. 이 동인활동에 대해 이정호는 그저 연락이 와서 작품만 실었을 뿐 '동인끼리 모여서 뭐 한번 식사한 일도 없'을 정도로 소원했던 일회성 사건으로 회고한 바 있다. 이정호, 「창작활동과 문단 활동에서 겪었던 일들」, 『구술채록연구 96』, 205쪽.
3) 이정호는 1960년대에 18편, 70년대에 18편으로 왕성하게 활동하다가 1980년대에는 12편으로 작품 발표 수가 감소한다. 이후 1989년 5월 이후 전혀 발표하지 않다가 1997년부터 간헐적으로 작품을 발표하였다. 이같은 공백기에 대해 작가는 딸의 결혼 실패 등 가정생활로 인한 창작열의 침체라고 술회하였다. 앞의 책, 185쪽.

언이 풍성하게 녹아 있어 이채롭다.

그렇다면 이정호는 누구인가. 이정호는 1930년 함경남도 신흥군 원풍면에서 출생4)하였다. 1947년 함흥 영생여고를 졸업한 뒤 흥남 제 10인민학교와 신흥 제1인민학교 교사로 재직중에 한국 전쟁이 발발하였다. 인민군이 후퇴하고 국군이 입성하자 이정호는 서울에서 파견된 대한청년단 선전부에서 일하다가 당시 대한청년단 단장이던 남편을 따라 1950년 12월 흥남에서 단신월남하였다.

이정호가 가족과 고향을 등지고 월남한 이유는 세 가지 정도로 추정할 수 있다. 첫째, 전쟁 후 대한청년단에 입단하여 각종 선전문을 써서 붙인 자신의 행적 때문이다. 전쟁 발발 당시 '이른바 조선민주주의 인민공화국 공민증을 가진 인민'5)이었던 이정호가 대한청년단의 선전부에 들어가 국군을 옹호하는 벽보를 쓴 행위는 이후 호된 비판과 처벌은 물론 신변의 위협까지 느꼈기 때문6)에 피신은 불가피했을 것이다. 둘째는 2남 3녀 중 맏딸로서 아버지를 일찍 여읜 채 열여덟살 때부터 가장 노릇을 한 그는 가족 부양의 부담감에서 잠시나마 놓여나고 싶은 마음7)도 컸을 것이다. 그는 홀로 된 어머니가 무학인 탓에 경제적 능력이 전혀 없던 터라 맏딸인 자신이 집안의 모든 것을 책임져야 했는데, 어린 나이에 감당하기 버거울 정도였던 것 같다. 또 이때의 피난은 고작해야 석

---

4) 이정호의 생애는 『2007년도 한국 근현대예술사 구술채록연구 시리즈 96 : 이정호』(한국문화예술위원회, 2007)와, 『이정호 문학전집 10』(계간문예, 2009)에 실린 「어머니의 눈물 1-3」과 「천호중학교 단상」, 「문학수업기」 등과 '작가연보'를 참고하였다. 『이정호 문학전집』은 이하 『전집』으로만 표기한다.

5) 이정호, 「눈을 크게 열고 하늘을」, 『전집 7 : 움직이는 벽』, 345쪽.

6) 이정호는 이 시기 자신의 선택에 대해 '그놈의 가두에 선전문 붙인 게, 이게 걸려서, (중략) 나는 이제 공산당이 들어오면 나는 죽는다'라고 생각하여 결사적으로 내려왔다고 술회한 바 있다. 「출생부터 문단 데뷔 전까지」, 『구술채록연구 96』, 61쪽.

7) 여기에 대해서 이정호는 '지겹게 묶여서 사는 이 책임감에서 좀 벗어나고 싶은 생각도 없지 않았을 것'이라고 위의 책(61쪽)에서 언급하였다.

달 정도의 '임시'라고 생각했기에 홀가분하게 떠날 수 있었다. 셋째는 당시 대한청년단 단장과의 사랑이다. 월남 후 이정호는 전쟁이 채 끝나기도 전인 1952년 4월, 피난지 장승포에서 함께 월남했던 대한청년단 단장 박철준과 결혼하였다.

이후 남편의 권유로 1954년 수도여자사범대학에 입학한 뒤 이어 성균관대 국문과에 편입하고 1958년 졸업, 경기여중과 천호중학교에서 교사로 근무하였다. 이정호는 수도여사대 2학년 때 창작을 가르치던 교수 조연현의 권유로 소설을 쓰기 시작, 1962년 최정희의 추천으로『현대문학』지를 통해 등단하였다. 이후 제 1회 한국소설문학상(1975)과 대한민국문학상(1988)을 수상하고, 한국문인협회 회원, 한국여성문학인회 부회장, 한국소설가협회 최고위원 등을 역임했다.

그동안 이정호 소설에 대한 연구는 주로 「안개」, 「감비 천불붙이」, 『움직이는 벽』 등 몇몇 대표작에 집중되어 있는데, 이마저도 신문의 단평이나 창작집 말미에 첨부되는 해설 형태를 띠고 있다. 홍기삼은 이정호의 소설이 '관북지방의 풍물과 농민의 생활을 그려준 관북문학'으로서 '분단기 문학의 커다란 공백을 메워주는 뜻깊은 성과의 하나로 평가'8)했으며, 김태현은 이정호의 작품을 공간적 배경을 기준으로 남한에서의 생활만을 다룬 소설, 월남한 뒤의 생활을 그리되 그것이 북한에서의 생활과 연결되어 있는 소설, 월남 전 북한에서의 삶만을 다룬 소설 등 세 가지로 분류9)한 뒤 두 번째와 세 번째 계열의 작품이 대체로 첫 번째 계열의 작품보다 더 우수하다고 보았다. 이은봉은 『늪과 바람』에 실린 작품들을 해설하는 자리에서 그의 작품이 객관현실보다 '인간의 내면에 잠재해 있는 욕망 및 그것의 변용인 사랑'10)을 중시한다고 평가했다. 한편

---

8) 홍기삼, 「북방문학의 한 전개」, 『전집 3 : 안개』, 399쪽.
9) 김태현, 「6 · 25전후사의 문학적 인식」, 『전집 7 : 움직이는 벽』, 316쪽.

이덕화는 2003년에 출간된 이정호의 여섯 번째 창작집 『노인정 산조』의 해설에서 그의 후기소설 특징으로 '미해결, 불확정인 상황'[11]을 들었다.

이와 같은 이정호 소설 연구는 주로 작품집 말미의 해설에서 언급한 것이어서 객관성을 유지하기 힘들다. 창작집 출간이나 작품 게재에 맞춰 쓰여진 신문의 단평(월평) 역시 다른 작품들과 함께 논하는 자리에서 대략적인 언급만 했을 뿐, 이정호 소설에 대한 전반적이고도 구체적인 분석은 지금껏 전무하다고 봐도 무방할 것이다. 그러므로 이정호 소설 전편을 대상으로 그의 작품세계를 면밀히 천착하는 작업은 그동안 우리 문학사에서 누락되고 사장된 작가를 호명해 내고, 작가와 작품에 걸맞는 자리를 찾아준다는 점에서 의미있으리라 기대한다.

이정호는 2009년 『이정호 문학 전집』(10권)을 출간하였다. 전집 1-9권에는 장편 4편을 비롯,[12] 중편 6편,[13] 단편 40편 등 총 50편의 소설이 게재되어 있고, 마지막 10권에는 수필, 평론, 기행문, 서간문 등이 실려 있다. 이 전집은 2009년 장편 『그들은 왜 갔을까』의 출간과 동시에 이루어졌다. 2009년은 1930년생인 그녀가 79세 되는 해였다. 팔순을 앞둔 나이에도 여전히 새 장편을 출간하는 터라 그의 문학은 아직 미완으로 봐야 할 것이다.

전집에 실린 총 50편의 소설 중 「망부석─박제상」[14]을 제외한 대부분의 작품은 해방과 전쟁 등 한국의 근현대사를 배경으로 하고 있다. 해방 이전 북한을 배경으로 한 작품이 5편이며, 나머지는 월남의 과정 혹은 월남 이후 남한에서의 삶을 다루고 있다.

---

10) 이은봉, 「본능 혹은 사랑의 선택」, 『전집 4 : 늪과 바람』, 391쪽.
11) 이덕화, 「실천적 의미로서의 심미적 거리」, 『전집 5 : 노인정 산조』, 341쪽.
12) 『화려한 울음』(1976), 『파종기』(1978), 『움직이는 벽』(1982), 『그들은 왜 갔을까』(2009).
13) 「망부석」, 「감비 천불붙이」, 「소나기」, 「뚜깔리(쳣비리)」, 「무화과」, 「노인정 산조」.
14) 이 소설은 이정호 작품 중 유일한 역사소설이다.

이정호의 4편의 장편 중 2편은 연작으로 보인다.『움직이는 벽』(1982), 『그들은 왜 갔을까』(2009)는 모두 해방 이후 혼란한 북한의 실상과 월남, 이후 남한에서의 삶을 거의 시간적 순서에 따라 구성하고 있다.『움직이는 벽』이 해방에서 흥남철수까지를 다루었다면,『그들은 왜 갔을까』는 거제 도착 이후부터 현재까지를 서술하고 있기 때문이다. 그러나 전작인 『화려한 울음』(1976) 역시 인물과 배경, 에피소드 등이 유사하게 배치되어 있어 함께 거론해도 무방할 것이다.

이정호의 작품세계는 크게 세 갈래로 나누어 살펴볼 수 있다. 첫째는 관북의 서정적 자연을 원시적 필치로 담아낸 소설들이고, 둘째는 전쟁과 이산의 상흔에 관한 것, 그리고 셋째는 일상의 소소함을 소묘한 것들이다. 이중 앞의 두 부류에 속하는 작품들을 연구대상으로 삼아 검토해 보고자 한다. 세 번째에 속하는 작품들은 주로「노인정 산조」에 수록되어 있는 것들인데 일상의 크고작은 파란들을 노인의 눈으로 응시한 것들로 이는 고(考)를 달리하여 살펴볼 것이다. 이 글은 문학사에 누락된 작가 이정호의 작품세계를 찬찬히 검토하여 그의 소설에 대한 관심을 불러일으키고 이후 연구의 토대를 마련하고자 하는 목적에서 출발한다. 또한 작가의 체험과 소설의 인과관계를 조명해 보고, 이정호 소설이 갖는 자서전적 소설의 특징을 규명해 보고자 한다.

2. 토속적 시공간의 원시적 삶

작가 이정호의 이력에서 가장 눈여겨봐야 할 부분은 함남 신흥 출생이라는 것과, 전쟁을 겪고 1·4후퇴 때 월남했다는 사실이다. 이 두 가지 사실은 그의 문학세계를 형성하는 기본 뿌리이며 뼈대로 작용한다.

그의 소설 대부분은 고향을 소재로 하고 있을 뿐 아니라 전쟁의 기억에서 벗어나지 못하고 있기 때문이다.

> '문학의 사실성'의 접근에는 직접 체험 이상의 교과서는 없다. 관북에서 태어나고 거기서 6·25를 겪고, 1·4후퇴에 월남한 나에겐 <u>관북의 풍습, 방언, 전쟁 참사의 체험이 유일한 문학적 자산</u>이었다.(밑줄 인용자)[15]

'관북'과 '전쟁'은 이정호 소설을 이해하는 데 가장 유력한 키워드이다. 이정호의 소설 50편 중 절반이 넘는 28편이 관북, 즉 함흥, 서호진, 신흥 등 작가의 고향을 공간적 배경으로 삼고 있다. 이중 23편에 그곳에서 살다 '월남'한 인물들이 등장하는데, 이들은 대개 1·4후퇴 때 군인을 따라 흥남에서 철수한 이력의 소유자들이다. 이는 이정호의 개인적 이력과 동일시되는 대목이다. 나머지 5편은 '관북'이라는 삶의 공간이 주요 배경이자 주제와 인물들을 지배하는 요소로 작용한다. 또 월남 모티프를 지닌 23편에다 4편을 더한 27편의 소설에 '전쟁'이 주요 소재로 등장한다. 이 27편의 소설들에는 주로 전쟁으로 인한 인물간 이념 대립과 반목, 가족과 애인과의 이산, 도덕의 실종과 죄책감 등 전쟁의 흔적과 상처가 담겨져 있다.

이정호 소설에 나타난 '관북'과 '전쟁'은 소설뿐 아니라 작가 이정호의 개인적 삶을 특징짓는 키워드이기도 하다. 함남 신흥에서 출생하여 교사로 재직하다 전쟁을 겪고 1·4후퇴 때 월남한 20살까지의 이력은 이후 이정호의 삶을 규정하는 원체험으로 기능한다. 남한에 살면서 소설을 써온 50여 년 동안 이정호는 월남 이전 고향에서 겪었던 교직생활, 이사, 전쟁, 사랑 등의 원체험을 풀어나가는 페넬로페의 삶을 살아왔기

---

15) 이정호, 「미완성의 문학」, 『전집 10』(계간문예, 2009), 251쪽.

때문이다.

이 장에서는 이정호 소설 중 '관북'이라는 공간이 작품 내 주요한 요소로 기능하는 소설들을 살펴보고자 한다. 사실 대부분의 이정호 소설이 월남 모티프를 다루고 있다는 것은 월남 이전, 즉 북한에서의 삶을 전제로 할 수밖에 없다. 그러나 이 장에서는 월남의 동기와 과정을 그리기 위해 전제된 고향이 아니라 공간 자체가 인물들의 삶에 영향을 미치는 소설들을 주대상으로 삼으려고 한다. '관북'은 함경도 일대를 가리키는 지역구분 용어로서 이정호 소설에서는 주로 자신이 살았던 함경남도 함흥, 신흥, 흥남, 서호진 등을 가리킨다. 이는 소설 속에서 H시, C군, S군, C읍, S읍 등으로 표기된다.

이정호 소설 중 관북의 모습은 크게 두 갈래로 나누어 볼 수 있다. 첫째는 전쟁 초기 북한의 사회상을 적나라하게 제시하고 있는 「잃어버린 동화」, 「두 아들」 등의 소설이고, 둘째는 전쟁 이전 훼손되지 않은 관북 부전고원 일대를 배경으로 그곳의 일상과 사랑을 몽환적으로 그려낸 「감비 천불붙이」, 「소나기」, 「뚜깔리」 연작이다.

우선 「잃어버린 동화」(『현대문학』 1963.5)와 「두 아들」(『현대문학』 1964.6)은 비교적 초기작으로서 전쟁 초기 친구간, 형제간 이념 대립을 문제삼고 있다. 「잃어버린 동화」는 1950년 9월 하순경 C읍을 배경으로 어릴적 죽마고우였던 재식과 인섭이 전쟁을 바라보는 시각차이를 극명하게 드러낸 작품이다. 고교 교사이자 C고등학교 민청위원장인 재식은 다소 '감상적이요 낭만적'인 성격으로 자원입대한다. 한편 의대 졸업 후 C읍의 공의로 근무하는 인섭은 '비판적이고 지성적'인 성격으로 '의지와 신념으로 자신을 이끌어 나가'(85쪽)야 한다고 생각한다. 결국 전쟁의 이유와 목적에 대해 끊임없이 회의하던 재식은 충동적으로 참전한 후 어둠 속에서 적으로 오인한 인섭의 손에 맞아죽는다. 죽은 재식의 수첩에는 '나에게는 현재도 미래도 없다. 과거 속에 산다는 것은 고인이나 다름없는 것'(108쪽)이라고 씌어 있다. 재식은 과거보다 아름다운 생활을 할 수 없다는 건 비참한 일이라며 전쟁으로 살육의 현장이 된 현실을 부정하고 과거의 주박에 갇혀 있다. 이때의 '과거'는 훼손되지 않은 유년의 동화적 세계를 가리킨다.

> — 강변엔 돌도 많다. 하동(河童)은 해가 떨어져도 배가 고프지 않다. 물에서 뛰어나와 제일 큰 바위에 가 배를 붙이고 나란히 엎드린다. 흰 곰처럼 도사리고 있는 바위의 잔등은 어머니 품속처럼 따뜻하다. 귓속에 들어간 물을 털며 쳐다본 D다리의 난간이 금빛으로 반짝인다. (중략)
> "아니야 저건 꼭 금일 거야. 낮에는 쇠였드래두 저녁이 되면 금이 되구, 이제 저 흰 달이 노오랗게 물이 들은 저 속에서 예쁜 선녀가 나와서 저 금다리를 건너와 이 물에서 미역을 감고 갈 거야."(83-84쪽)

어릴적 인섭과 함께 바라본 고향의 D다리는 '금빛'과 '선녀' 등 동화적 메타포로 가득찬 살아 숨쉬는 공간이다. 그러나 지금 이 다리는 강제 징집된 인민군들이 C읍을 떠나 H시로 호송당해 가는 관문일 뿐이다. 민청위원장인 재식은 자신에게 주어진 인민군 할당량을 채우기 위해 '애꾸, 언청이, 아니면 폐병 삼기쯤 돼 보이는 뇌리끼한 빈약한 체구의 사나이들'까지 모조리 인민군으로 징집한 장본인이다. 그들을 죽음의 전장터로 보낸다는 죄책감에 재식은 현재와 미래를 부정한다. 「잃어버린 동화」는 '소년'과 '어른', '꿈'과 '현실', '동화'와 '전쟁'이라는 대립적 세계에서 후자를 인정하지 못해 스스로 '죽음'이라는 비극적 결말을 택한 지식인의 고뇌를 형상화한 작품이다.

이에 비해 「두 아들」16)은 의붓형제간의 이념적 대립을 통해 해방과

---

16) 『현대문학』(1964.5)에 게재될 때는 「벽돌집」이었다가 『잔양』(문예사, 1969)에 수록될 때

전쟁기 북한의 사회상을 고스란히 보여준 소설이다. 영호, 영식 형제는
외형적으로나 내적으로 사뭇 대조적인 인물이다.

> 단적으로 말하면 영호에게서는 귀족적인 품위를, 영식에게서는 서민적
> 인 질박을 느끼는 것이다. 한쪽은 후리후리하고 늠름한 풍모에 피부가 희
> 고 한쪽은 뚱뚱하고 짤막짤막한 체구에 검붉다는 외형적인 조건도 무시할
> 수는 없지만 내면으로부터 풍겨오는 체취이며 생리인 것 같다.(234-235쪽)

영호는 철저한 인텔리 근성의 소유자로서 중학교 말단 교사인데 비해,
영식은 '야심이 다락다락 흐르는' 촉망받는 민청지도원이다. 영식은 형
영호를 '뒤에서 불평만 하고 비웃고, 앞에서 일은 하지 않'는 '회색분자',
'무용지물'이라고 비판한다. 해방기부터 서서히 벌어진 형제의 이념적
간극은 전쟁이 발발하자 더 커진다. 결국 전세가 뒤집어질 때마다 형과
아우가 번갈아 숨다가 12월 국군이 후퇴하기 직전 찾아온 영호의 친부
를 따라 영호가 월남하려 하자 영식 역시 동행을 결심하는 것으로 정리
된다. 형제간의 이념적 대립은 이로써 해소된다.

사실 이 소설에는 형제간 이념의 대립은 물론 기생 출신 여성의 가혹
한 운명, 객관정세로 인한 연인과 가족의 이산 등 다양한 소재들이 곳곳
에 포진되어 있다. 이 소설은 노동자가 최고인민위원이 되고, 무산계급
을 찬양하지 않으면 비판받는 해방기 북한의 사회상을 그대로 드러내고
있으면서도 종국에는 형제 혹은 가족간의 사랑이 승리한다는 가족주의
를 보여주고 있다는 점에서 주목할 만하다. 한편 「영원한 평행」 역시 'S
읍'과 'H시' 등을 배경으로 학창시절의 두 친구가 서로 다른 이념의 지
지자로 등장한다. 흥남 철수하는 배 안에서 회상 형식으로 쓰여진 이 소

「두 아들」로 개제되었다.

설 역시 한 여성을 사이에 둔 개인적인 모멸과 원한이 이념으로 분리된 둘 사이에서 복수의 형태로 발현되나 결국 휴머니즘이 승리한다는 내용을 담고 있다.

다음으로 살펴볼 작품은 부전고원 일대를 배경으로 그곳의 삶을 천착한 「감비 천불붙이」, 「소나기」, 「뚜깔리」 연작이다. 이 세 편의 소설은 농촌, 산촌, 어촌 등을 전전하며 홍수와 산불 등 갖가지 자연재해 속에 얽히고설킨 인간의 애욕을 다루었다. 이 연작은 「감비 천불붙이」를 원형으로 한다. 동일한 시공간에서 생활했던 인물들이 공간적으로 분리되면서 자연스럽게 두 편의 후일담이 생성된 것이다. 「소나기」는 감비 천불붙이를 떠난 만길네의 5년 후 삶을 묘파한 것이고, 「뚜깔리」[17]는 그곳에 남았던 이들의 3년 후 삶을 조명한 것이다. 작품 속에서 친구의 아내를 범하고, 형부의 아이를 키우며, 자신의 아이를 버리는 등의 일이 벌어질 수 있는 것은, 그 공간적 배경이 '시야를 들면 암록과 담록이 물결치는 원시림의 수해. 밀림 저쪽은 구름이 애연한 준봉의 연속'[18]인 부전고원이기에 가능하다. '이들의 삶을 지배하는 것은 문명이나 도덕적 질서가 아니라 사람의 만남이나 생사까지도 자연의 작은 일부가 되게 하고야 마는 자연의 거대한 섭리'[19]이기 때문이다.

이 소설에는 원시적 색채의 자연뿐만 아니라 1928년 관북 대홍수부터 1930년 홍남 질소비료공장의 준공까지 당대 북한의 사회상이 고스란히 부조되어 있다. 이러한 사회적 정황은 등장인물들의 생존 조건 변화, 가족의 이산과 이주, 연인과 친구 사이의 별리 등을 가능하게 하는 외적 요인으로 작용한다. 농민이었던 덕구는 무진 대홍수를 겪은 뒤 날품팔이

---

17) 「뚜깔리」는 「쇳비리」(『한국문학』 1978.9)의 개작이다.
18) 이정호, 「감비 천불붙이」, 『전집 3』, 25쪽.
19) 홍기삼, 「북방문학의 한 전개」, 『전집 3』, 393쪽.

를 거쳐 화전민으로 정착하다가 아내의 외도로 인해 대처로 이사, 공장 노동자로 변신한다. 그러나 하루 종일 네모난 화차 속에서 비료섬이나 져나르던 그는 결국 이후 뱃사람이 되어 길을 떠나게 된다.

등장인물		직업의 변동과 계기		
덕구	농민	화전민	노동자	어부
		무진대홍수	산불/덕구의 배신	(방화)
종섭	농민	화전민	화전민	화전민
		무진대홍수	산불/덕구를 배신	정분의 떠남(살인)

　　주요 등장인물인 덕구는 위의 표에서 보는 바와 같이 자연재해나 사회적 상황에 따라 농민→ 화전민→ 노동자→ 어부 등과 같은 직업을 선택하게 되나 어느 곳에도 정착하지 못하고 결국은 방화를 하고 떠돌게 된다. 이에 비해 종섭은 농민에서 화전민으로 안주하는 듯하나 내부에서 들끓는 욕망(만길네와 정분에 대한 욕망)에 충실한 결과 친구를 배반하고 친구 동생을 죽이는 등의 비정상적인 행동을 저지르게 된다. 떠난 자와 떠나지 않은 자 모두 불행한 결말을 맞이하는데 이는 1930년대 가진 것 없는 하층계급의 운명을 전형적으로 보여준다는 점에서 의의가 있다.

　　「감비 천불붙이」, 「소나기」 연작에 등장하는 여성인물들은 위의 덕구나 종섭과는 달리 대부분 순종적이고 전근대적 사고방식의 소유자들이다. 결혼도 하지 않고 형부의 아이를 키우며 온갖 일을 도맡아 하는 정분, 외도를 일삼는 남편을 한결같이 기다리는 덕산네, 자신도 모르는 임신과 출산으로 인해 죄인으로 살아가는 만길네는 물론 딸아이를 데리고 재혼했다가 의붓아비에게 딸이 유린당하자 결국 자살하는 쌍가마까지 이들은 모두 남편 혹은 남자에게 자신의 일생을 맡기고 사는 수동적 인물들이다. 이에 비해 작품에 등장하는 덕구, 봉수, 오영감, 울산아바이

등은 자신의 생각대로 행동하는 유랑형 인물들로서 끊임없이 떠나고 방황한다. 소설 속 여성들의 일생이 떠나보내고 기다리는 것이라면, 남성들은 떠나고 돌아오는 것이다. 여성들은 농사, 조개캐기, 때기꾼 등 고된 노동과 가난 속에서도 한결같이 남성의 삶에 종속되어 벗어날 생각조차 못한다.

하지만 「뚜깔리」는 남성과 여성의 역할이 뒤바뀌어 존재한다. 종섭은 어머니와 아이 때문에 떠날 수 없어 정착해 있고, 정분은 죽은 언니의 딸과 그 아이의 이복동생까지 키우며 살아가지만 호시탐탐 그곳의 탈출을 도모한다. 종섭은 친구인 덕구의 아내를 범해 그 내외를 떠나게 한 장본인이자, 덕구의 동생 덕칠이 정분과 떠나려 하자 그마저 살해하는 등 비정상적인 행동을 일삼는 인물이다. '감비 천불붙이' 혹은 '뚜깔리'라는 원시림 속에 화전을 일구며 사는 그의 삶은 그가 사는 공간과 동일시되어 외화된다. '어떤 장소의 안에 있다는 것은 거기에 소속된다는 것이고 그곳과 동일시된다'[20]고 보았을 때 친구 아내를 유린하고, 처제를 떠나지 못하게 하기 위해 친구 동생을 살해한 종섭의 행동들은 '뚜깔리' 안에서만 가능한 것이고, '뚜깔리'이기에 가능한 일이다. 즉 종섭이 원시적 본능에 충실한 편인 데 비해 정분은 인정(당위)과 욕망(본능) 사이에서 갈등하며 얽히고설킨 애증 관계의 해법을 찾지 못한 채 결국 주저앉고 만다.

이 연작에서 주목할 만한 점은 작품 전편에 질박한 삶이 묻어나는 함경도 사투리를 사용하고 있다는 점과 실감나는 묘사에 있다. 손소희, 임옥인, 박순녀 등 월남 여성작가들의 작품에 종종 북한의 고유한 사투리가 쓰이긴 하지만 이 연작처럼 관북 방언이 전면적으로 쓰인 예는 쉽게

---

20) Edward Ralph, *Place and Placelessness*, 김덕현 외 옮김, 『장소와 장소상실』(논형, 2005), 116쪽.

찾기 어려울 것이다. '자부레미', '체에', '지약', '어불어', '다운치', '오두데기', '씽췬아', '부나해서' 등 주를 달지 않으면 의미를 알 수 없는 단어들은 물론, '무시깁메?', '같슴', '있는갑소', '있읍메?', '살겠음?', '하지비' 등 독특하고 다양한 종결어미도 모든 대화에 쓰이고 있다. 이러한 관북 방언은 독자에게 소설의 공간적 배경을 수시로 주지시키는 역할을 수행함은 물론 거칠고 무뚝뚝한 인물의 성격을 드러내는 한편, 독서의 색다른 즐거움을 제공한다.

요컨대 「감비 천불붙이」, 「소나기」, 「뚜깔리」 연작은 등장인물들의 우정과 배신, 미련과 집착, 떠남과 돌아옴, 방화와 살인, 욕망과 인정 등 다양한 삶의 양태가 고스란히 담겨진 연작소설이다. 뿐만 아니라 이 소설에는 함경남도 부전고원과 흥남을 배경으로 그곳의 지리와 풍물이 박물지처럼 제시되어 있으며, 화전과 농사, 어업 등에 종사하는 하층계급의 일상이 진한 관북 사투리 속에 용해되어 있어 우리 소설의 미답지를 개척했다는 데 큰 의미를 지닌다.

3. 전쟁의 기억과 기억의 소설화

이정호 소설의 대부분은 '전쟁' 이야기다. 그중에서 『움직이는 벽』과 『그들은 왜 갔을까』는 전쟁 전후 북한의 사회상이 고스란히 묘사되어 있음은 물론 그 속에서 펼쳐진 일 개인의 가족 이산과 월남, 결혼 등이 파노라마처럼 그려진 연작장편이다. 『움직이는 벽』은 1949년 7월부터 1950년 12월까지 1년 반 동안에 벌어진 북한의 현실태를 적나라하게 묘파한 작품으로, 한 여교사의 눈에 비친 북한의 교육현실과 사회상을 꼬치꼬치 들춰냄은 물론 갑작스레 맞이한 전쟁의 순간순간을 담담한 어조로 복원해 내고 있다. 소설의 전반부는 해방 직후 북한의 교육현장에서 벌어지는 크고작은 사건들을 전면에 제시하고 있고, 후반부는 전쟁 발발 후 주인공이 대한청년단에 가입하고 LST를 타기까지의 과정이 상술되어 있다.

하정임은 서호진이라는 도시에서 신흥이라는 시골로 이사온 제1인민학교 교사이다. 아버지가 일찍 돌아가셨고 어머니가 무능력한 탓으로 정임은 여학교를 졸업하자마자 어머니와 두 동생을 책임져야 하는 가장 역할을 수행하고 있다. 주인공 하정임은 여학교 졸업 때 무시험으로 대학 진학 자격을 얻을 정도로 우수하여 늘 타인보다 우월하다는 정신적 오만함을 갖고 있다. 그러나 이 정신적 우월함은 '절름발이'라는 육체적 열등의식과 착종되어 예민하고 편협한 성격을 창출해 냈다. 게다가 그는 '서출'이라는 출생의 비극마저 떠안은 인물이다. 절름발이에다 '서출'이라는 설정은 스토리를 전개하는 데 매우 중요한 요소로 작용한다. 절름발이인 그녀는 '남과 함께 보조를 맞추어 걷는다는 것이 불가능'(11쪽)할 뿐 아니라 자존심이 세고 '한번 싫다고 생각하면 타협하지 못하는 편협한 성격'(149쪽)의 소유자이다. 스스로 '병신근성'(15쪽)이라고 규정한 그녀의 이러한 성격은 시속에 휩쓸리지 않고 냉철한 태도를 유지할 수 있는 요인으로 작용한다. 뿐만 아니라 당시 북한에서 '부르주아 계급보다 더 경멸당하고 멸시를 당하는 신분'(41쪽)이었던 서출이라는 출신성분은 당대 현실에 대한 비판적 시각을 견지하여 이념 대립이 판치는 혼란한 북한의 사회상을 비교적 객관적으로 그려낼 수 있게 했을 뿐 아니라, 이후 전쟁중 월남의 계기를 마련한다는 점에서 의미있다.

이 소설은 교사가 주요 등장인물이고 배경이 학교여서 교육현장소설로 읽힐 수 있다. 즉 해방기 북한의 교육현실이 비교적 소상하게 밝혀져 있다. 당시 북한의 교사는 당을 제외하고도 의무적으로 가입해야 하는 단체들이 많았다는 것, 교사들 역시 볼셰비키 당사나 김일성장군의 보고서를 요약하는 등의 교양테스트를 수시로 받았다는 것, 군사훈련이나 독보, 농촌봉사 등은 물론 밤에는 호상비판과 자아비판을 했다는 사실들이 세세하게 기록되어 있다. 전쟁중에는 교사가 직접 현물세를 징수하고, 장정 소집장을 배부하러 다니는가 하면 상인군인 간호사업에 동원되고 결국 소집령이 내려 인민군에 징집되었다는 사실도 확인해 볼 수 있다. 이 와중에도 하정임은 교육자로서의 당당한 소신을 갖고 행동한다.

> 정치니 계급이니 그런 것은 나와 관계가 없었다. 나는 다만 아이들로부터 와닿는 훈훈한 것을 느끼면서, 그것을 눈으로 마음으로 그네들에게 돌려보내면서 그렇게 살고 싶었다. 나는 그렇게 단순한 스무 살의 여교사에 불과했다. 그런 내가 어째서 번번이 사상이니 계급이니 정치니 하는 무서운 소용돌이 속에 말려들어야 하는지 알 수 없었다.[21]

이러한 교사로서의 정치중립성은 북한 사회에서 '퇴폐적이고 나태한 인텔리 근성'으로 비판과 징계의 대상이 되었다. 정치와 이념이 교육현장에까지 파고들어 학사일정과 학습내용까지 좌지우지하는 현실에 대한 반감은 하정임에게 강한 반공이데올로기로 내면화된다. '난 다시는 공산치하에서 살기 싫다'(251쪽), '어쨌든 난 공산주의가 싫어. 사람이 인형처럼 어떻게 꼭 같을 수 있니? 자유가 없어서 난 싫어.'(254쪽)라고 절규하며 하정임의 내부에서 자라난 반공의식은 '이념 위에 생명이 있다'(257쪽)는 휴머니즘으로 천착되었다가 결국 상황이 역전되어 국군이 진주하자 대한청년단 가입으로 전환된다. 이 대한청년단 활동은 하정임이 월남하는 계기로 작용한다. 흥남에서 LST를 타고 남하하며 하정임은 삼팔선을 통과한다는 선원의 말에 북녘하늘을 바라보며 '움직이는 벽'과 마주

---

21) 이정호, 『움직이는 벽 : 전집 7』, 124쪽.

선다.

> 벽이란 바로 이것인가. 뽀얗고 아물거리면서 자욱한 것. 신기루 같기도
> 하고, 낙엽진 교목의 숲 같기도 하고, 질주하는 짐승의 무리 같기도 한 것,
> 이것이 벽이란 말인가.
> 　그런데 이상하였다. 그것은 움직이는 것이었다. 저쪽으로 멀어지는가
> 했더니 이쪽으로 다가오는 것이었다. 나에게로 나에게로 접근해 오는 것
> 이었다. 그런데, 나의 눈앞에서 그것은 없어져 버렸다. 신기루도, 교목의
> 숲도, 질주하는 짐승의 무리도 아닌, 벽은 바로 나였다.[22]

결국 '움직이는 벽'은 자신도 알지 못하는 사이에, 격동하는 역사적
상황에 온몸을 내맡기며 살아온 또다른 자아라고 할 수 있다. 하정임은
절름발이에다 서출, 정신적 우월함과 육체적 불구성 때문에 매순간 타인
과 벽을 세우며 스스로 고립과 단절을 자처할 수밖에 없었다. 그러나 역
사의 거대한 격랑 속에서 자신이 세운 이 벽은 변화하고 이동할 수밖에
없을 뿐더러, LST를 타고 남과 북의 경계인 38선상을 지나며 새로운 세
상과 조우하려는 지금, 그 변화의 중심에 자신이 서 있음을 자각한다.

『움직이는 벽』의 후속작인『그들은 왜 갔을까』는 2009년에 출간했다.
『움직이는 벽』이「제3문학」동인지에 발표된 것이 1982년, 현암사에서
단행본으로 출간된 것이 1988년이니, 작품 창작 후 27년 만에 후속작이
나온 셈이다. 이 소설은 주인공이 북한 피난민 제 1진으로 거제도 장승
포에 도착하여 한국 사회에 정착하기까지의 과정과 현재의 일상들이 소
소하게 교직되어 있다. 한 축으로는 1951년 당시 단신월남한 하정임이
뒤늦게 월남한 가족과 만나고 다시 헤어지는 과정, 감찰부장인 유명호와
결혼하고, 상경하기까지의 고생담 등이 묘사되고 있고, 또 한편으로는

---

22) 앞의 책, 311쪽.

현재 시점에서 남편이 위암으로 사망하고, 어릴적 친구인 김홍석이 임종 위기에 놓여 있고, 연길에 가 북한에 사는 동생 준호를 만난 일 등 이야기 속 인물들의 현재 삶이 이중적인 평행 구조로 전개되어 있다.

『그들은 왜 갔을까』는 전형적인 후일담소설로서 전작의 인물들이 시공간적 배경이 달라진 새로운 좌표에서 어떻게 적응하고 살아왔는가를 기억과 회상에 의존해 반복재생하고 있다. 이는 이정호의 다른 단편들에서 꾸준히 서술했던 내용들이어서 특별한 신선함을 찾을 수는 없다. 다만 1951년 피난민이 넘쳐나는 장승포와 부산의 거리 풍경을 사실적으로 접할 수 있다는 점과 형식적인 측면에서 몇몇 새로운 시도를 만날 수 있다는 점이 의미있을 뿐이다. 즉 북한에 있는 가족의 편지와 친구 도숙의 편지를 전재한다거나 전쟁 중 신문기사를 삽입하는 것이 그것이다. 뿐만 아니라 전황이나 격문, 소집공고문 등이 붙어 있는 게시판을 직접 인용하여 사실성을 증대시켰고, 유행가와 군가의 가사를 그대로 옮겨놓아 생동감을 전해주고 있다는 점이 특이할 만하다.

요컨대『움직이는 벽』과『그들은 왜 갔을까』는 전쟁 전후 북한과 남한의 사회상을 총체적으로 들여다볼 수 있는 색다른 창 역할을 한 소설이다. 특히 육체적 불구로 인해 모든 것을 비판적으로 인식하는 교사 하정임을 주인공으로 내세워 당시 북한의 교육 현실을 낱낱이 고발하고, 월남의 과정과 그 이후의 삶을 추적한 연작이다.

연작에 나타난 '전쟁'은 죽고 죽이는 직접적인 살육의 현장이 아니다. 여성 인물의 눈이라는 프리즘을 거친 전쟁은 몇 가지 사소한 에피소드나 뇌리에 각인된 충격적인 이미지들이 엮어져 하나의 추상적인 형태를 이루고 있다. 즉 여성들에게 전쟁은 붕대를 감고 누운 부상병의 모습이나 가까이서 터지는 포탄소리, 보따리를 이고 진 피난민들의 행렬로 인식되어 등장한다. 통행증이 없어 다리를 건너지 못하거나, LST를 타지 못해 절규하는 피난민들의 영상은 잊혀지지 않는 전쟁의 상흔으로 작품 곳곳에 자리잡는다.

특히 피난시 통행증이 없다는 이유로 가족과 헤어져야 했던 영대교의 기억은 『움직이는 벽』과 『그들은 왜 갔을까』에 서술되고 있을 뿐 아니라, 등단작 「인과」와 「잔양」, 「잃어버린 동화」, 장편 「화려한 울음」에서 되풀이되고 있다. 그 소설들마다 어김없이 등장하는 '다리'는 이념을 구획하는 지표이자 죽음과 삶의 경계이다. 뿐만 아니라 그의 소설 속 '다리'는 갇힘과 탈출, 과거와 현재를 구분짓는 경계의 의미를 지니는 메타포로 기능한다. 죽을 고비를 넘기며 월남한 주인공은 자신의 체제 선택의 정당성을 수시로 피력하면서도 고향에 두고온 가족에 대한 그리움을 어쩌지 못해 끊임없이 과거의 기억을 반추한다. 반추된 기억은 이정호의 단편 곳곳에 산재되어 유사한 모티프를 반복 재생시키는 역할을 하는 것이다.

이렇게 이정호 소설에 등장하는 인물들은 대개 과거의 주박에서 벗어나지 못한다. 「잔양」은 과거 자신의 부도덕한 행동 때문에 갈등을 겪는 의사가 등장하고, 「길고 오랜 복수」 역시 아내를 둘러싼 젊은날의 오해가 늙어서까지 해결되지 않은 앙금으로 남아 있으며, 「꿈이 아니어라」와 「안개」 역시 전쟁의 주박에서 벗어나지 못한 채 그때 그곳에 고착되어 있는 모습을 보여준다. 「항아리 주박」에서는 옛 남편의 주박에 사로잡혀 현재의 남편이 앓게 되는 이야기를, 「부부의 메시지」는 월남할 때 두고온 북한의 아내와 현재의 아내를 비교하며 갈등하는 인물이 등장한다. 또 여러 작품에서 반복재생되는 '주황빛 이미지'나 '노을 콤플렉스'(『그들은 왜 갔을까』 37쪽) 역시 마찬가지다. 잊을 수 없는 과거의 사랑을 표상하는 이 이미지는 '잔양'이라는 등단작의 표제로 내세울 만큼 강렬한 것이어서 끝없이 반추된다.

작가가 기억에 의존하여 유사한 이미지를 끊임없이 작품 속에 반복재생하는 이유는 불안정한 젠더의 정체성을 확립하고 전쟁으로 인한 트라우마를 치유하기 위해서인 듯싶다. '전쟁은 우리의 가슴에 균열을 주고 독화살을 박았다'23)라고 술회한 바 있는 작가는 이 독화살에 대한 기억을 평생을 두고 소설화한다. '장기저장되는 특성을 가진 트라우마는 무의식 속에 잠재되어 실체를 감추지만 기억을 불러일으키는 기제를 만나면 언제든 다시 되살아나는 특성'24)을 지닌다. 전쟁으로 인해 가족과 이별하고, 나고 자란 고향을 버려야 했으며 이데올로기의 격전장에서 갈등했던 등장인물들에게 전쟁의 기억들은 망각되지 않고 일상의 매순간 끝없이 발현된다. 그 기억들을 은폐하거나 외면하지 않고 정면에서 맞닥뜨려 하나하나 호명하고 소설로 복원하는 것이 작가 이정호가 선택한 특유의 치유방법인 셈이다.

4. 월남 여성의 자전적 이야기

올해로 창작생활 만 50년이 되는 이정호는 그동안 독자와 학자들의 관심 밖에 존재하던 여성작가이다. 학계의 풍토가 특정 작가와 몇몇 대표작에 연구가 집중된 탓에 우리 문학사에는 아직도 제대로 검증, 평가받지 못한 작가들이 의외로 많다. 여성작가의 경우 박기원, 송원희, 윤금숙, 이정호, 최미나, 한말숙 역시 좀더 구체적이고 세밀한 개별연구가 필요한 상황이다.

이 글에서는 간헐적으로만 언급되던 작가 이정호의 작품세계를 천착

---

23) 이정호, 「작가의 말」, 『화려한 울음 : 전집 9』, 589쪽.
24) 송봉은, 「한국 전후소설의 트라우마 양상 연구」, 고려대 석사논문, 2007, 31쪽.

해 보았다. 이정호는 관북에서 나고 자랐다. 그곳에서 해방과 전쟁을 겪고 월남한 이정호에게 '관북'과 '전쟁'은 그의 문학세계를 형성하는 기본 뿌리이며 뼈대이다. 그의 소설 대부분은 고향을 소재로 하고 있을 뿐 아니라 전쟁의 기억에서 벗어나지 못하고 있기 때문에 상당히 자전적이다. 사실 경험을 바탕으로 한 모든 소설은 자전적 글쓰기와 무관하지 않을 것이다. 특히 '여성작가들이 자전적 글쓰기를 도모하는 것은 대체로 젠더의 불안정성과 정체성 혼란에 대한 자기 재현 방식으로 이를 활용하려는 데'[25] 있다.

이정호 역시 자신의 전쟁 체험과 일상 속에서 겪은 자전적 이야기들을 여러 소설에서 반복하여 서술하고 있다. 교육현장의 일화, 전쟁시 목격한 체험담, 월남과정의 고단함 등은 물론 등장인물들의 외모와 성격, 직업 등도 거의 유사하게 설정되어 있다. 이때 소설 속 화자나 주인공은 작가 자신의 복제이거나 변형일 뿐이다. 그러므로 그녀의 소설들은 '작가-화자-주인공이 동일'[26]한 자서전적 글쓰기의 범주에 넣을 수 있다. 작가는 자신의 구체적인 체험과 함께 자신의 마음속에 잠재해 있는 열망, 동경, 꿈을 형상화할 뿐 아니라, 이를 통해 과거의 상처들을 치유하는 과정까지 겪게 된다. 전쟁으로 인해 가족과 이별하고, 나고 자란 고향을 버려야 했던 등장인물들에게 전쟁의 기억과 그로 인한 상흔들은 지워지지 않고 일상의 매순간 끝없이 발현되기 때문이다. 그 기억들을 은폐하거나 외면하지 않고 정면에서 맞닥뜨려 하나하나 호명하고 소설로 복원하는 것이 작가 이정호가 선택한 특유의 치유방법인 셈이다.

이 글에서는 이정호의 소설을 관북의 서정적 자연을 원시적 필치로

---

25) 김은영, 「여성의 자전적 글쓰기 연구」, 신라대학교 교육대학원 석사논문, 2004.6, 32쪽.
26) 박영혜·이봉지, 「한국여성소설과 자서전적 글쓰기에 관한 연구」, 『아세아여성연구』 40집, 2001, 9쪽.

담아낸 소설들과 전쟁과 이산의 상흔에 관한 것으로 나누어 살펴보았다. 첫째 부류에 속하는 「감비 천불붙이」, 「소나기」, 「뚜깔리」는 등장인물들의 우정과 배신, 미련과 집착, 떠남과 돌아옴, 방화와 살인, 욕망과 인정 등 다양한 삶의 양태가 고스란히 담겨진 연작소설이다. 이들 소설에는 함경남도 부전고원과 홍남을 배경으로 그곳의 지리와 풍물이 박물지처럼 제시되어 있으며, 화전과 농사, 어업 등에 종사하는 하층계급의 일상이 진한 관북 사투리 속에 용해되어 있어 우리 소설의 미답지를 개척했다는 데 큰 의미를 지닌다. 다음 『움직이는 벽』과 『그들은 왜 갔을까』는 전쟁 전후 북한과 남한의 사회상을 총체적으로 들여다볼 수 있는 색다른 창 역할을 한 소설이다. 특히 전편에 깔린 관북 사투리는 생생한 현장감과 함께 독자들을 새로운 지역 공간의 세계로 안내하고 있다.

요컨대 이정호 소설은 자신의 고향인 관북과 그곳에서 겪은 해방과 전쟁의 참상들, 그리고 월남 이후의 삶에 대한 이야기로 가득하다. 이정호 소설에 대한 연구는 그동안 문학사에서 누락된 작가에 대한 관심을 불러일으켜 여성문학 연구의 영역을 확장하고, 손소희·임옥인 등과 함께 월남 여성작가들의 소설적 특성을 연구하는 계기를 마련해 줄 것이다.

서영은의 「먼 그대」론

1. 자기재현의 욕망

서영은은 1967년 단편 「교」를 시작으로 현재까지 여전히 작품활동을 하고 있다. 그러한 서영은의 작품세계에서 1980년대는 가히 그 핵을 이룬다고 말할 수 있다. 「먼 그대」, 「황금깃털」, 「관사사람들」, 「시인과 촌장」, 「뿔 그리고 방패」, 「사다리가 놓인 창」에 이르기까지 주요 작품들이 이 시기에 발표되었고, 이 작품들을 통해 서영은은 자신의 이름을 세상에 알렸을 뿐더러, 그 가치를 인정받았기 때문이다. 특히 「먼 그대」는 제 7회 이상문학상(1983)을 수상함으로써 많은 사람들에게 오래 기억되는 작품이다.

그러나 여기에서 거론한 작품들에서 1980년대라는 시대적 징표를 찾아보기는 어렵다. 작품들은 철저히 개인사에 머무를 뿐이다. 「먼 그대」에서는 '계엄령이 선포되고 국회와 내각이 해체되었다'라는 단 한 줄의 언급이 전부이다. 물론 「뿔 그리고 방패」는 1980년대의 상황과 언론투쟁에 관한 이야기가 나오긴 하지만, 주인공의 의식은 오히려 시위에 가담하는 이들에 대한 생리적인 거부와 함께 그 건너편 세계와 맞닿아 있는 편이다. 결국 서영은은 '나' 이외 우리에 대한 인식이 그리 깊지 않은 작가이다. 나의 경험과 내 열정이 지향하는 바에 대한 집착과 그것의 재현만이 중요하기 때문이다.

서영은은 자기재현의 욕망이 강한 작가다. 그녀의 소설들은 대부분 그녀의 삶에서 출발하여 이를 복제하거나 모방한다. 소설과 산문, 일기와 수필 등의 문체는 유사하며 그 속에 그려지는 대상 역시 '나'에서 벗어난 적이 별로 없다. 따라서 서영은의 작품 속 화자나 주인공의 목소리는 작품 밖 작가의 목소리와 유사한 양상을 띤다.

> "고통이여, 어서 나를 찔러라. 너의 무자비한 칼날이 나를 갈가리 찢어도 나는 산다. 다리로 설 수 없으면 몸통으로라도, 몸통이 없으면 모가지만으로라도. 지금보다 더한 고통 속에 나를 세워놓더라도 나는 결코 항복하지 않을 거야. 그가 나에게 준 고통을 나는 철저히 그를 사랑함으로써 복수할 테다."[1]

> "그래, 좋아. 계속 주기만 해보자. 그 끝이 어떻게 되는지 궁금하지 않아?"
> 결국 내 괴로움의 정체는 자기와의 싸움으로 판명되곤 했다. 주기만 하는 것이 힘겨울 때, 나는 그 힘겨움에서 벗어나는 길을 찾는 것이 아니라, 주고 또 주고도 자신이 여전히 흘러넘친다는 것을 스스로 확인해 보고 싶은 것이다.[2]

> 나에게 쓰라림과 괴로움과 두려움과 비참함을 안겨주면 주는 것일수록 정면(가슴)으로 받아들였다. 나는 절망과 나 사이에 어떤 환상도, 예수나 석가도 끼어드는 것을 거부했다. 철두철미 내가 내 속에서 끌어낸 힘으로 그 절망을 건너고 싶었다.[3]

---

1) 서영은, 「먼 그대」, 『황금깃털』(나남, 1984), 28쪽.
2) 서영은, 『내 사랑이 너를 붙잡지 못해도』(해냄, 2004), 66쪽.
3) 서영은, 「다시 한번 뱀에게 유혹당하는 이브가—거꾸로 넘겨보는 內面日記」, 『문학사상』,

첫 번째 인용은 소설, 두 번째는 산문, 세 번째는 작가 자신의 직접적인 목소리이다. 세 인용 모두 유사한 경험내용을 동일한 문체로 드러내고 있어 서로 바꿔 쓰기가 가능하다. 즉 바꿔 써도 아무런 장애가 발생하지 않을 만큼 이들의 경계는 불확실하다. 이때 소설 속 화자나 주인공은 작가 자신의 복제이거나 변형일 뿐이다. 그러므로 그녀의 소설은 '작가-화자-주인공이 동일'[4]한 자서전적 글쓰기의 범주에 넣을 수 있다. 자서전적 소설의 경우, 작가는 자신의 구체적인 체험과 함께 자신의 마음속에 잠재해 있는 열망, 동경, 꿈, 그리고 잠재적인 자아를 천착하고 발견하는 과정까지 아울러 형상화하게 된다. 그러므로 서영은의 소설은 독자에게 작중인물의 성격이나 꿈은 물론, 서영은 자신의 체험과 열망, 동경이 무엇인지 재현해 주는 기능을 맡게 된다.[5] 뿐만 아니라 자서전적 소설들은 작가의 원체험과 작품과의 거리가 소멸됨으로써 '「소설=허구」보다는 「소설(자서전)=사실」에 가까운 특성을 보여'[6]준다.

그런데 서영은의 초기소설은 남성주인공이 대부분이다. 서영은은 여성작가가 여성주인공을 내세울 경우 '소재 선택이 제한'되고, 삶이 '정적, 감상적으로 치우'[7]친다는 나름의 판단 아래, 일부러 남자 주인공을 등장시켜 이성적 사유를 통해서 인생을 통찰하려 했다고 밝힌 바 있다. 그러나 그러한 시도는 「살과 뼈의 축제」를 기점으로 전환, 여성주인공을 등장시키기 시작한다. 아무래도 자신의 내면에 있는 '여성성이 여자 주

1983.12, 100쪽.

4) 박영혜·이봉지, 「한국여성소설과 자서전적 글쓰기에 관한 연구」, 『아세아여성연구』 40집(2001), 9쪽.

5) 서영은의 자기재현의 욕망은 자전적 소설로도 부족하여 빈번이 산문집을 출간했을 뿐 아니라, 가장 비밀스럽고 사적인 일기까지 공개하기에 이른다. 서영은, 「황홀한 잠」, 『새와 나그네들』(청림출판사, 1987), 9-58쪽.

6) 안혜련, 「1930년대 여성소설의 담론 특성」, 『한국언어문학』 52집(2005), 8쪽.

7) 서영은, 「작가는 스스로 태어난다」, 박경리 외, 『나의 문학이야기』(문학동네, 2001), 187쪽.

인공을 통해 더 실감나게 표현된다는 것을 알았기 때문'8)이다. 여성 주인공이 전격적으로 등장하면서부터 작가 자신의 개인적 삶이 좀더 적극적으로 작품에 개입되지 않았나 싶다.

그렇다면 이러한 작가의 자기재현의 욕망은 어디에서부터 비롯되는가. 이는 유년시절부터 품어온 강한 호기심(「노란 반달문」의 '유나'와 「시인과 촌장」의 '소년')과 과잉된 자의식이 그 원인으로 보인다. 이는 자신과 타인의 명확한 구분짓기에서부터 시작한다. 일상에 종속된 채 무의미한 삶을 살아가고 있는 타인과는 달리 자신은 정신의 고고함을 간직한 채 살아간다는 자신감이 일종의 과시의 형태로 나타나는 것이다. 그 자의식이 교원임용시험 때 '율동'을 거부하게 했으며, 가난과 추위를 견디게 했고 두 번의 대학 진학을 가능하게 했다(「사다리가 놓인 창」의 '정애'). 뿐만 아니라 평범하지 않은 사랑과 삶 속에서 소설을 쓰며 살아가고(「살과 뼈의 축제」의 '수진', 「황금깃털」의 '오민경'), 가끔은 타인과의 소통, 혹은 관계맺음의 무의미함을 직시하고 마조히스트를 자처하기도 한다(「먼그대」의 '문자'). 그 마조히즘은 쾌락이 아니라 냉혹하리만큼 차가운 고독을 동반한다. 그리고 그 고독한 마조히즘은 서영은만의 독특한 문학적 아우라를 빚어내게 된다.

따라서 이 글에서는 서영은의 대표작인 「먼 그대」를 중심으로 서영은 문학세계의 일단을 가늠해 보고자 한다. 즉 이 글은 서영은의 다른 소설들은 물론 산문과 일기, 여행기록문 등 작가의 육성을 토대로 하여 '문자'라는 인물은 누구인지, 또 그녀가 지향하고자 했던 그 '높은 곳'의 정체는 과연 무엇인지 확인해 보려는 목적으로 씌어진다.

---

8) 작가는 이러한 이유 외에 이 전환의 계기를 다음과 같이 밝힌 바 있다. 「사막을 건너는 법」에서 월남전의 전투장면 중 치열한 공중전 묘사가 있었는데, 실제 월남전에서는 공중전이 없었다는 안정효의 지적을 받았다는 것이다. 앞의 글, 189쪽.

2. '문자'의 原型

마흔을 바라보는 노처녀 '문자'는 출판사에서 10여 년간 편집일을 해오고 있다. 그녀만의 방도 있고, 남자도 있다. 그리고 아이도 있었다. 갖출 건 다 갖춘 셈이지만 무엇 하나 '내 것'이라고 주장할 만한 것이 없다. 남편도 아이도 법적으로는 소유를 주장할 수 없는 상태, 이는 그녀가 서있는 존재 위치에서 비롯된다. 문자는, '문자'의 이모식 표현을 따르자면 "호적에도 못 오른", 이른바 불륜의 상징인 "비극적 경계인"9)이기 때문이다. 따라서 그녀의 위치는 사회통념상 매우 불안하고 부정적이다. 일부일처제의 가부장제 이데올로기가 지배적인 우리 사회에서 그녀는 공고한 사회질서를 교란시키고 파괴하는 불온한 아웃사이더로 규정된다.

「먼 그대」의 '문자'는 물론 화자까지도 '그 문체나 사상에 있어서 작가인 서영은의 그것과 매우 흡사'할 뿐더러 서로 유사한 개성, 가치를 지닌다. 따라서 '문자와 화자는 작가인 서영은의 분신처럼 여겨지며 이때 작품의 메시지는 이들 삼중창의 목소리로 더욱 강화'10)된다. 이렇게 작가 혹은 작가의 복제품들은 작품 속에서 '초월적 주체가 되고자 하는'11) 욕망을 꿈꾼다. 그 욕망은 하도 강렬해서 때로는 비합리적이고 독선적인 모습으로 변주되기도 한다.

그렇다면 '문자'란 어떤 인물인가. 문자는 우선 고지식하다. 자신에게 온 사랑을 '운명'이라 규정짓고 이를 선험적, 절대적이라 여겨 이를 기꺼이 수임하는 인물이다. 융통성도 없고 타협도 모른다. 그녀의 일상은

---

9) 정미숙, 「여성, 환멸을 넘어선 불멸의 기호―서영은론」, 『부산일보』 2004.1.1.
10) 황도경, 「시점분석을 통한 작품의 의미」, 이대 『연구논집』 15(1987), 25쪽.
11) 김은하, 「순교자 여성과 모호한 젠더」, 『작가세계』 62호(2004 가을), 100쪽.

'한수'를 만나는 일요일과 일요일을 위해 준비하고 기다리는 나머지 요일들로 채워져 있다. '죽은 듯이 가만히 있는 사람'으로 보여 '나도 저렇게 될까 무섭'다는 회사 동료들의 평가와는 달리, 그녀 자신은 '어떤 그윽하고 힘찬 상태' 속에서 절대 긍정적 자신감을 갖고 살아간다.

'문자'는 '한수'로 대변되는 이기적이고 속물적인 인간들이 만연해 있는 타락한 세상에서 오직 하나, 정신적 순결함을 간직한 존재의 유일한 증거가 되고자 한다. 이는 「황금 깃털」의 '나'와 「삼각돛」의 함명훈이 간직한 '세속적 가치와의 비타협' 정신, 그리고 『꿈길에서 꿈길로』의 박희주 남편이 한때 견지했던 '세상의 어떤 것에 대해 소름이 돋을 만큼 불타협을 고집하는 그의 진정성'[12]과도 상통한다. 그러나 냉혹하고 타락한 세상에 순수한 정신적 가치를 간직하고 있다는 사실로 인해, 혹은 법과 제도로 유지되는 사회에 비정상적으로 틈입하여 공고한 질서에 상처를 낸 죄로 그녀는 시지프스의 형벌에서 자유로울 수 없었다.

'문자'가 '문자'임을 드러내는 징표, 곧 '문자'적 특성은 무엇인가. 그것은 다음 세 가지를 들 수 있다. 첫째, 고지식함 혹은 불타협이다. '문자'는 가족이나 타인들의 충고는 물론 자신이 처해 있는 어떠한 상황에도 굴복하지 않는다. 오로지 자기자신의 판단만이 행동의 좌표가 되는 것이다. 이러한 융통성 없음 혹은 불타협이 종종 타인과의 소통을 가로막아 스스로를 소외시키지만 그것 역시 묵묵히 감내할 뿐이다. 둘째, '사랑'과 '운명'의 동일시다. '문자'에게 '사랑'은 지상의 명령처럼 절대절명의 것이다. 즉 그것이 곧 운명이기에 도저히 거스를 수 없는 계시로 받아들인다. 따라서 그 '사랑'의 도덕성 여부나 더하고 덜함이 '문자'에게는 하나도 중요하지 않게 된다. 그저 일방통행식의 운명적 '사랑', 소

---

12) 서영은, 『꿈길에서 꿈길로』(청아, 1995), 13쪽.

통이 필요하지 않은 자족적 사랑이 바로 '문자'의 사랑법이다. 셋째, 세
속적 가치의 배격, 즉 정신의 숭고함에 대한 신봉이다. 그녀에겐 일신상
의 안위나 여유, 편안함보다는 자신이 추구하고자 하는 지고의 가치가
훨씬 선행한다. '삶의 비밀을 눈치채지 못한 자들만이 시간 속에서 시간
의 지배 아래 살아'13)간다는 생각으로, 그녀는 시간이 흘러 변하는, 속
된 것들을 부정한다. 더 높은 신비한 세계, 초월적 세계로의 비약을 꿈
꾸는 그녀는 이를 위해 고립이나 고독 등 모든 것을 수락한다.

　이런 성격을 지닌 서영은의 작중인물들은 사실 '문자'라는 그물망으
로 포획될 수 있는 동일 인물들이다. 즉 '수진'이나 '혜미', '정애', '진
옥', '석화' 등의 인물들을 모두 '문자'로 지칭하여도 작품 전개에 큰 무
리가 없을 정도로 이들은 퍽 닮아 있다. 따라서 이 글에서는 「먼 그대」
이전의 작중인물을 '문자'의 원형으로, 「먼 그대」 이후의 주인공들을
'문자의 後身'으로 지칭한다.

　'문자'의 원형은 「사막을 건너는 법」('75)의 '노인'14)에서 찾을 수 있
다. '노인'은 환상을 현실이라 이름하고 집착하는, 그리하여 일찌감치 삶
의 허망과 무의미를 꿰뚫어본 인물이다. 그 이후 「살과 뼈의 축제」('77)
의 '한수진', 「술래야 술래야」('80)의 '강혜미' 등이 '노인'의 뒤를 잇는
아웃사이더들이다. 이들은 「먼 그대」의 '문자'로 수렴되어 입체화되었다
가, 이후 「사다리가 놓인 창」('89)의 '정애', 『꿈길에서 꿈길로』('95)의 '한
진옥', 그리고 『그녀의 여자』(2000)에서 '현석화' 등 '문자의 後身'들로
복제된다. 또 가장 최근 발표한 소설 「꽃들은 어디로 갔나」(2004)의 '그
녀' 역시 '문자'의 변형이자 작가 서영은의 맨얼굴에 가깝다.15)

---

13) 채호석, 「소설의 두 가지 가능성 : 서영은 '술래야 술래야'」, 『문학사상』 2000.12, 107쪽.
14) 이는 작가 자신이 '「먼 그대」의 문자는 「사막을 건너는 법」의 노인의 後身'이라고 밝힌
　　바 있다. 서영은, 「다시 한번 뱀에게 유혹당하는 이브가」, 101쪽.
15) 사실 '문자'는 남성의 얼굴로도 곧잘 등장하는데, 「산행」('83)의 '그', 「삼각돛」('84)의

이런 '문자'가 세상을 사는 독특한 방식은 동료들의 비웃음에 침묵으로 일관하기, 한수의 끝없는 요구에 철저하게 '주고 또 주'[16]기로 복수하기, 즉 고통을 사랑으로 되돌려주기다. 각종 비난과 손가락질에 대항하는 침묵, 그리고 '받기'를 고려하지 않은 오로지 '주기', '견디기'식의 삶의 태도는 기실 '문자'만이 가진 타자와의 투쟁 방법이다. 이는 보통 사람들의 합리적이고 상식적인 사고를 전복하는 교란과 아이러니의 방법이다. 평범한 사람들의 관습적 사고에 대한 거부, 허위의식과 타성에 대한 맹렬한 증오, 세속적 가치에 대한 배격 등이 '문자' 혹은 작가가 사는 세계이다. 즉 '「일상적 삶도 있다」를 전면적으로 부정해 버릴 적에 서영은의 세계는 비로소 성립'[17]되는 것이다.

사실 '문자'의 이 긴 침묵에 대해 작가는 다른 작품에서 그 의의를 설명한 바 있다. 「삼각돛」의 '함명훈'의 삶의 방식을 설명하는 자리인데, 그 또한 '문자'와 동일한 부류의 인물이어서 그의 침묵을 곱씹어 볼 필요가 있다.

> 나는 그때 비로소 그의 과묵함이 단지 말없음을 뜻하는 게 아님을 알아챘다. 우리의 말없음이 묵인 내지 일종의 메스꺼운 타협을 의미하는 데 반해, 그의 것은 <u>그 속에서 남모르는 뭔가를 홀로 키우고 있을 듯싶은 그런 것</u>이었다. (중략) 명훈은 우리가 적응함으로써 회피해 버린 그 무엇과 혼자서 맞서고 있었다. 우리의 몫까지.[18](밑줄 인용자)

'남모르는 뭔가를 홀로 키우고 있을 듯싶은 그런 것'의 '뭔가'는 바로 '문자'의 가슴속에 사는 낙타의 존재를 가리킨다. 결국 '문자'와 '명훈'

'함명훈', 「수화」('86)의 '그'가 바로 그들이다.
16) 서영은, 『내 사랑이 너를 붙잡지 못해도』, 66쪽.
17) 김윤식, 「서영은의 작품세계」, 『문학사상』 1983.11, 341쪽.
18) 서영은, 「삼각돛」, 『황금깃털』(나남, 1984), 140쪽.

은 타인 혹은 세상과 격리된 채 저 홀로 낙타를 키우며 삶을 견디는, 이른바 마조히스트들인 것이다. 서영은 소설 속의 마조히즘은 '세상(혹은 남성)의 폭력을 견디는 힘'[19]이다.

그렇다면 무엇이 작중인물을 마조히스트로 만드는가. 또 온갖 폭력 속에서도 오만하게 버티며 세속적인 삶들로부터 상대적인 우위를 유지할 수 있는 비결은 무엇인가. 그 차별성의 핵이 바로 그들 가슴속에 품은 '낙타'의 존재이다. '갈증이 심해질 때 등의 혹(굳기름 덩어리)을 물로 바꾸듯이' 소설 속 인물들은 내면에 '마르지 않는 샘' 하나씩을 비축해 둔다. 가슴에 낙타 하나씩을 품고 침묵하기.[20] 그들은 낙타라는 알레고리를 통해 치열한 자기연소를 확인할 수 있고, 이를 통해 세상의 이목에 두려움 없이 대결할 수 있는 것이다.

그렇다면 '낙타'라는 매개를 통해 '문자' 혹은 작가가 추구하고자 하는 경지는 어디인가. 그것은 「먼 그대」의 '문자'가 사랑과 소유, 혈육까지도 저버리고 얻고자 하는, "그걸 뭐라 해야 할지 알 수 없"는 무엇, 「시인과 촌장」의 "슬프고도 나른한 그 무엇", 「황금 깃털」의 "고뇌의 깃털", 「산행」의 "뭐라 할까 어떤 깊이 모를 심연", 「삼각돛」의 "남모르는 무엇" 등등 작품 속에서 명확하게 규정되지 못하는 어떤 것에 대한 집요한 지향이다. 그 '무엇'은 과연 무엇인가.

그는 이미 한 남자라기보다, 그녀에게 더 한층 큰 시련을 주기 위해 <u>더 높은 곳</u>으로 멀어지는 신의 등불처럼 여겨졌다. 그리하여 그녀는 그곳에 도달하고픈 열렬한 갈망으로 온몸이 또다시 갈기처럼 펄럭였다.[21](밑줄

---

19) 김미현, 「위반의 타자성—서영은 소설에 나타난 '여(女)'와 '성(性)'의 이중소외」, 『현대소설연구』 17호(2002), 61쪽.
20) 강상희는 바로 「먼 그대」의 이러한 점이 1980년대 '침묵하는 견인주의자로 이 시기를 살았던 많은 동시대인들에게 일종의 존재론적 알리바이로 읽게끔' 했다고 풀이하고 있다. 「堅忍과 초월의 의미」, 『문학사상』 2002.12, 97쪽.

인용자)

> 나의 「먼 그대」는 사랑의 얘기가 아니라 싸움의 얘기다. 그 싸움은 대
> 결을 통해 승부를 가리려는 것이 아니라, <u>대결을 통한 자기 확인, 자기 수
> 행이다.</u>[22](밑줄 인용자)

누구도 감히 범접할 수 없는 '문자'만의 삶의 태도가 지향하는 높은
곳, 그곳은 바로 '生의 중심'[23]이다. '生의 중심'이란 평범과 적응, 타락
과 증오의 반대편에 있는 초월적 세계, 가히 종교적이라 할 만큼 고귀한
신적인 세계이다. '높은 곳', '깊은 심연' 등 수직적·상승적 세계를 지
향하는 이에게 일상의 수평적인 고통들은 그 자체로 사소한 것으로 치
부된다. 그리하여 모두 견딜 만한 것이 된다. 세계와의 대결을 통해 얻
게 되는 자기 확인, 자기 수행이야말로 '문자'가 추구하고자 하는 삶의
목표이기 때문이다.

'문자'의 삶은 누추하고 보잘것없음으로 인해 더욱 절박하고 가치있
어 보인다. 이는 '문자'와 비슷한 유형의 주인공인 「허무의 사원」의 '은
수현'의 경우와 비교해 보았을 때 현저하게 드러난다. '수현' 역시 마흔
이 넘은 나이에 출판사에 다니며 혼자 사는 인물이다. 남자가 정기적으
로 그녀의 집을 방문한다는 점, 그녀의 모든 일상이 그 남자를 기다리는
데 바쳐진다는 점에서 또다른 '문자'로 볼 수 있다. 또 수현이 자신과는
스무살이나 차이가 나는 연하의 남자를 사랑하는 터에 그 집안사람들과
불화를 빚는다는 점, '문자' 역시 유부남과의 사랑으로 한수의 아내에게
아이까지 빼앗기는 수모를 당한다는 점도 유사한 부분이다.

---

21) 「먼 그대」, 37쪽.
22) 서영은, 『내 사랑이 너를 붙잡지 못해도』, 73쪽.
23) 서영은, 「다시 한번 뱀에게 유혹당하는 이브가」, 101쪽.

그런데 '수현'의 사랑은 '문자'에 비해 매우 사치스럽고 불온한 냄새를 풍긴다. 왜일까. 궁상맞고 남루한 '문자'의 거처와는 비교할 수 없을 정도로 잘 정돈된 아파트와 매일 갈아 꽂는 신선한 장미꽃, 그리고 과일 바구니와 포도주 때문일지도 모른다. 그러나 궁극적으로 '문자'와 '수현'을 구분짓는 차별성의 축은 바로 '낙타'의 유무이다. 가슴속에 낙타를 키우는 자는 일상의 남루를 황금으로 바꿀 수 있는 연금술사이기 때문이다.

> 문자는 그가 미처 문을 두드리기도 전에 이미 그의 발걸음 소리를 알아듣고 미리 나가서 그를 맞아들였다. 그녀가 그의 옷을 벗기면 그 옷이 금빛으로 물들었고, 양말을 벗기면 양말이 그러했다. 뜨거운 물이 담긴 대야를 가져와 그의 발을 씻기면 그 발 역시 금빛이 났다.[24]

'낙타'라는 알레고리는 이후 「삼각돛」에서 '말', '펠리컨' 등으로 대체되기도 한다. 그러나 그것들이 지시하는 추상은 동일하다. 즉 신적인 세계를 지향할 때의 매개라는 점이다. 그러므로 그것들은 주인공의 심연에 고통이 가중될 때마다 혹은 그 고통으로 인해 '生의 중심'으로의 지향성이 흔들릴 때마다 출현한다. 추호의 흔들림 없이 곧추설 수 있도록 인물들에게 끊임없는 경고와 격려 그리고 강제의 기능을 수행하는 것이 그것들에게 주어진 임무이기 때문이다.

「먼 그대」는 한 여성의 가열찬 투쟁의 기록이다. 그 내용은 사랑과 혈육과 소유를 초극한 경지에서 '生의 중심'을 향해 나아가는 시지프스의 몸부림이다. '문자'는 고통을 직시하고 대결함으로써 치유는 물론 삶 자체의 고양을 도모할뿐더러, 온갖 물질적이고 세속적인 삶의 태도에 분연

---

[24] 「먼 그대」, 26쪽.

히 저항하는 불타협의 진정성을 드러낸다.

3. '문자'의 後身

　서영은의 작품 속에서 작가의 긍정적인 시선을 받고 있는 인물들은 대부분 아웃사이더이다. 「살과 뼈의 축제」의 '한수진', 「황금깃털」의 '나', 「관사사람들」의 '숙희', 「삼각돛」의 '명훈', 「술래야 술래야」의 '혜미', 「사다리가 놓인 창」의 '정애'가 그들이다. 그들은 타자 혹은 세계와의 소통을 단절한 채 혼자만의 시공간에서 고립된 존재감을 만끽하며 살아간다. 그러나 탈일상과 탈속의 경지에 놓여 자못 충만해 보이는 그들의 내면은 사실 시시각각 부딪치는 온갖 일상적인 것들과의 투쟁으로 흔들린다.

　'문자' 역시 마찬가지다. '남들이 자기를 뭐라 부르든 그게 무슨 큰 대수로운 일'이냐고 코웃음치지만, "나도 저렇게 될까 무섭다. 얼른 여기를 떠야지", "참 안됐어요. 토요일인데도 전화 한 통 걸려오지 않구." 등등 자신에 관한 동료들의 이야기는 한마디도 남김없이 다 귀담아듣는다. 겉으로는 초연한 척하면서 기실 타인의 일상에 대한 관심은 점점 집요해져 「살과 뼈의 축제」의 '한수진'이나 「관사사람들」의 '숙희'의 경우, 거의 병적인 집착에 이른다. 즉 그들은 자신이 하나의 커다란 '귀'로 변할 정도로 주변 인사이더들의 무수한 공격과 비난에 대해 예민하게 반응한다. 즉 그들에 대한 증오와 분노를 애써 참고 있을 뿐, 초월하지는 못한다. 그 부정적인 귀결 중 하나가 「관사사람들」의 '숙희'의 경우처럼 광기에 이르는 것이다.

갑자기 나의 방은 남의 일상생활로 가득 찬다. 나는 하나의 커다란 귀로 변해 내가 나 자신이 되고자 애를 써도 소용없다. 있는 것은 다만 일상생활과 하나의 귀뿐이다.[25]

늘 하듯이, 소년은 마루 밑으로 들어가 몸을 달팽이처럼 웅크리고 있었다. (중략) 갑자기 옆집에서 남자와 여자의 말소리가 들려왔다. 소년은 흠칠 놀라며 마루 밑에서 바깥을 내다보았다.[26]

명희는 창가에서 떠났으나 유나는 그대로 서서 판자 너머를 기웃거리는 데에 넋이 빠져 있었다. 극장벽에는 채색이 현란한 뭔가가 기대어져 있었다. 틈바구니 사이로 그것이 무엇인지 알아내기란 여간 감질나지 않았다. (중략) 인기척이 들려왔다. 두 사람의 남녀가 걸어왔다.[27]

이렇게 웅크리고 있는 사이 숙희는 자신의 몸이 달팽이처럼 무릎 사이로 오그라들어 오직 딱딱한 각질의 귀만 남게 되는 게 아닌가 싶어 겁이 났다. 아니, 이미 그러한 징조가 보임에랴? 게다가 그 귀는 차츰 피해망상 증세를 띠어가고 있다.[28]

'판자 틈새', '방 안', '마루 밑'에 숨은 채 '눈'과 '귀'만 열어놓아 바깥 세상 훔쳐보기, 훔쳐듣기는 사실 일상에의 강렬한 관심에 다름아니다. 스스로 유폐하고 있는 공간에 비해 바깥 세상은 공포보다는 긴장과 유혹으로 다가온다. 특히 그것이 금기나 일탈의 의미를 지니고 있을 때 더욱 그러하다. 또 자신에 대한 세상의 평가에 대해 눈과 귀를 열어놓고 있다는 것은 그 세상에 편입되고 싶다는 지독한 열망에서 비롯된다.

사실 '문자'의 경우, 평범하고 일상적인 삶을 영위하고 싶어도 이미

---

25) 「살과 뼈의 축제」, 267쪽.
26) 「시인과 촌장」, 210-211쪽.
27) 「노란 반달문」, 115쪽.
28) 「관사사람들」, 176쪽.

그럴 수가 없는 조건을 갖추고 있다. 유부남을 사랑하기에 가정을 이룰 수가 없고, 법적인 남편이 없으니 아이를 자기 손으로 키울 수도 없다. 마흔을 바라보는 나이, 장만해 놓은 변변한 살림 하나 없는 처지에 새삼 다른 사람을 만나 결혼하기는 더더욱 어렵다. 그래서 혼자 살기 위해서는 반드시 직업을 가져야 한다. 약간의 나은 조건을 위해 낯선 공간에 가느니 차라리 다니던 직장을 계속 다니는 것이 안전하고 편하다. 이곳이 편하긴 하지만, 그렇다고 해서 나어린 직장 동료들에게 자신의 이야기를 먼저 꺼낼 수도 없다.

결국 주변의 시선과 평가가 두려운 나머지 '문자'는 소통을 거부한 채 침묵 속으로 가라앉게 된 것이다. 그러다 보니 오해와 비난이 생길 수밖에 없고, 그 모든 것에 일일이 대응하기보다는 참고 견디는 게 낫다고 판단한 것이다. 또 이 모든 상황의 원인제공자인 '한수'는 모질고 이기적인 인물로, '문자'와 '문자'의 삶에 대해 어떠한 동정이나 연민도 하지 않는다. 그렇게 해서 '문자'를 둘러싼 현실은 척박한 사막이 되어 버렸다. 그러기에 낙타가 아니고서는 그 혹독한 환경에서 살아남을 수 없게 된 것이다.

이는 서영은의 남다른 삶에서 기인한다. 어쩌면 너무 일찍 운명으로 다가온 사랑,29) 그런데 그 사랑이 비밀에 부쳐야 하는 불온한 사랑이었기에 작가 스스로 원치 않은 '낙타'를 키우며 살아야만 했다. 게다가 '한 가지 일에 열정적으로 매달려 그것을 신격화하는 성격'30)으로 인해 그녀의 사랑법은 훨씬 더 고단하고 쓸쓸했다. 그 낙타가 가슴속에서 부대낄 때마다 좌절하고 고통받던 작가는 자신의 신산한 삶을 소설쓰기로 위로받고 싶었으리라. 작가가 시종일관 견지했던 자기재현의 욕망은 그

---

29) 서영은, 『내 사랑이 너를 붙잡지 못해도』(해냄, 2004) 참조.
30) 서영은, 『일곱 가지 빛깔의 위안』(나무생각, 2005), 209쪽.

렇게 비롯된 것이다. 현실에서 하지 못했던, 할 수 없는 얘기들을 털어 놓을 수 있는 장(場)이 바로 소설이었다. 자서전적 소설이 '자신의 이야 기이면서, 허구적 현실을 상정하는 것은 고백을 통하여 가지게 되는 심 리적 부담감에서 벗어나고 싶은 욕망 때문'[31]이다. 그리하여 그녀는 언 어를 무기 혹은 방패삼아 '사막'을 건너고 '낙타'를 키우고 온몸이 '귀' 가 되어 세상이야기에 몰두하면서 살아가는 방법을 터득한 것이다.

그러기에 '문자'의 '견디기', '주기'식 삶의 방법은 사실 끝없는 자기 최면과 암시의 결과이다. 뿐만 아니라 자신이 설정해 놓은 '생의 중심' 에 이르기 위해 그녀는 매순간마다 다소 강경한 언어들을 동원해 자기 강제를 해야만 했다. 혼잣말의 되새김질, 그것은 고통을 견디는 '문자'만 의 또다른 삶의 방식이다.

> "나는 어디도 가지 않고 이 한 자리에서 주어진 그대로를 가지고도 살 수 있다는 것을 보여줄 테야. 그래, 그에게뿐만 아니라 내게 이런 운명을 마련해 놓고 내가 못 견디어 신음하면 자비를 베풀려고 기다리고 있는 신 에게도 나는 멋지게 복수할 거야!"[32]

> "너는 할 수 있어. 도달하기 위한 높은 것을 맘속에 지님으로써 너는 고통스러울지 모르지만, 그 고통이 너를 높은 곳에 이르게 하는 사닥다리 가 되는 거야."[33]

삶의 고통스러운 국면마다 혼잣말을 통해 '문자'식 삶의 방식을 환기 하고 또다시 주입하는 것, 그렇게 하여 그들은 견장처럼 '황금깃털' 하 나씩을 어깨에 꽂게 된다. 그 '황금깃털'은 사실 자존이자 자긍의 표현

---

31) 이덕화, 「여성적 글쓰기로서의 자서전」, 『여성문학연구』 8호(2002), 35쪽.
32) 「먼 그대」, 28쪽.
33) 「먼 그대」, 31쪽.

일 뿐만 아니라, 타인과의 차별성을 드러내는 우월감의 표시이다.

그러나 그것은 「황금깃털」의 '나'가 그랬듯, 일상의 부대낌 속에 끝없이 회의하고 표류한다. 한때 주인공은 '황금 깃털'이 있음으로써 기꺼이 살아갈 수 있었지만, 이젠 오히려 그것 때문에 일상과의 타협이나 적응이 불가능해진 것이다.

> 그것은 내가 살아온 방식에 대한 좌절이요, 실의였다. 나는 나 스스로 내 맘 속에 흩어져 있는 빛의 다발, 그 황금 깃털을 뽑아 던지지 않을 수 없다. 나는 왜 쓸모도 없는 그런 깃털을 지녀, 오히려 세상을 살아가는데 곤란만 받아왔을까.34)

> "고통의 사닥다리를 오르는 일이 다 쓸데없는 짓이라면? 이 길의 끝에 아무것도 없다면? 모든 것이 다 조작된 의미라면? 아픔과 고통의 끝이 또 다른 아픔과 고통의 연속으로 이어진다면……."
> 그럼에도 그녀의 팔은 오랫동안 낙타의 지칠 줄 모르는 다리가 되어 왔던 까닭에 걸레질을 멈추지 않았다.35)

거의 관성이 되어버릴 정도로 오랜 세월 자신이 견지해왔던 행위에 대한 불확실함, 그것은 결국 '문자'로 하여금 '맘속으론 울고 입술로는 웃'게 했으며, '쓰라린 비애를 느꼈으나' 곧 '조용히 웃'게 한다. 울음과 웃음이 이렇게 동시에 그녀에게 찾아온다는 건 더 이상 선언조의 자기 강제만으로는 조율되지 않는 심각한 내부 균열이 생겼음을 의미한다. 결국 이러한 회의가 누적되고 삶이 누추해지자 소설 속 인물들은 높은 곳에 이르기 위해 디뎠던 '사닥다리'를 타고 조심스레 현실로 내려온다. '굴욕스러움을 정직한 용기로 바꾸는 안간힘'이 생활의 제 1법칙임을 깨

---

34) 「황금 깃털」, 313쪽.
35) 「먼 그대」, 36쪽.

달았기 때문이다.

> 숫사락 세게 송가락 세 개 속사랑 에개 손가락 세 개 쇠가락 헤개 솜가
> 랑 세 개 속가락 세?
> 내가 치는 타자소리가 '콩 볶는 소리'와 흡사하게 들리도록 나는 안간
> 힘을 썼다. 일 분에 백오십 타로 부족하면 이백 타를 치는 흉내라도 낼 것
> 이다. 그러다가 뒤로 벌렁 넘어져 치마가 추켜올라간다 해도, 나는 이 삶
> 을 부둥켜안고 씨름할 것이다. 비록 엎어지고 구르더라도 삶 앞에서 가련
> 하도록 정직한 나의 어머니, 나의 선배, 그 밖의 다른 많은 여자들이 그랬
> 던 것처럼. 그것은 취직을 하느냐 못 하느냐보다 훨씬 중요한 문제였다.[36]

이는 자신의 심연에 대한 정면 대결을 거쳐 드디어 '生의 중심'에 이
르렀음에 대한 선언이다. '얼어죽는 게 낫지 가야금을 부수어 장작으로
쓸 수는 없다'[37]는 비극적인 고집을 꺾고, 이제서야 '문자'는 마조히즘
적 자기 강제와 바깥 세상을 향한 선병질적인 주시에서 놓여나게 된다.
즉 이제까지의 '문자'가 오직 '높은 곳'을 향한 상승적 지향에만 매달려
있었다면, 이제 「사다리가 놓인 창」의 '정애' 즉 '문자의 後身'들은 타락
한 세상에 스스로 투신하는 하강적 행위를 통해 거듭나게 되는 것이다.
시간이 흘러 변하는 속된 것들에 대한 '문자'의 부정은 이제 속되고
구차한 현실을 능동적으로 끌어안음으로써 또다시 부정된다. 이는 혼자
서만 영위하는 고립과 유폐의 생활을 말끔히 청산하겠다는 결연한 의지
의 표명이기도 하다. 초월적 주체에서 현실적 주체로 거듭남, 이러한 인
식의 전환은 '남성적 질서 뒤에 자리잡은 인고하는 여성적 삶의 방식'[38]
을 거부하고, '어머니'와 '선배'에서 자신으로 이어지는 여성의 역사에

---

36) 서영은, 「사다리가 놓인 창」, 『사다리가 놓인 창』(문학과비평사, 1990), 89쪽.
37) 「사다리가 놓인 창」, 27쪽.
38) 김경수, 「인고하는 여성적 세계관의 소설」, 『문학사상』 1996.5, 281쪽.

대한 이해39)로까지 나아간다.

그리하여 '문자의 後身'들은 드디어 몰락, 죽음, 진창, 심연을 두려워
하지 않는 '저 정복되지 않는 生의 영원한 깊이 ― 그 소름끼치는 정면을
소리지르지 않고 지그시 바라다볼 수 있는 눈'을 갖게 된다. '문자'는 물
론 '문자의 後身'들이 추구하고자 했던 '生의 중심', 그것은 사실 '일상
의 한복판'에 다름아니기 때문이다. 결국 이들이 지향했던 '生의 중심'에
이르는 길은 그것이 신적인 초월의 경지이든 일상의 한복판이든 상승과
하강이라는 수직적 가치관에 수렴된다.

4. 경험과 소설의 경계

서영은, 하면 떠오르는 것이 있다. '낙타, 「먼 그대」, 김동리'. 줄줄이
호명된 이 세 가지 기호는 어쩌면 하나로 묶여져야 할 것인지도 모른다.
서영은의 소설 속 '운명의 화신'이 바로 '불사의 낙타를 기르는 여자' 문
자이고, 그 문자가 주인공인 소설 「먼 그대」는 김동리의 「황토기」에 대
한 소설적 화답40)이었기 때문이다.41)

이렇게 서영은과 서영은의 문학세계를 규정하고 있는 독특한 문학적

---

39) 이는 작중인물인 '인애엄마'나 '여숙'에 대한 동지애적 감정으로 드러난다.

40) 서영은, 『내 사랑이 너를 붙잡지 못해도』, 73쪽.

41) 주지하다시피 김동리의 「황토기」는 '절맥설(絶脈設)'과 '상용설(傷龍設)'의 전설이 전해
  져 오는 황토골에서 장사로 태어난 '억쇠'의 비극적인 삶을 그린 소설이다. 예로부터
  황토골에서 장사가 태어나면 부모에게 불효하거나 나라의 역적이 된다는 전설 때문에
  억쇠는 살기 위해, 한평생 가슴속에 '홀로 타는 불길을 감춰' 온 인물이다. 반역을 꿈꾸
  지 못하는 자의 비루한 인생이 억쇠의 것이라면, 사회의 통념을 부정하고 정상적인 삶
  을 위반하는 '문자'는 초월과 불멸을 꿈꾸는 존재이다. 운명의 수동적인 수용을 통해
  점차 비루해지는 억쇠에 비해, '문자'는 주어진 운명을 처절한 자기부정과 고통의 연금
  술로 대결하는 능동적이고 주체적인 태도를 보인다.

아우라는 자서전적 글쓰기라는 창작적 특징으로 드러난다. 이 글에서는 작가 자신이 쓴 각종 글들을 토대로 「먼 그대」를, 특히 '문자'라는 인물 중심으로 분석해 보았다.

「먼 그대」의 '문자' 역시 외부세계와는 무관한, 지극히 폐쇄적인 자기 회로 안에 갇혀 사는 인물이다. 사랑을 '운명'이라 규정짓고 이를 선험적, 절대적이라 여겨 이를 기꺼이 수임한다. 융통성도 없고 타협도 모른다. '문자'는 '한수'로 대변되는 이기적이고 속물적인 인간들이 만연해 있는 타락한 세상에서 오직 하나, 정신적 순결함을 간직한 존재의 유일한 증거가 되고자 했다. 그러나 냉혹하고 척박한 세상에 순수한 정신적 가치를 간직하고 있다는 사실로 인해, 혹은 법과 제도로 유지되는 사회에 비정상적으로 틈입하여 공고한 질서에 상처를 낸 죄로 그녀는 시지프스의 형벌에서 자유로울 수 없었다. 결국 작가의 분신으로 보이는 주인공 '문자'는 사랑과 혈육과 소유를 초극한 경지에서 '生의 중심'을 향해 끊임없이 나아가는 사막의 시지프스로 볼 수 있다.

1983년작 「먼 그대」의 '문자'가 '生의 중심'을 향해 치달았다면, 1989년에 발표된 「사다리가 놓인 창」의 '정애'는 이제 '일상의 한복판'으로 나선다. 80년대라는 시대를 관통하며 시대적 폭압과는 또다른 자리에서 가난과 굴욕과 진창을 배회한 서영은 소설의 작중인물들은 이제 추상적 지향에서 구체적 현실로, 수직에서 수평으로, 고독한 밀실에서 복작대는 거리로 뛰쳐나온 것이다.

그러나 인물들 속에 투영된 작가 자신의 재현 양상은 여전히 반복된다. 작중인물과 화자, 그리고 작가는 여전히 유사한 문체로, 유사한 내용을 읊조린다. 서영은의 자기재현의 욕망은 최근작 「꽃들은 어디로 갔나」(2004)에서 가장 두드러진다. '25년 동안 그의 전화만 기다리고 살'[42]았던 '그녀'가 드디어 그와 함께 보낸 짧은 나날들을 회상하며 정리한 이 작품은 사실 소설로 읽어야 할지 난감할 정도로 적나라한 사실의 기록43)으로 보인다. 따라서 이 작품에 이르면 서영은의 소설과 자서전 혹은 일기의 경계는 허물어지고 만다.

어떤 경우든 자서전적 글쓰기에는 '상당 정도 자기도취나 환상, 자기기만, 자기합리화나 정당화가 개입하기 마련'44)이다. 서영은 역시 글쓰기를 통해 자신의 개인적 경험을 합리화, 정당화하려는 의도를 가졌던 것으로 보인다. 그러므로 서영은의 자기재현의 욕망은 어쩌면 김동리와의 운명적 만남에서부터 비롯되는 것인지도 모른다. 인정받지 못한 사랑이었기에 더욱더 그 사랑을 증명해야 했고, 불특정 다수인 누군가로부터 끊임없이 자신의 사랑을 변호해야 한다는 강박관념에 시달렸던 것 같다. 결국 그러한 특별한 사랑의 경험이 자기 삶을 소설화하게 만든 요인이었을 것이다.

앞으로 남은 문제는 작가가 언제까지 자기재현이라는 사적 욕망에 얽매어 있을 것인가 하는 점이다. 소설 속 작가의 자기재현 모티프는 허구와 상상력의 지배를 받지 않는 한 사생활 드러내기의 영역으로 떨어질 우려가 있기 때문이다.

---

42) 서영은, 「꽃들은 어디로 갔나」, 『작가세계』 62호(2004 가을호), 31쪽.
43) 일반적으로 사소설을 '작가가 자기 사생활의 세부를 거의 허구를 섞지 않고 충실하게 재현한 자전적 산문작품'이라고 규정한다면, 이 작품은 전형적인 사소설로 분류할 수 있다. 스즈키 토미, 『이야기된 자기』(생각의나무, 2004), 22쪽.
44) 박혜숙, 「여성 자기서사체의 인식」, 『여성문학연구』 8호(2002), 12쪽.

죽음의식을 통해 「동경」 다시 읽기

1. 죽음의식의 징표

죽음과 어둠, 생성과 소멸, 권태와 고독, 일상과 탈일상은 오정희 소설에서 흔히 볼 수 있는 모티프들이다. 특히 무심한 일상의 갈피에 숨어 있다가 문득문득 그 존재를 과시하는 죽음은 오정희의 소설을 특징짓는 하나의 징표로 자리잡은 지 오래다. 이는 동전의 앞뒤처럼 삶이, 태어남과 죽음이라는 그 대립개념 사이에 존재하는 것[1]이라는 작가의 인식 위에 기초한다. 특히 단편 「동경」은 '죽음'이라는 모티프를 사용하여 죽음에 대한 등장인물들의 섬세한 심리 변화를 구체적으로 그려낸 소설이다.

「동경」은 오정희의 1982년작으로 「별사」, 「저녁의 게임」, 「바람의 넋」, 「유년의 뜰」, 「중국인 거리」, 「옛우물」 등과 함께 그의 대표작으로 손꼽힌다. 이 소설로 오정희는 1982년 제 15회 동인문학상을 수상하였다. 당시 심사위원들은 대부분 '능란한 언어구사와 섬세한 묘사'(백철)에 후한

---

1) 김치수, 「오정희론－삶의 양면성에서 느껴지는 긴장감」, 권영민 엮음, 『한국현대작가연구』(문학사상사, 1991), 386쪽.

점수를 주었으며, '예리한 통찰력과 완벽한 구성'(조정휘), '은유와 암시를 곁들여 엮어지는 독특한 문체'(김동리)에도 주목하였다.

「동경」은 오정희의 초기소설에서 보이던 고립된 인물의 파괴 충동에서 벗어나 일상의 무의미함과 죽음에 대한 진지한 성찰을 담고 있다. 즉 이 소설은 죽음을 강하게 의식하고 있는 평범한 노부부의 일상을 현미경으로 들여다보듯 세밀하게 그려내며, 소멸해 가는 모든 것에 대한 안타까운 정조를 그려내고 있는 것이다. 특히 한정된 시간과 공간, 제한된 등장인물로 말미암아 이러한 작업은 상당히 담담하고 밀도있게 진행된다.

이 글은 '죽음의식'이란 틀로 「동경」을 다시 읽어보려는 의도에서 씌어진다. 즉 「동경」에 나타난 죽음의식이 어떠한 양상으로 발현되었는지를 살펴보고자 하는 것이다. 이때의 죽음의식이란 인물이 죽음에 대해 예감하고 의식하며, 이를 수용하거나 그에 대한 나름의 방어기제를 가동하는 것까지의 모든 과정을 포함한다. 이를 위해 몇몇 의미소들의 분석과 함께 상징적으로 제시된 대립적 상관물들에 주목하려 한다.

우선 소설 「동경」에 나타나는 죽음의식의 징표부터 살펴보자. 작품의 소재 중 죽음의식을 담고 있는 것으로 '동경', '맥', '심방', '정년병' 등을 들 수 있다. 이 소재들은 작품 전체에 골고루 퍼져 있으면서도 등장인물들의 인식을 지배하고 분위기를 형성하며 주제를 구현하기 위해 초점화된다. 물론 그 핵심에 죽음이 놓여 있다.

'동경'이란 부장품의 일종이다. 부장품이란 '시체를 무덤 안에 안치할 때 함에 넣는 물품'을 말한다. 가족, 친지 등의 죽음을 슬퍼하고 주검을 무덤으로 처리하면서 망자(亡者)가 생전에 사용하던 물건을 매장하는 풍습에서 유래한 것이다. 이중 '동경'은 구리를 잘 갈아서 만든 거울로서, 죽음에 대한 공포와 삶에 대한 욕망을 동시에 비추는 역할을 갖고 있다.

거울은, 그것이 설령 구리로 만든 것이라 할지라도, 살아 있을 적에는 자신의 존재를 확인하고 외적인 미추를 판단하게 하며, 간혹 자기애적 환상의 몰입을 가능하게 해주는 사물로 기능한다. 하지만 이 동경은 죽은자의 무덤 속에 함께 매장하여 망자의 넋을 위로하는 부장품으로도 쓰인다. 부장품이란 생전에 사용하던 물건이라는 점에서 '삶'을, 그리고 무덤 안에 안치한다는 점에서 '죽음'을 내포한다. 따라서 삶 속의 죽음과 죽음 속의 삶이라는 의미를 함축하고 있다. 파랗게 녹이 슬어 희미한 상(像)만 제시하는 무덤 속의 동경은 녹슨 구리처럼 낡아버린 추억과 시간을 저장한 채, 이 세상 살아왔던 사람의 흔적과 세월의 자취를 적나라하게 드러내 주는 슬픈 도구이기도 하다.

작품에 등장하는 '그'와 '아내'는 죽은 아들을 회상하거나 서서히 죽음을 기다리는 것 이외에는 별달리 할 것이 없는, 그야말로 삶 속에서의 죽음을 체험하고 있는 인물들이다. 그런가 하면 영로는 이미 이십 년 전에 죽었음에도 불구하고 노부부의 마음 속에, 마당의 그늘 한 켠 땅 속에 여전히 살아 있는 존재로 그려진다. 죽음 속에서 살아 있는 인물이 영로라면, 삶 속에서 죽어 있는 인물이 바로 그와 아내인 것이다. 그러면서도 그들은 죽음에 대한 공포로 인해 종교를 찾고 부지런히 맥을 만들고, 틀니와 염색을 하며 산책을 한다. 이는 죽음 속에서도 삶에 대한 끈, 혹은 욕망을 놓지 않으려는 의지로 볼 수 있다. 이러한 아이러니[2]야말로 오정희 소설의 가장 큰 특징이며, 이러한 그들의 삶의 모습을 가장 상징적으로 보여주는 것이 바로 동경인 것이다.

---

[2] 권영민은 오정희의 소설은 '아이러니의 미학에 근거'하고 있다며 다음과 같이 말한 바 있다. "삶을 바라보는 시선의 깊이가 물론 이를 뒷받침하고 있다. 그녀의 시선에 의해 포착되는 일상의 삶은 언제나 상반된 정서 영역을 끌어들인다. 닫혀 있는 것이 있으면 열림을 지향하는 충동이 있고, 죽음이 있으면 새로운 태어남이 있다. 가장 선명한 관계로 나타나는 것은 물론 삶과 죽음이다. 인간 존재의 양면은 삶과 죽음으로 이루어진 것이다. 오정희는 이러한 의미를 인간관계의 대응을 통해 추출해 내고 있다." 권영민, 「동시대인들의 꿈 혹은 고통」, 『문학사상』 1982.12, 98쪽.

동경과 함께 거론할 수 있는 것이 바로 맥이다. 나쁜 꿈을 잡아먹는다는 상상의 동물인 맥은 이승과 저승 할것없이 평안한 휴식을 갈구하는 인간의 본능을 반영한다. 이 맥을 아내의 할아버지가 무덤에까지 넣어달라고 부탁하였다 한다. 이때의 맥은 동경이나 토우와 마찬가지로 죽은 자의 넋을 위로하기 위한 부장품으로서의 가치를 지닌다. 영로의 죽음과 자신이 맞이하게 될 죽음에 대해 의식하면서 충동적으로 갖게 된 종교와, 교우의 사망으로 인해 취소된 심방, 그리고 그 때문에 무용해진 밀가루 반죽이라는 정황이 아내로 하여금 죽음을 의식하게 하고, 이러한 죽음에 대한 자의식이 맥을 빚게 만든 것이다. '지칠 줄 모르고 반죽을 빚어' 내는 아내의 망연한 손놀림 때문에 맥의 숫자는 점점 많아지고 과거를 회상하는 말소리도 점점 빨라진다. 이는 아내의 불안과 절망에 정확히 비례한다.

작품 서두에 나오는 '심방' 역시 죽음의식의 징표로 풀이할 수 있다. 우연히 집에 들른 교회사람들이 한 교리강좌 중 '죽음'에 관한 얘기가 아내의 마음을 흔들게 하고, 결국 심방을 허락하게 한다.

> 죽음은 무의식입니다. 산 개만도 못하다고 했어요. 지옥이란 바로 죽음 자체이며 글자 그대로 땅에 갇힌다는 뜻이지요……(163쪽)

전도자의 말 속에서 아내가 본 건 죽음이다. 특히 아들 영로의 죽음이다. 스무해 전에 죽어 이미 땅 속에 묻혀 있는 아들과, 이제 곧 자신 역시 가야 할 귀착점이 그곳임을 아내는 인식했던 것이다. 죽음에 대한 환기가 아내를 종교로 이끌었는데, 그렇게 허락한 심방은 그에게 '불투명한 평안감'과 함께 '살아 있음에 대한 기대 혹은 일상적 삶에 대한 향수'를 불러일으키는 역할을 한다. 죽은 듯한 정적 속에 갇혀 있는 집에 산

사람들의 온기가 감돌 것을 기다리며 부부는 일상적인 삶에 대한 욕구를 느낀다. 그러나 교우의 죽음으로 심방이 무산되자 아내는 허탈감에 망연해 한다. 죽음에 대한 공포를 벗어나기 위해, 혹은 죽은 아들을 위무하기 위해 마련한 자리가 다른 이의 죽음으로 무화된 것이 못내 아쉬울 수밖에 없다. 그들의 심방을 위해 마련한 열두 사람분의 밀가루가 점점 부풀어오르며 아내의 망연한 심사를 대신한다. 결국 그 밀가루로 '맥'을 만드는 것은 심방의 취소가 가져다 준 불안을 치유하려는 아내만의 자구책이었는지도 모른다.

이밖에 작품에 설정되어 있는 죽음의 징표로 그의 정년병과 아내의 미각 상실, 녹슨 못 등을 들 수 있다. 시청 하급관리로 평생을 보내온 그는 퇴직을 곧 자신의 무가치와 무용함을 확인시켜 주는 선언으로 인식한다. 식사 전 늘어진 위장에 긴장을 주기 위해 하는 산책, 반주로 마신 소주 반잔 때문에 잠의 유혹에 빠지는 습관, 틀니 없이는 자신의 생각조차 명확히 전달하지 못하는 소통의 어려움 등이 늙음과 더불어 찾아온 죽음의 징표이다.

또 아내의 미각 상실도 노화의 증상이다. 굼뜬 행동과 백발의 모습은 차치하고서라도 넋이 온통 다른 곳으로 팔려 칼국수의 간이 되어 있지 않은데도 못 느끼는 아내의 모습은 측은함을 넘어 절망감을 느끼게 한다.

결국 이들은 녹슨 못처럼 제 기능을 상실한 무용한 사물에 지나지 않는다. 이 글에서 녹슨 못이란 결국 소멸의 징표로 쓰여지고 있기 때문이다. 수도 계량기 뚜껑을 열자마자 튀어오르는 귀뚜라미처럼 우리 삶 속에 잠복하고 있다가 어느 한순간 그 정체를 드러내는 음험한 죽음의 냄새가 이들의 일상 속에 내재되어 있다.

2. 대립적 상관물

「동경」은 여러 대립되는 의미소들을 교묘하게 엮음으로써 은유와 상징의 미를 이끌어낸 작품이다. 이같은 대립적 상관물들은 서로 엉키고 풀어지면서 죽음이라는 핵심어에 근접해 간다. 작품에 등장하는 대립적 상관물들은 대부분 생성과 소멸, 삶과 죽음, 성장과 쇠퇴 등의 알레고리로 볼 수 있다. 이 글에서는 이를 시공간적 배경과 소재적 측면 등 크게 두 갈래로 나누어 살펴볼 것이다.

우선 작품의 시공간적 배경부터 점검해 보자. 「동경」은 어느 초여름 날 한낮부터 해가 기울기 시작한 늦은 오후까지를 시간적 배경으로 삼고 있다. 또 늙은 내외 단둘이만 사는, 마당 딸린 조그만 집이 그 공간적 배경이다. 이렇게 단조로운 시공간적 배경은 이 작품이 사건보다는 심리에 치중하고 있다는 추측을 가능케 한다.

보통 초여름의 한낮이라고 하면 약동하고 활기찬 생명의 기운을 내뿜기 마련이다. 하지만 이 작품 속에서의 시간은 오랜 햇빛에 달구어져 멈춰서 있는 듯 나른하다. 그 나른함이 지나쳐 권태가 되고, 그 권태가 정적을 불러온다. 결국 이 작품은 권태와 정적을 기조로 삼고 있다.

작품의 주조를 이루고 있는 아우라는 작가의 직접적인 언술로 제시되어 있다.

ⓐ '이상하게 조용한 한낮' / '오한이 들 만큼 새하얀 햇빛' / '죽은 듯한 정적' / '질식할 듯한 정적' / '공포까지도 불러일으킬 정도로 단조로운 길과 풍경'(159-161쪽)[3]

ⓑ 정오의 햇살에 꽃잎은 한껏 벌어져 보다 짙은 빛의 속살을 엿보이고

---

3) 텍스트는 오정희, 『바람의 넋』(문학과지성사, 1986)이며, 이하 쪽수만 표기한다.

벌과 나비는 미친 듯한 갈망으로 꽃술 깊이 대롱을 박아 꿀을 찾고 있다. 꽃들은 피고자, 더욱 피어나고자 하는 열망으로 빛은 짙고 어두워지며 천천히 눈에 보이지 않게 몸을 떨고 있다. 그러나 그것은 이미 아내의 눈에 비치던 풍경이 아님을 그는 알고 있다. 땅 속에 갇힌 아우성을 들으려는 시늉으로 수굿이 귀를 기울이며 나무를 바라보는 사이 무성한 나뭇잎은 편편이 떨어져 내리고 메마른 가지만 섬유질로 남아 파랗게 인(燐)처럼 타오르며 자랑스럽게 가지 뻗었던 자리는 이윽고 냉혹한 죽음만이 떠도는 공간이 된다.(163쪽)

ⓒ 거울빛의 반사가 잠시, 천장으로 벽으로 재빠르게 움직이다가 마침내 유리컵에 머물고 밖의 빛으로 어둑신하게 가라앉은 정적 속에서, 물 속에 감긴 틀니만이 홀로 무언가 말하려는 듯 밝고 명석하게 반짝거렸다.(180쪽)

ⓐ는 작품의 서두에 제시된 배경이다. '이상하게', '오한이 들 만큼', '죽은 듯한', '질식할 듯한', '공포까지도 불러일으킬 정도로' 등 대부분의 관형구가 권태로운 정적을 직접적으로 노출하고 있다. 객관적인 상황을 작가의 주관적인 언어로 걸러내면서 작품 전체의 분위기를 조성하고 있는 셈이다. 작가의 이러한 서술은 햇빛이 그토록 뜨겁게 내리쬐고 있음에도 불구하고 눅진한 고분 속을 걷는 듯한 분위기를 연출해 낸다. 또 이러한 분위기는 그대로 등장인물들의 의식으로 전이된다.

또 ⓑ는 하나의 풍경을 두고 '피어나고자 하는 열망'과 '메마른 가지'로 언급함으로써 작가의 개입을 더욱 확실하게 하고 있다. 즉 이 상황은 마당 풍경을 보는 그와 아내의 시선 차이를 그려낸 것이다. 앞의 것은 객관적인 묘사를 가장한 그의 시선이고, 뒤의 것은 아내의 시선이다. 그러나 그 시선 또한 아내의 속내를 그가 어림짐작하는 것으로, 둘 다 작가의 목소리로 볼 수 있다. 즉 이러한 공간의 묘사까지도 사실은 작가가 주제 구현을 위해 만들어놓은 또다른 대립적 상관물의 하나로 보아야 할 것이다.

ⓒ 역시 '어둑신하게 가라앉은 정적'과 '밝고 명석하게 반짝'이는 틀니를 대립적으로 서술해 놓고 있다. 이같은 서술방식은 작품 전체의 분위기를 결정하며, 등장인물들의 대화나 행동 역시 이 분위기의 지배를 받게 된다. 그러나 이러한 시공간적 배경의 설정은 생성과 소멸, 혹은 삶과 죽음 등 인간이 맞이할 수밖에 없는 변화들을 대립적 상관물에 의해 직조하려는 작가의 의도에서 비롯된다.

「동경」에 나타난 대립적 상관물들은 소재적 측면에서 빛을 발한다. 이는 다시 다음의 네 갈래로 나누어 검토할 수 있다. 우선 첫 번째로 들 수 있는 것이 동경과 만화경이다.

동경은 죽음을 슬퍼하여 망자가 생전에 사용하던 물건을 매장하던 부장품의 일종이다. 살아 있을 적에 자신의 얼굴을 비추어 보았을 거울이 이제는 죽은자의 곁에 놓여 젊음을 회상하며 죽음을 애도하고 있는 격이다. 이때 동경은 두 가지 의미를 지닌다. 죽음이라는 소멸과 영원이라는 불멸이 그것이다. 동경이라는 부장품으로서의 가치는 이미 소멸에 대한 인정이다. 하지만 죽은자의 곁에 놓여져 있으면서도 그를 기억할 때마다 새롭게 살아 비추는 거울로서의 기능은 영원하므로 불멸적 성격을 갖는다. 즉 동경은 삶과 죽음의 공존을 드러내고 있다.

하지만 만화경과의 대립적 상관물로서 존재할 때 동경은 죽음의 강력한 메타포로 자리잡을 수 있다. 계집아이가 가지고 놀던 만화경은 유년의 상징이다. 알록달록한 색종이를 잘게 오려넣은 만화경은 어린아이에게 '뭐든지 다 보이는 요술상자'(170쪽)이다. 이는 천년 세월의 녹을 달고 있을 동경과는 대조적이다. 또 같은 사물을 보면서도 '빠른 속도로 분열하고 번식하는 병원균'과도 같다고 느낀 '그'의 시각과도 차이가 난다. 이러한 시각의 차이, 혹은 아이와 그의 거리가 바로 생성과 소멸의 징표로 해석할 수 있는 것이다. 이는 작품의 서두에 제시되는 나의 느릿느릿한 산책과 빠른 속도로 자전거를 타는 아이의 대립적 모습에서도 다시한번 확인할 수 있다.

여기에 하나 덧붙이자면, 시체와 거울의 대조다.

> 영로를 묻었을 때 그는 그가 묻고 돌아선 것이, 미쳐 가는 봄빛을 이기지 못해 성급히 부패하기 시작한 <u>시체가 아니라 한 조각 거울이었다</u>고 생각했었다.(173쪽)

위의 인용은 노부부에게 '영로'라는 존재는 썩어 소멸해 가는 시체가 아니라, 세월이 지남에 따라 녹은 슬지언정 언제든 기억할 때마다 환하게 자신을 비추어주는 거울로서의 불멸적 존재를 가리킨다. 그 거울 속에는 스무살의 영로가 들어 있고, 이제 마흔살이 되었을 영로가 들어 있다. 또 정년을 넘겼으면서도 틀니와 염색으로 한층 젊어진, 그래서 지금의 영로 나이만큼으로 보이는 자신의 모습이 들어 있다. 이를 통해 작가는 결국 죽음과 삶의 공존을 드러내고 있는 것이다.

두 번째는 틀니와 염색 / 지팡이이다. 틀니와 염색은 자신에게 다가오는 죽음을 수용하면서도 항거하기 위해 '그'가 선택한 최소한의 방편이다. 이가 빠지고 잇몸이 부풀어오르는 것은 위장의 늘어짐과 함께 정년이후, 의식보다 먼저 찾아온 육체의 노쇠를 증명해 주는 징표다. 이를쉽게 인정할 수 없는 '그'는, 따라서 '낭패감'보다는 '배반감과 노여움'을 느낄 수밖에 없다. 하지만 그 역시 육체의 노화를 인정하지 않을 수없고, 그 인정이 바로 틀니다. 염색 역시 마찬가지다. 결국 자신의 육체의 노화를 인정하면서도 인정하지 않으려는 작은 항거가 바로 틀니와염색인 것이다. 그에 비해 지팡이는 '그'가 늙었음을 인정하는 징표로기능한다. 지팡이의 손잡이의 은장식을 닦으며 틀니에 대한 노여움을 잠시 잊을 수 있다는 건, 자신에게 주어진 시간과 그 변화에 순응한다는 의미로 불 수 있기 때문이다.

세 번째는 정적과 경적이다. '이상하게 고요한 한낮'의 풍경을 정적으로 표현했다면, 아이가 내는 자전거의 경적은 그에 상반된 음향이다. '육체와 생활을 지배하는 규칙과 리듬에 순종하는 기쁨'(162쪽)을 누리고 사는 그는 늘어진 위장을 걱정하여 규칙적으로 행하는 식사 전 산책에 나선 길이다. 반면 아이는 유치원에서 제멋대로 빠져나와 자전거를 탄 채 빠른 속도로 언덕을 내려오고 있다. 이 두 인물의 대조적인 모습은 앞으로 전개될 모종의 사건과 갈등을 암시한다. 게다가 그를 둘러싼 사위가 정적이라면, 아이는 그 정적과 권태에 항의하듯 날카로운 경적을 두어 번 울린다. 이는 단순히 소리의 차원이 아니다. 노인과 아이, 소멸해 가는 것과 생성해 가는 것의 대조로 볼 수 있다. 결국 정적과 경적의 세계, 그것이 두 인물의 거리인 것이다. 이 정적은 다시금 작품의 말미에 언급되는 어둑신한 정적과 반짝거리는 틀니와의 대조를 통해 다시한번 강조된다.

네 번째로 들 수 있는 것은 계집아이의 노랫소리와 아내의 울음소리이다. 공처럼 뛰어다니며 아내에게 거울빛을 반사하는 아이의 노랫소리와 그 빛에 온전히 드러난 주름살투성이 아내의 울음소리는 잔잔한 정황 묘사로 일관된 이 작품의 분위기를 일신하며 절정을 이룬다. 이때 아이가 사용하는 거울은 "비치는 대상의 감춰져 있는 면 혹은 감추고 싶은 어떤 부정적인 면을 숨김없이 들춰내는 역할"[4]을 한다. 아내가 감추고 싶은 그 어떤 부정적인 면이 바로 늙음과 죽음의 그림자인 것이다.

　　"애, 애야, 제발 저리 가. 그러지 마라."
　　아내가 우는 소리를 내며 아이에게 애원했으나 아이는 아내의 돌연한

---

4) 오생근, 「오정희 문학론—허구적 삶과 비관적 인식」, 오정희, 『야회』(나남, 1990), 411쪽.

공포가 재미있는지 작은 악마처럼 깔깔거리며 거울을 거두지 않았다. 아내는 빛을 피해 그가 누워 있는 방에 주춤주춤 들어왔다.

빛은 이제 눈물에 젖은 아내의 조그만 얼굴과 그의 눈시울, 무너진 입가로 쉴 새 없이 번득였다. 그것은 어쩌면 아득한 땅 속에 묻힌 거울 빛의 반사인 듯도 싶었다.(180쪽)

이때 아이의 손에 쥐어진 거울은 동경과 차별성을 지님과 동시에 동일성을 지닌다. 거울이 만화경을 만들기 위한 재료로서 유년기 혹은 생성의 상징이라면, 동경은 부장품으로서의 소멸 혹은 죽음의 메타포이다. 즉 전자가 삶에 대한 욕망기제라면, 후자는 죽음에 대한 방어기제라고 볼 수 있다. 하지만 그 거울의 빛이 '땅 속에 묻힌 거울 빛의 반사'인 듯싶다는 대목을 눈여겨본다면, 거울이 자연스레 동경으로 전이되는 것을 인식할 수 있다. 따라서 아내가 느꼈을 공포는 단순히 아이의 짓궂은 장난에서 비롯되는 것이 아니라 자신에게 한발 한발 다가오는 죽음에의 공포로 규정해야 할 것이다. 이 대목이야말로 아이 / 아내(늙은이), 사랑받지 못한 자(아이) / 사랑 줄 곳이 없는 자(아내), 햇빛 / 그늘, 마당 / 방, 노래 혹은 웃음 / 울음 등 여러 가지 대립소들이 한데 엮어 만들어낸 이 작품의 절정이라 할 수 있다. 이는 그동안 아이와 아내 사이에 있었던 팽팽한 긴장이 해체되고 싸움이 아내의 패배로 마감되는 상황을 연출하며 대단원에 이른다.

문제는 아이와 아내의 싸움에서 아내가 패배했다는 사실이 아니라, 그렇게 절망에 눈물짓는 아내에게 그가 하고자 했던 위로의 말이 밖으로 표출되지 못했다는 데에 있다.

이제는 울음을 감추려 하지 않는 아내에게 그는 무언가 위무의 말을 해주어야 한다고 생각했다. 아내에게는 다정한 말이 필요한 것이다. 그는 소년 같은 수줍음과 약간의 두려움으로 입을 열었으나 아내는 어눌하게 새어나오는 말을 알아듣지 못했다. 아내는 유언이라도 듣는 시늉으로 그의

> 입에 바짝 귀를 갖다 대며 안타깝게 되물었다. 뭐라구요? 뭐라구 하셨어
> 요? 누가 왔느냐구요?(180쪽)

위의 인용을 보면 슬픔과 공포에 울부짖는 아내보다 그러한 아내를 위무해 줄 수 없는 그의 처지가 더욱 비극적으로 다가온다. 틀니로 가장해 왔던 젊음을 벗고 "무너진 입과 졸아든 인중"으로는, 그리고 이미 한 쪽 다리를 연도에 내려놓은 가수상태로는 더 이상 아내에게 어떠한 위로도 전해줄 수 없다는 것, 그 웅얼거림이 전혀 언어의 기능을 갖지 못한 채 흩어진다는 데에 더 큰 절망이 가로놓여 있는 것이다. 어쩌면 죽음의 공포나 절망은 타인의 위무의 대상이 아닐지도 모른다. 또 늙어가면서 "그의 귀에 들리는 것이 그녀의 귀에는 들리지 않는, 아내에게 보이는 것이 그에게는 전혀 보이지 않는 경우란 드문 것이 아니었다"(176쪽)는 구절로 미루어 보아 늙음이란 누구에게나 공평하게 똑같은 속도로 오지 않는다는 것을 절감케 한다. 이 속도의 차이는 결국 소통의 가능성을 좁히고, 결국 인간을 고독한 죽음으로 내몰게 되는 것이다.

늙음과 죽음의 절망은 서로가 나누어 가질 수 없다는 것, 결국 그들 부부는 서로 위무하거나 나누어 가질 수 없는 '존재론적 비극을 인식'한 것이다.[5] 특히 그 거울빛이 물 속에 담긴 틀니를 비추고 그것만이 홀로 무언가 말하려는 듯 밝고 명석하게 반짝거렸다는 대목에 이르면 절망은 더 이상 극복할 수 없을 정도로 한없이 증폭되고 만다.

이렇게 다양한 대립적 상관물들을 통해 「동경」에서 작가가 드러내고자 한 것은 무엇인가. 바로 뫼비우스의 띠처럼 엉켜 있는 삶 속의 죽음, 혹은 죽음 속의 삶이다. 이때의 죽음이란 "생성에 대립되는, 삶의 반대편에 대결하는 죽음이라기보다 삶 속에 함께 들어 있는, 틈만 나면 삶의

---

5) 현길언, 「탄탄한 플롯과 인간의 내밀 탐구―오정희의 '동경'」, 85쪽.

그 균열 사이로 불현듯 고개를 내밀 그런 죽음"6)을 가리킨다. 또 거역할 수 없는 시간의 힘에 의해 받아들일 수밖에 없는 늙음과 죽음에 대한 인식을 환기하고 있다. 결국 이를 통해 「동경」은 어느 누구도 대신하거나 나누어 가질 수 없는, 고독과 절망 혹은 죽음이라는 인간의 존재론적 비극을 형상화하고 있는 것이다.

3. 죽음의식의 수용양상

「동경」은 '그'와 '아내'의 죽음에 대한 자의식을 그린 소설이다. 둘 다 '청대같은 아들'을 먼저 보낸 아픔을 간직한 채 살아온 이들로서, 갑자기 정지된 시공간 속에서 죽음을 손에 쥔 채 허둥대고 있다. 시간의 공평한 흐름과 그에 따른 육체적, 정신적 변화 속에서도 그와 아내의 죽음에 대한 자의식은 약간의 차별성을 띤다. 그는 정년 퇴직 이후 부쩍 무력해진 육체를 보며 죽음을 의식하게 된 데 비해, 아내의 경우는 훨씬 이전으로, 스스로 죽음을 의식하기 이전인, 아마도 아들의 죽음 이후부터까지 거슬러올라가야 하기 때문이다.

그는 시청 하급 관리 출신으로 매사에 빈틈없고 꼼꼼한 성격의 소유자이다. 그는 의식보다 먼저 찾아온 육체의 죽음을 인정하고는 있다. 위장이 늘어지고, 이가 들뜨고 잇몸이 부풀어오르는가 하면, 감광제가 고루 발리지 않은 듯 기억이 온전치 않다. 하지만 그것을 그는 "기억하고 싶은 것만 기억하는 것은 늙은이에게 주어진 보잘것없는 특권"(173쪽)이라 생각하며 위안하고, "늙은이는 반성하지 않는다. 반성을 요구하는 어떤 새로운 삶을

---

6) 김병익, 「세계에의 비극적 비전─오정희의 소설들」, 『월간문학』 1982.7, 406쪽.

기다리고 있지 않기 때문"이라면서 자신의 모든 행동을 정당화한다.

그는 육체의 노화에 항거하여 틀니를 하고 염색을 할뿐더러 규칙적인 생활의 리듬에 순종하는 기쁨을 누리고 사는 인물이다. 그럼에도 불구하고 그 항거는 자신의 노화를 저지시키지 못하고, 육체와 정신의 온전한 합일도 이루어내지 못한다. 오히려 이물감으로 인해 현재 자신의 추한 모습을 더욱 부각시킬 뿐이다. 잠들기 전 의사의 지시에도 불구하고 굳이 틀니를 빼 깨끗한 물에 담가 놓고 자는 것도 그 이유이다.

> 잠으로 들어가는 잠깐의 무중력 상태에서 틀니만이 무겁게 매달려 있는 듯한 느낌을 지울 수 없을뿐더러 틀니만이 홀로 깨어 제멋대로 지껄일, 이윽고 육신은 사라지고 차갑고 단단한 무생물만이 잔혹하게 번득이며 존재할 공간이 두려운 것이다.(171쪽)

그는 이성을 통제할 수 없는 무중력의 상태에서 자신의 육신에 매달려 있는 무생물만이 빛을 발할 그 어둠의 공간을 인정할 수 없다. 그 공간이란 바로 죽음으로 가는 회랑일지도 모르기 때문이다. 하지만 그런 생각으로 틀니를 빼놓고 잠들지만, 막상 틀니를 뺀 후 자신의 모습을 비추어 보는 것도 고통이다. 염색으로 인해 '청년처럼 검은 머리'와 틀니를 뺀 '무너진 입과 졸아든 인중'의 묘한 부조화가 거울 속에 존재하기 때문이다. 결국 그는 시간의 흐름에 거역할 꿈을 꾸면서도 막상 거역할 수 없는 처지를 깨닫고 갈등하는 전형적인 '늙은이'인 것이다.

그 갈등은 이제 아이의 만화경을 훔친다든가 만화경을 통해 아이가 꿈꾸던 내밀한 세계를 욕망하고, 물장난치는 아이의 분홍빛 몸을 훔쳐보는 등 생명에의 강렬한 욕구로 변형된다. 따라서 작품의 제목인 '동경'은 구리거울(銅鏡)이라는 죽음의 상징적 기표로 작동하고 있지만, 어쩌면 약동하는 젊음에 대한 그의 동경(憧憬)이라는 이중적 의미를 지니고 있는

지도 모른다. 이는 아내의 경우와는 조금 다르다. 아내 역시 수도검침원 청년을 '탐욕스럽게'(166쪽) 바라보고 그를 붙잡아 두려고 갖가지 이유를 생각해 내지만, 그것은 젊음에 대한 동경이라기보다는 아들에 대한 그리움에 기초하고 있기 때문이다.

반면 아내는 호호백발로서 행동이 굼뜨고 미각이 제대로 기능하지 못하며, 다소 충동적인 성격을 지니고 있는 인물이다. 우연히 들른 전도사들에게 이끌려 교회에 나가는 행동이나 수도검침원을 붙잡아 두기 위해 점심이나 빨래줄을 핑계삼는 등 자신의 속내를 은폐할 줄 모르는 소박한 성격의 소유자이다. 또 아들의 죽음을 잊지 못하고 그 기억에서 헤어나지 못하는 과거지향적 인물이기도 하다. 아내는 오래 전에 돌아가신 할아버지의 두통을 읊조리거나, 아들과 함께 외출했다가 잃어버린 가지색 쇼올의 기억에서 한치도 벗어나지 못한다.

> "참 이상하죠. 난 요즘 자주 죽은 사람들 생각을 한다우. 꼭 아직도 살아 있는 것처럼 그 사람들 생전의 일이 환히 떠오르는 거예요. 그러면서 정작 우리가 살아온 세월은 기억이 나지 않아요. 아무리 애를 써도 기억나지 않는 희미한 꿈 같아요. 당신은 쉰 살 때, 마흔 살 때를 기억하세요? 난 통 그때의 당신의 모습이 떠오르지 않아요. 난 아무래도 너무 오래 살고 있다는 생각이 자꾸 들어요."(177쪽)

이는 "청대처럼 자라던 아들을 죽이고 머리가 온통 세어 버렸다오."(166쪽)라는 언급에서도 확인되는 바다. 어쩌면 아내는 아들의 죽음과 동시에 함께 죽은 인물인지도 모른다. 그러기 때문에 백발을 염색하지도 않고, 미각 상실에 대한 특별한 의식도 없이, 죽은 듯이 살 수 있는 것이다. 작품 속에서 아내의 동선은 크지 않다. 한두 차례 부엌을 오가거나 잠시 마당에 내려섰을 때를 제외하곤, 그림처럼 마루에 앉아 있다. 그런 아내가 하는 일이란 끊임없이 맥을 만드는 일뿐이다. 따라서 아내가 '엉뚱한 열기'에 싸여 이런저런 말을 늘어놓는 순간까지도 마치 정지된 화면을 보는 것 같다. 아내에게는 죽음이 현실처럼 생생하고, 현실은 점점 흐려져만 간다. 그렇게 아내는 죽음에 대해 특별한 자의식을 갖고 있지 않다가 어느 순간 자신에게 다가온 죽음의 그림자 앞에서 망연해 하고 허둥대는 모습을 보인다. 그 허둥댐은 교회를 나가거나 아이의 노랫소리에 울부짖거나 하는 등 다소 충동적인 양상으로 드러난다.

그와 아내는 똑같이 늙어가고 똑같이 죽음의 그림자를 의식하면서도 다소 다른 양상을 드러내는 것이다. 그의 경우, 육체와 정신의 노화를 직시하면서도 그에 대한 나름의 항거를 도모하고 있는 반면, 아내는 늙어간다는 의식도 없이 그저 시간에 몸을 맡긴 채 과거 속에서 살아가는 인물이다. 그러다 어느 순간 거울빛에 의해 자신의 모습이 드러나게 되자 불현듯 공포와 슬픔으로 울부짖게 된다. 이는 부부 사이에도 나누어 가질 수 없는 죽음의 공포 앞에서 속수무책으로 무력해질 수밖에 없는 인간의 존재론적 고독으로 인해 한층 절망적인 분위기를 형성해 낸다.

결국 「동경」은 누구하고도 공유할 수 없는 노부부의 고독과 죽음에 대한 자의식을 그린 소설이다. 작품의 주요 소재인 '동경'은 이들 부부의 현재적 삶의 모습을 반추하는 기능을 갖는다. '동경'은 삶과 죽음의 경계를 무화시키는 독특한 의미를 내포한다. 이는 본래 '동경'이 갖고 있는 이중적인 속성에서 기인한다. 즉 자신의 존재 자체를 비추고 자기애적 환상을 갖게 하는, 그래서 삶에 대한 욕망을 품는 기제로서의 거울과, 이미 죽은자의 곁에 안치되어 그의 넋을 위로하는 부장품으로서 죽음에 대한 확인이 그것이다. 이 '동경'의 이중성의 바탕 위에서, 뫼비우스의 띠처럼 시작도 끝도 알 수 없는, 삶과 죽음이 공존하는 길을 혼자 감당해야 하는 인간의 존재론적 비극을 그린 소설이 바로 「동경」인 것이다.

Ⅲ
상실과 저항

박화성 소설 연구

1. '여류'를 뛰어넘은 작가

1930년대 대표적인 여성 소설가 박화성은 당대는 물론 페미니즘 문학
운동이 본격화된 1980년대 이후에도 여전히 주목받고 있는 작가 중의
하나이다. 흔히 '여류 2기생'[1])으로 일컬어지는 박화성은 강경애와 더불
어 '여류'라는 호칭이 무색할 정도로 사회적인 작품내용으로 이미 자신
의 입지를 굳힌 바 있다. 1940년을 전후해 친일하기보다는 차라리 절필
함으로써 문인의 양심을 지킨 그는 해방후 수십 편의 장·단편소설을
남겨 소설사에 족적을 남겼다.

박화성의 소설세계는 크게 해방전과 해방후로 나누어 살펴 볼 수 있
다. 해방전의 소설들이 주로 빈궁상을 배경으로 한 사회 현실의 생생한
보고와 그에 대한 항거를 다루었다면, 해방후에는 남녀의 애정과 거기서

---

1) 김윤식, 「인형의식의 파멸」, 『한국문학사론고』(법문사, 1973), 240쪽. 김윤식은 김명순,
  나혜석, 김원주 등을 여류 1기생으로 규정하고, 주로 30년대에 활동했던 여류들로서 박
  화성, 강경애, 최정희, 김말봉, 이선희, 백신애, 노천명, 모윤숙 등을 여류 2기생으로 꼽
  았다.

비롯되는 갈등상을 주요 모티프로 사용하고 있다. 이 글에서는 이중 해방전의 소설에 주목해 보고자 한다.

박화성에 대한 문단의 평가는 주로 '정치적으로 맑스주의에 가담'[2]한 사상을 가진 '동반자적 경향파'[3] 작가, '여류 프롤레타리아 소설가',[4] '남성적인 필치'[5]로 '여성적 양식에 구애받지 않'고 '처음부터 사회비판의 리얼리즘을 표방'[6]한 '경향성이 짙은'[7] 작가, '빈궁을 소재로 강렬한 이데올로기를 제시하는, 여류로서는 드물게 보는 사상성을 띤 작가',[8] '사회적인 면에 관심을 가진 작가'[9] 등으로 모아진다. 이들 대부분의 평가는 박화성의 작품세계를 '여류'를 뛰어넘은, 농후한 경향성으로 설명하고 있다는 데서 공통적이다. 이러한 박화성 소설의 특징은 곧 그의 소설에 대한 호평과 혹평[10]의 근거가 되기도 하였다.

2) 김기진, 「舊殼에서의 탈출」, 『신가정』 1935.1, 77쪽.
3) 김기진, 「조선문학의 현재의 수준」, 『신동아』 4권 1호, 46쪽.
   김우종 역시 박화성을 '프로문학에 대한 동반자적인 입장'을 지닌 작가로 규정한 바 있다. 김우종, 「김명순, 박화성 기타 여류들」, 『한국현대소설사』(성문각, 1982), 245쪽.
4) 김문집, 「여류작가의 성적 귀환론—화성을 논평하면서」, 『비평문학』(청색지사, 1938), 355쪽.
5) 안회남, 「박화성론」, 『여성』 1938.2.
6) 이재선, 「여류작가와 여성문학의 세계」, 『한국현대소설사』(홍성사, 1979), 433쪽.
7) 백철, 「인텔리와 동반자작가」, 『신문학사조사』(신구문화사, 1992 : 중판), 406쪽.
8) 김윤식, 앞의 책, 241쪽.
9) 강인숙, 「사회소설」, 『한국현대작가론』(동화출판공사, 1971), 288쪽.
10) 박화성 소설을 부정적으로 평가한 당대 평자로는 안회남, 김문집, 홍구와 한효 등을 들 수 있다. 안회남과 김문집은 그의 작품에 드러나는 탈여성성에 대한 불만을 피력한 반면, 홍구는 '씨의 작품에 흘으는 모든 사실은 오로지 개인적 불행과 불운의 눈물겨운 기록'일 뿐이라고 혹평했으며, 한효 또한 '여사 자신의 愛와 희망의 강조를 위한 內省的 理念'만을 표상했다고 비판한 바 있다. 이러한 부정적 평가는 이후 김영덕과 김우종에게 이어진다. 김영덕은 역시 그의 소설의 탈여성성에 대해 비판했으며, 김우종은 그의 소설이 '깊이와 독자적 개성을 표현치 못하고 (중략) 사실적인 현실 묘사에 그'쳤다고 평했다. 안회남, 「박화성론」, 『여성』 1938.2. / 김문집, 「여류작가의 성적 귀환론」, 『비평문학』(청색지사, 1938), 353-365쪽. / 홍구, 「1933년의 여류작가의 군상」, 『삼천리』 1933.3, 87쪽. / 한효, 「박화성 여사에게」, 『신동아』 1936.3, 181쪽. / 김영덕, 「여류문단 40년」, 김활란박사교직근속 40주년기념사업위원회 편, 『한국여성문학논총』(이대 출판부, 1958),

사실 등단작으로 호평11)받은 바 있는 「추석전야」(『조선문단』 1925.2)에 서부터 해방전 마지막 작품인 「호박」(『여성』 1937.9)에 이르기까지 박화성 의 해방 전 소설은 이러한 경향적인 틀 속에서 벗어나지 못하고 있다. 특히 그의 작품의 경향성은 흔히 이항대립의 구조로 드러난다. 즉 가진 자와 못가진자, 여성과 남성, 그리고 사랑과 이념 등 상반된 대립물들의 대결 양상을 통해 당대 현실의 비판적 시각을 유지하고 있는 것이다.

소설 속의 이항대립 구조는 흔히 소설 내 갈등을 유발하고 긴장감을 조성하는가 하면, 대립의 투쟁을 통해 작가의 의식을 드러내는 데 적합 한 장치이다. 박화성의 소설은 주로 대조적 인물의 설정을 통해 이같은 사실을 환기시키고 있다. 그러나 가진자와 못가진자 혹은 여성과 남성의 대립상황이 작품의 전면에 노출되지 않은 채 우회적인 방법으로 대립국 면을 설정하고 있다는 점이 독특하다. 즉 가진자와 못가진자의 투쟁이나 대립적 상황을 마련하기보다는 못가진자의 빈궁 현실에 대한 구체적인 묘사를 통해 이러한 현실이 비롯되는 시발이 어디인지를 문제삼고 있는 것이다. 또 여성과 남성의 경우에도 직접적인 대립이나 갈등 상황에 주 목하기보다는 남성 주인공이 설교적 발언을 통해 강화된 이념성을 제시 함으로써 여성 주인공에 비해 상대적으로 우월한 입지를 마련하고 있다. 즉 남성이 여성의 교사역을 맡고 있는 것이다. 그의 소설에 등장하는 여 성들은 몇몇을 제외한 대부분이 다분히 남성에게 수동적이고 종속적인 존재로 그려진다.

박화성은 이항대립의 소설 구도를 통해 상실과 저항의 미학을 창출해 내고 있는데, 이는 주로 자연재해와의 대결이나 식민지 현실의 극복의지

116쪽. / 김우종, 『한국현대소설사』(성문각, 1982), 286쪽.

11) '진실한 필치라든지 집필의 동기라든지 모두 다 찬양할 만하다. 치기만 제하면 훌륭한 작품이 되리라고 믿는다.' 김기진, 「1월 창작계 총평」, 『개벽』 56호, 1925.2.

를 표명하는 내용으로 드러난다. 자연재해로 삶의 근거를 상실한 인물이
나 일제와 빈궁 현실에 저항하는 인물을 등장시켜 명확한 의지를 확립
하는 다소 당위적인 전망을 견인해 내는 것이다.

이 글에서는 박화성의 해방 전 소설을 이항대립의 구조 속에서 그 틀
을 분석해 보며 나아가 그의 소설이 담지하고 있는 내용성에 대한 규명
도 병행할 것이다. 이를 통해 작가 박화성의 해방전 소설세계의 일단을
밝혀보는 것이 이 글의 목적이라 하겠다.

2. 상실의 미학

「홍수전후」(『신가정』 1934.9-1935.3)와 「한귀」(『조광』 1935.11), 그리고 「고
향없는 사람들」(『신동아』 1936.1)은 일종의 연작형 소설로 볼 수 있다. 그
이유는 우선 세 편의 작품이 서로 시간적, 인과론적 고리로 연결되어 있
기 때문이다. 또 세 편 모두 당시의 극심한 빈궁 현실을 문제삼고 있으
며, 이것이 못가진자들에게 발휘하는 압도적인 힘을 보여 주고 있다. 이
러한 현실은 홍수나 가뭄 등 자연재해로 구체화 혹은 실재화되어 전면
에 드러나고 있으며, 그것이 원인으로 작용해 결국 죽거나 유랑할 수밖
에 없는 1930년대 농민들의 삶을 구체적으로 형상화하고 있다.

우선 「홍수전후」와 「한귀」는 등장인물의 미각성 → 자연재해 → 각성
(의식의 전환)이라는 동일한 플롯을 지닌 작품이다. 즉 수동적이고 체념적
인 사고를 지닌 주인공들이 자연재해를 계기로 자신이 처한 현실과 사
회적 모순에 눈뜨는, 의식의 전환을 다루고 있는 것이다.

1934년 8월 영산강변12)의 홍수를 소재로 한 「홍수전후」는 반농반어
로 생활을 꾸려가고 있는 송명칠 일가의 비극적인 삶을 그려낸 작품이

다. '사람의 운수복력이 다 팔자에 타고난 것'이라고 믿는 송서방은 홍수나 가뭄 역시 천운에 달린 것이라 생각하는 전근대적인 사고의 소유자이다.

> 「천리란 것은 어기지 못하는 것이라 그렇게 몹시 가물다가도 기우제 몇번에 비가 이렇게 많이 와서 물이 불어 모를 심어 곡식이 자라나 무엇다— 사람 살대로만 되어 간단 말이여. 다만 근본 복을 사주 팔짜에 못 타고 나서 죽게 일하고도 평생을 이리 가난하게 사는 이것이 한탄이지. 남들 잘 사는 것 보고 욕할 것이 무엇이란 말이냐? 그저 가난이 원수니라 가난이 원수여. 이놈의 데를 못 떠난 것도 가난하기 땜세 붙어사는 것이 아니여?」[13]

가뭄이나 홍수가 이미 사람의 손을 떠난 천리이니만큼 거부할 수 없다는 송서방의 독백은 그와 마찬가지로 가난 역시 저항할 수 없는 팔자 소관이라는 체념으로 흐르고 만다. 이는 「한귀」의 성섭의 사고방식과 유사하다. 송명칠에게 있어 '천리'나 '팔자'는 곧 성섭의 '하느님'과 대체할 수 있는 것이기 때문이다. 즉 모든 것이 다 하느님의 뜻이라고 믿는 성섭 역시 종교적 측면만을 제외한다면 「홍수전후」의 명칠과 같은 숙명적, 체념적인 세계관을 견지하고 있기 때문이다. 이들과 유사한 성격의 인물로 「논갈 때」의 해선 아버지를 들 수 있다. 춘경기를 맞아 작권 이동이 심해지자[14] 해선 아버지는 당장 자기네들은 배를 곯더라도 마름에

---

12) 서정자는 박화성의 소설이 초기작 「추석전야」에서부터 「중굿날」에 이르기까지 주로 '목포를 중심으로 영산강변, 농·어촌 등 지방만을 배경으로 택해 작가의 고향과 그 주변지역에 남다른 관심과 연민을 보여주'고 있다고 평했다. 서정자는 이를 이재선의 논의를 빌어 '지방주의(regionalism)'라고 규정한 바 있다. 서정자, 「박화성론—1925년~1938년까지의 작품을 중심으로」, 숙명여대 석사학위논문 1990, 39쪽.

13) 박화성, 「홍수전후」, 『홍수전후』(백양당, 1948), 126쪽. 이하 원발표지 인용을 제외한 이 책 수록작품의 인용은 괄호 안에 쪽수만을 밝힌다.

14) 이는 식민지 농업정책의 결과이다. 토지가 몇몇 지주에게 집중되자 소작농의 비율이 급

게 닭을 갖다 바치는 충직한 농민이다. 이들은 '자신의 의지로 현실적 모순을 극복할 수 있는 적극적인 가능성을 믿지 않는다는 점'15)에서 공통적이며, 이는 이 시대 농민의 전형적인 모습이기도 하다.

그러나 「홍수전후」의 윤성과 「한귀」의 성섭 아내의 생각은 이들과 다를 뿐 아니라 이들의 생각을 모순에 가득 차 있다고 비판한다. 이는 비단 한 개인에 대한 비판이라기보다는 그들과 똑같은 생각에 묶여 도저히 생각의 전환을 꿈꾸지 않는 모든 농민의 무지에 쏟아진다.

> 「아버지 말씀대로 세상 일이 다 사람 살대로 되어 가면 좋지마는 만일 이 비가 오늘 종일 내일 모래까지 쏟아져서 영산물이 넘고 우리 집이 떠내려 가고 사람들이 죽고 동넷집이 무너지고 그렇게 되면 어쩔 것이요? 그때도 천리라고 앉아서 죽기를 바랄 것이오?」(127쪽)

> 「비가 올 일이면 무슨 짓을 못해 보겠오? 하느님만 믿을 때는 무슨 복 받었오? (중략) 여보! 당신도 그 집사인지 무언지 하는 직분을 내놓고 거짓 착한체를 하지 말으시오 내 처자 굶어죽여가며 착한 짓을 하니 누가 알어 줍데까? 또 그런 짓은 착한 짓도 아니여. 안 줘도 아모 죄되지 않는 것을 공연히 갖다 주는 것은 천치 바보의 짓이지 어디 착한 짓이나 되요?」16)

윤성와 성섭 아내는 천리나 팔자이기 때문에, 혹은 하느님을 믿기 때문에 수동적인 삶을 살아가기보다는 어떻게라도 삶의 방법을 찾아보는

증했고, 그에 따라 소작조건도 주로 영구소작이었던 종래의 관행을 깨고 계약소작으로 바뀌었던 것이다. 따라서 1920-30년대 소작쟁의의 원인 가운데 가장 높은 비율을 차지한 것이 바로 소작권의 이동문제로 부상하게 되었다. 특히 이 과정에서 마름 등 중간 수탈층의 횡포는 소작농 궁핍화를 더욱 가속시켰다. 강만길, 「일제 시대 빈민생활사 연구」(창작사, 1987), 43-47쪽. 박화성의 「논갈 때」는 바로 이러한 춘경기의 소작권 이동 문제를 다루고 있다.

15) 김종욱, 「리얼리즘과 한국적 운명론의 긴장관계 – 박화성의 작품세계」, 『한국소설문학대계 21』(동아출판사, 1995), 574쪽.

16) 박화성, 「한귀」, 『조광』 1935.11, 264쪽.

적극적인 태도가 필요하다고 역설한다. 「홍수전후」의 경우 아버지와 아들의 이런 사고방식의 차이는 결국 아들 윤성의 우려가 현실화되자 극복된다. 즉 송서방은 딸 쌀례뿐 아니라 집과 가축까지 몽땅 잃고 나서야 비로소 아들의 행동주의적 삶에 동참하게 되는 것이다. 여기서 홍수라는 자연재해는 한 무지한 농민의 의식전환의 계기로 작용한다.

> 「오냐, 알어 들었다. 인제는 내가 그전 그 사람이 아니다. 내가 지금은 김선생의 말이나 너그 동무들의 말이 다 옳고 우리한테 이익되는 말인 줄 안다. 그러니까 그 사람들의 말이라면 어떤 말이든지 듣고 그대로 할라고 작정했다. 참말로 울고만 있어서 쓸 것이냐? 손가락을 깨물고라도 살어갈 도리를 차려야지……」(148쪽)

이러한 계기 설정은 「한귀」에서도 동일하게 드러난다. 교회의 집사로서 독실한 크리스찬인 성섭 역시 지독한 가뭄으로 인해 가족의 삶이 파탄지경에 이르자 위의 인용에서 보듯 아내의 면박을 받은 후 신의 존재를 부인하게 된다. 결국 성섭 역시 마을 사람들이 계획하는 소작료 탕감운동에 동참하게 될 것이라는 기대를 갖게 하며 작품은 결말을 맺는다.

> 「에―ㄱ. 나를 이렇게 산 채로 지옥에 잡어 넣은 놈이 누구냐? 나는 아무 죄도 없는 사람이다. 에 나를 이렇게 못살게 하느냐? 응?」
> 하고 그는 두 눈을 부릅뜨고 주먹을 부루루 떨면서 니를 부드득 갈어부치더니 번개처럼 부엌 문턱을 넘어 쏜살노 마당을 지나서 사립문 밖으로 달려 나갔다.17)

위의 인용에서 보듯 주인공들의 이러한 의식 변화에는 조력자가 있다는 사실도 지적해 둘만하다. 「홍수전후」에서는 아들 윤성과 그의 친구

---

17) 박화성, 「한귀」, 265쪽.

들, 그리고 홍수로 모든 것을 상실해 망연해 있는 명칠에게 정신적, 물질적 후원을 해준 '김선생'의 존재가 있었고, 「한귀」에서는 가중되는 극심한 궁핍 속에서 현실과 이반된 종교의 문제를 강도 높게 비판한 아내의 존재가 있었다. 특히 성섭의 아내는 그녀 자신이 독실한 신자였음에도 불구하고 현실적으로 무용한 종교를 먼저 부정하는 과감한 모습을 보임으로써 남편의 심리적 변화를 이끌어 낸다. 그러나 이들의 존재가 경향문학에서 흔히 등장하는 적극적인 매개자와 동일하지는 않다. 그들 자신이 이론학습이나 설교를 통해 사회적 모순을 제시했다기보다는, 일상적인 삶의 테두리 내에서 체험을 통해 느낀 바를 토로하며 주인공의 각성을 유도해 냈기 때문이다.

또 이들 작품에서는 빈궁현실의 비극적 참상을 부각시키기 위해 몇몇 매개물을 설정해 둔 바 있는데, 「홍수전후」에서의 '참외'와 「한귀」의 '검둥이'가 그것이다. 즉 참외를 먹고 싶어하던 쌀례에게 허천병이 들었다고 면박주던 아내는 그 딸의 죽음 앞에서 일층 더 비감에 젖을 수밖에 없었고, 씻을 물은커녕 먹을 물조차 아끼는 판에 미친 검둥이가 그 물을 먹고 주인을 무는 등의 작태를 부리는 「한귀」의 결말 부분은 일상적 가난의 참상을 극적으로 증언하고 있다. 이러한 당대 농촌 현실의 충실한 형상화는 당대 평론가로 하여금 '1935년도 창작의 최고봉'[18]이라는 찬사를 이끌어내는 요인이 되기도 했다.

그러나 「홍수전후」와 「한귀」는 농민을 주인공으로 내세웠음에도 불구하고 주요 갈등을 자연재해로 인한 등장인물의 심리적 차원에 두고 있다는 데서 그 한계를 노출시킨다. 즉 지주와 소작인의 관계는 작품 전면에 등장하지 않은 채 어쩔 수 없는 자연적 폭압만을 문제삼고 있는 것이

---

18) 이청, 「여류작품 총관」, 『신가정』 1935.12, 26쪽.

다. 물론 이는 불가항력으로 잠식해 드는 일제의 폭압을 홍수나 가뭄 등 천재지변으로 상징 처리한 것일 수도 있다. 그러나 그렇다면 좀더 구체적인 연관고리를 설정했어야 했을 것이다.

요컨대 「홍수전후」와 「한귀」에서 홍수와 가뭄 등 거역할 수 없는 자연재해는 농민의 삶의 근거를 뿌리채 뽑아버리는 위력을 발휘했지만, 이는 곧 새로운 의식을 찾게 되는 결정적인 계기로 자리매김된다. 즉 이 두 작품에서는 절망적 상황 속에서의 '희망' 품기가 실현되는 아이러니가 연출된 것이다. 또 시간적 전개에 따른 상황의 르포르타쥬적 묘사는 생동감을 유지함으로써 긴박감을 살려 주는 효과를 거두고 있다.

한편 「고향없는 사람들」(『신동아』 1936.1)은 「홍수전후」와 「한귀」의 연장선상에서 '1934년을 전후해 강행된 일제 폭정의 이민정책'[19]을 소재로 한 작품이다. 즉 「고향없는 사람들」은 앞의 두 편의 내용에 따른 필연적인 결과물인 것이다. 따라서 「홍수전후」의 명칠과 「한귀」의 성섭, 그리고 「고향없는 사람들」의 삼룡은 동일인물의 변형이라고 보아야 할 것이다.

「고향없는 사람들」은 오삼룡과 강판옥 두 인물의 탈향과정을 그린 소설로, 떠나는 자와 보내는 자의 관계에서, 둘 다 떠나는 자로 전락할 수밖에 없는 당대 현실을 사실적으로 조명하고 있다. 일제가 행한 식민지 농업정책의 결과 양산된 소작농들은 고율의 소작료와 악화된 소작조건 때문에 춘궁민 또는 세궁민화되어 생활에 극심한 위협을 느꼈을 뿐만

---

19) 박화성은 한 회고에서 "1934년 전후해 강행된 일제 폭정의 이민정책에 희생된—농토와 가옥을 잃고 강서·홍남·고무산 등지로 흘러 가야 하는—농민들의 피눈물의 고초를 겪는 거국적인 비극을 당시의 작가들이 외면하였을 때 「고향없는 사람들」을 발표한 유일의 취재자로 자부"한다고 술회한 바 있다. 박화성, 「1910년의 긍지와 치욕의 내 생애의 시작은……」, 『월간조선』 1980.11, 336쪽. 이를 토대로 그의 작품을 확인해 보면 강서지방으로의 이민은 「고향없는 사람들」에서, 그리고 고무산으로의 이민은 「호박」(『여성』 1937.9)에서 다루고 있다.

아니라, '동척을 비롯한 일본 농업회사들에 의한 일본농민의 이민'[20]은
이들 소작농의 연쇄적인 이민을 불러일으켰다. 이들의 행선지는 주로 도
시지역이나 일본, 만주 등이었는데, 이 작품에서는 '만주'로의 이민을 그
리고 있다.

오삼룡의 탈향과정은 공간적 이동을 통해 생생하게 증언함으로써 현
실의 비극성을 고조시키고 있다. 즉 「홍수전후」와 「한귀」에서는 홍수
전→홍수→홍수 후, 혹은 초복→중복→입추 등 주로 시간적 이동을
통해 홍수와 가뭄의 정도를 보고하는 점층법을 사용했다면, 「고향없는
사람들」에서는 출발지인 고향에서부터 기차의 움직임을 따라 송정리→
대전→경성→평양→기양 등 공간의 이동을 제시함으로써 이들에게
닥친 운명의 순간들을 점묘법으로 부각시키고 있다.

또한 서두와 중반에 반복 삽입된 이민의 '노래'는 조명희의 「낙동강」
에 삽입된 민요와 유사하게 작품의 분위기를 환기시키고 비극적 현실을
반추하는 역할을 한다.

작품의 주인공인 오삼룡과 강판옥의 고향 상실은 그것이 일 개인의
비극에 그치는 것이 아니라는 데서 문제적이다. 당대를 사는 모든 이들
에게 보편적으로 작용했던 참상들이었기 때문이다. 이들의 고향 상실은
사실상 국권 상실이라는 대 전제 속에서 이루어지고 있기 때문에 이중
성을 지닌다. 또 이 작품은 이 시기 못가진자들에게 '고향'이란 어떤 의
미를 지니는가의 문제를 새삼 제기했다는 데서 주목된다. 즉 홍수나 가
뭄 등의 자연재해가 이들의 경제적 기반의 상실을 가져왔다면, 고향의
떠남이란 정신적 위안처의 상실을 의미하기 때문이다. 나라 없는 백성이
고향까지 잃게 된다는 사실은 자칫 민족적 정체성의 위기에까지 이를

---

20) 강만길, 앞의 책, 102쪽.

수 있는 상황으로 볼 수 있다. ´따라서 다음과 같은 오삼룡의 언술은 이러한 우려를 어느 정도 씻어낼 수 있는 가능성을 보여 주었다는 점에서 의미가 있다.

> 「(상략) 자네는 고향을 떠나는 사람들 보고 죽어나가는 사람들이라고 하지마는 우리는 죽어서 나오는 사람들이 아니라 차고 무정한 고향을 박차 버리고 나오는 영웅이라고 생각하네. 우리는 고향이 없는 사람들이네. 고향이 없는 사람들에게 무슨 고향을 못 잊어하는 설움이 있겠는가? 어디던지 우리가 발을 딧고 살아가는 곳을 우리의 고향으로 만들세. 너무 비감하여 말게. 맘을 든든히 먹고 두 팔을 단단이 갈어서 우리의 살어나갈 길을 뚫어 보세.」[21]

이는 눈앞에 닥친 암담한 현실을 극복하고자 하는 등장인물의 의지를 표명한 결말부분으로, 앞의 두 작품과 구성상 공통점을 보인다. 즉 앞의 두 작품이 자연재해를 계기로 주인공이 사회적 모순에 눈뜨는 과정을 형상화하고 있다면, 이 작품의 주인공들은 고향없음을 자각하는 순간 고향찾기에 나서는 적극적인 모습을 보여 주고 있다. 역시 상실이 가져온 이율배반적인 얻음이라고 할 수 있다.

이러한 주인공의 자각과정이 조력자 없이 혹독한 현실 속에서 자생되었다는 점은 특징적이다. 아울러 이러한 변화가 한 인물에게서만 드러나는 개별적 현상이 아니라 집단적인 변화를 예고하고 있다는 점도 주목해 볼만하다. 그러기에 이 작품이 '빈궁이 소재이기는 하나, 대립된 계급의식의 저항성을 넘어선 (중략) 민족적 서사시를 펼치고'[22] 있다는 평을 받게 되는 것이다.

---

21) 박화성, 「고향없는 사람들」, 『신동아』 1936.1, 262쪽.
22) 김윤식, 앞의 책, 241쪽.

「고향없는 사람들」에 나타난 '이민' 모티프는 이후 「호박」(『여성』 1937. 9)에 다시 등장한다. 「호박」의 주인공 음전의 약혼자인 윤수 또한 가뭄으로 인한 흉년을 겪자 함북 고무산으로 떠난 것이다. 윤수의 탈향 역시 「고향 없는 사람들」의 삼룡의 탈향 이유와 동일한 '가난' 때문이다. 다만 삼룡이 가족단위로 또다른 논밭을 바라 떠났다면, 윤수는 형님네 식구를 따라 단신으로 공장노동을 하기 위해 떠났다는 데 그 차별성이 있을 따름이다. 이 작품에서 '가뭄' 역시 일상적 삶에 커다란 영향을 미치는데, 그것은 인륜지대사인 결혼을 지연시키는가 하면 약혼자를 타향으로 쫓아 내는 요인이 되기도 한다.

이상으로 살펴본 바와 같이 「홍수전후」, 「한귀」, 「고향없는 사람들」은 홍수나 가뭄 등 천재지변이 못가진자들의 삶을 어떻게 위협하고 피폐화시키는지 그 과정을 적나라하게 보여주고 있다. 자연재해로 인해 극대화된 가난의 참상은 결국 자신의 정신적 거점인 고향을 떠나게 하고 급기야는 귀향조차 가로막는 걸림들로 작용한다.

그러나 이 세 편의 작품은 비극을 비극으로만 그리지 않고 그것을 딛고 일어서는 민중의 낙관적인 모습을 보여주고 있다는 데서 특징적이다. 이는 수동적이고 체념적인 등장인물의 의식의 전환을 통해 '상승적인 인간형'23)을 창조하고 있기 때문이다. 이들은 딸의 죽음과 신의 존재 부정, 그리고 삶의 터전 상실이라는 계기를 통해 사회적 현실의 모순을 직시하고, 고향의 의미를 재규정하는 등 미래지향적 의지를 드러내고 있다. 그러나 미래지향적 의지를 강조하기 위해 결말을 다소 작위적으로 처리하고 있다는 점은 마땅히 재고되어야 할 것이다. 이렇게 도식적인 결말

---

23) 신동욱, 「1920년대 소설의 시대적 특질」, 『한국현대소설사 연구』(민음사, 1984), 130쪽. 이 글에서 신동욱은 최서해의 작가적 한계로 주인공들이 분노와 울분의 토로에만 그치고 상승적인 인간형을 창출하지 못했다고 비판하고 있다. 이러한 점은 결말 부분에 이르러 주인공의 명확한 의지의 확립을 보여 주는 박화성 소설과 좋은 비교가 된다.

부분24)은 민중의 저력을 확인하게 해 줌과 동시에 일정 정도 동반자 작가의 면모를 과시하는 긍정적인 기능과 함께 구성의 미학을 해치는 공식주의의 유형을 드러내고 있기 때문이다.

3. 저항의 미학

박화성 소설 중 저항적 색채가 짙은 작품으로는 「추석전야」, 「하수도 공사」, 「비탈」, 「두 승객과 가방」, 「헐어진 청년회관」 등을 들 수 있다. 이중 「추석전야」와 「하수도공사」, 그리고 「두 승객과 가방」은 노동자를 주인공을 설정하였다는 점과 철저하게 이항대립의 구조를 유지하고 있다는 점에서 공통적이다. 특히 「추석전야」와 「두 승객과 가방」은 여성 노동자를 주인공으로 채택했다는 점에서 함께 검토해 볼 만하다.

박화성의 등단작 「추석전야」는 방적공장의 노동자 영신의 궁벽한 삶의 단면을 그려낸 작품이다. 일찍 남편을 잃고 홀시어머니와 남매를 키우는 그녀의 삶은 최소한의 일상사조차 제대로 꾸려나갈 수 없을 정도로 절대적 빈곤에 시달린다. 영신의 극심한 가난은 공장 감독 등 가진자와의 대조를 통해, 또 명절이라는 시간적 계기25)로 인해 상대적 빈곤감

---

24) 이는 어느 정도 작가의 의도적 구성이라고 볼 수 있다. 다음의 고백은 그러한 유추를 가능하게 해준다. "나는 불모지에 방치된 작가였다고 자인하고 있다. 풍요한 유산된 보장된 가치도 없었다. 과도기·전환기·격동기의 의식인으로서 하나하나 새로운 가치를 심고 가꾸어 나가야 할 무서운 책임감만이 전부였다." 박화성, 「작가노우트」, 『한국여류문학전집 1』(신세계사, 1977), 7쪽.

25) 박화성은 그의 소설에 홍수나 가뭄 등 자연재해뿐 아니라, '추석'(「추석전야」)이나 '중 굿날'(「중굿날」) 혹은 '춘경기'(「논갈 때」) 등 특정한 시간적 계기를 즐겨 사용하고 있다. 추석이나 중굿날 등 고유의 명절이나 소작권 이동이 빈번한 논갈 때를 시간적 배경으로 차용하는 것은 바로 이 때가 못가진자들의 상대적 빈곤감과 불안감이 증폭되는 시기이기 때문이다.

까지 겹쳐진 상태다.

> 경아의 월사금이 2원 댕기 댄님 모두 하여 3원 가량이다. 땅세가 4원 50전 내일은 다시 좁쌀과 쌀 맥이를 팔아야 할 것이다. 또 명일이라고 고기는 못해 드리나마 백미 한 되는 팔아야 할 것인데 1원만 잇스면 될 것이다. 그러면 얼마이냐 11원이다. 11원만 잇스면 위선 발등에 불을 끄겠다. (중략) 그 시계 아니 그(공장감독－인용자)에게는 아니 부자라는 놈의 주먹에는 철갑 속에는 몇 천원, 몇 만원이 잇스렸다. 지금도 술마시며 한 자리에서 몇 십원씩 기생의 우슴 갑 주기에 얼마나 업서질 것이다. 그 흔한 돈이 웨 이런 몸에는 이리도 귀한가.26)

위의 인용을 통해 볼 때 영신의 빈곤은 빈부의 차에 대한 자각으로 인해 한층 더 버거워진다. 이러한 빈부 격차에 대한 인식은 계급의식으로 발전하고 이는 곧 인간의 존엄성을 옹호하는 절규로 이어진다. 이같은 주인공의 태도는 앞에서 본 「홍수전후」와 「한귀」 등의 주인공들의 체념적이고 수동적인 삶의 방식과는 상반된다. 따라서 이 작품이 박화성의 등단작임을 고려해 본다면 그의 소설은 초기(「추석전야」, 「하수도공사」 등)에는 오히려 저항적 색채가 농후했다가 중반 이후(「홍수전후」, 「한귀」, 「고향없는 사람들」 등) 현실의 고발로 전환한 것이 아닌가 싶다. 이같은 경향의 전환은 그것이 곧바로 작가적 치열성의 약화라고 해석하기보다는 객관정세의 악화에 따른 자구책으로 보는 것이 좋을 듯싶다.

따라서 나이어린 여공을 희롱하던 감독에게 던진 영신의 "웨 우리는 개만도 못하게 보이오? 우리도 사람이야 사람, 기계에 몸이 매였을지언정 당신과 꼭같은 사람이란 말이야.(197쪽)"라는 외침은 이미 '빈궁 극복을 넘어선 인간적 존엄성의 확보를 위한 절규'27)의 차원으로까지 확대

---

26) 박화성, 「추석전야」, 『조선문단』 1925.1, 204-205쪽.
27) 채훈, 「식민지 현실 속의 여성해방문학」, 『숙대신보』 1989.9.28.

된다.

1925년 공업부문에서 차지하는 여성의 비율은 29.2%로 상당히 높은 편이었는데, 이는 '식민지 시대 산업구조가 주로 여성들의 저임금을 기반으로 한 방직, 정미 등의 공업을 중심으로 발달했기 때문'[28]이다. 영신 역시 방적공장의 노동자로서 저임금에 시달려 공장노동 이외에도 바느질 등 생계를 위해 또다른 노동에 매달릴 수밖에 없는 열악한 삶을 살고 있다. 이러한 상황에서 여성노동자가 인간으로서의 적절한 대우를 받지 못했음은 물론이다. 따라서 영신의 이같은 주장은 당시의 불합리한 사회현실의 구조적 모순에 대한 못가진자의 비판이라고 해석[29]할 수 있다.

박화성의 소설 중 남편의 부재로 인해 가장의 역할을 맡은 식민지 치하의 여성현실은 영신 이외에도 「두 승객과 가방」의 '정채'에게서도 확인된다. 정채의 경우 단지 「추석전야」의 영신처럼 남편의 죽음이 아니라 남편의 입감[30]이 그 원인이 되고 있을 뿐이다. 정채는 공장의 노동자로서 다른 공장에 취직하기 위해 길을 떠난다. 정채의 길 떠남이 남편의

---

28) 한국여성연구회 여성사분과 편, 「식민지하 여성의 일반적 상태」, 『한국여성사』(풀빛, 1992), 50쪽.

29) 박화성 자신 역시 이러한 언급을 한 바 있다. "「추석전야」를 쓰던 그때의 나의 눈에는 우리 민족의 9할이(농민들 포함) 내 주인공의 입장과 같은 환경에서 생활을 싸워 얻는 것처럼 보였다. 그렇다면 나는 우리 민족의 거의 다의 대변자가 되어 그들의 생활을 연구하고 해부하고 폭로하여 만천하 동포들의 공감을 얻는 동시 우리대로의 최선의 삶의 길을 뚫어나갈 방향을 찾아야 하겠다는 것이 당시 목적의 전부였던지도 몰랐다." 박화성, 「작가수업」, 『추억의 파문』(국민문고사, 1969), 320쪽.

30) 이 '입감' 모티프는 박화성 소설에 자주 등장한다. 「하수도공사」의 정, 「춘소」의 영복, 「논갈 때」의 서봉, 그리고 「불가사리」의 병훈(물론 병훈은 이후 출감했지만) 등의 인물들에게 입감 모티프가 적용된 바 있다. 이렇게 수감 또는 출감 모티프의 사용은 등장인물이 바로 '주의자'임을 알려주는 우회적인 징표로 기능한다. 조남현 역시 강경애의 「파금」을 분석하며 이 '입감' 모티프가 표현의 자유가 막혀 있었던 1930대에서는 최선이었다며, '구체적인 활동내용을 보여줌으로써 주의자임을 알려주는 방법보다 약하기는 하나 경제적인 것'일 수 있다고 언급한 바 있다. 조남현, 「강경애 연구」, 『한국현대소설연구』(민음사, 1987), 133쪽.

투옥과 관련된 해고에서 비롯되었다는 점은 쉽게 짐작할 수 있는 바다. 정채의 고단한 삶은 같은 기차에 동승한 형무소장 O씨와의 대조를 통해 그 비극성이 고조된다.

> 정채는 점점 멀어지는 유달산과 그 산밋 빈민굴속에 하나로 잇는 자기의 집을 바라보면서 전신의 피가 머리로만 모여드는 듯한 흥분을 느꼈다. O씨는 유달산을 바라보며 감사와 더불어 깁븜의 웃음석긴 석별의 목례를 보냈다. 기차는 속도를 빨니하면서 성당산을 돌아 형무소압흘 지낸다. 정채는 몸을 이르켜 북망산 아래 즐비하게 자리잡은 형무소에 던저 분명한 시선을 감개깁픈 줄기줄기 보이지 안는 추억의 줄로 그 집전체를 휘감고 돌았다. O씨는 자기의 사무소이였고 작업감독장이였고 또한 오날날 영전의 발도듬이 되어준 이 정다운 건물에게 축복과 감격의 눈물겨운 인사를 드렸다.[31]

우선 O씨와 정채의 관계[32]는 가둔자와 갇힌 자의 아내라는 대립항이 설정된다. 위의 인용은 이와 같이 동일한 상황에 놓인 두 인물의 각기 다른 인생행로를 장면의 교차를 통해 대조적으로 드러내고 있다. 그러나 이 두 인물은 가둔 자와 갇힌 자의 아내라는 것과, 우연히 같은 기차에 동승했다는 사실 이외에는 어떠한 연계성도 발견되지 않는다. 따라서 이 두 인물의 대조적인 교차 묘사는 지나치게 작위적인 구성으로 인해 제대로 그 효과를 발휘하지 못하고 있다.

---

31) 박화성, 「두 승객과 가방」, 『조선문학』 1933.11, 6-7쪽.
32) 서정자는 이에 대해 다음과 같이 분석한다. 형무소장과 옥살이 남편을 둔 아내의 대립적 구도는 남성과 여성의 세계라는 이항대립을 분명히 제시해 주고 있다는 것이다. 즉 형무소장으로 대변되는 남성의 세계는 '공적이고 중심이고 권위적이며 지배적'인 반면, 정채로 대표되는 여성의 세계는 '사적이고 주변적이고 부수적이고 종속적인 것'임을 보여줌으로써, 여성의 열등한 모습을 대조적으로 부각시키고 있기 때문이다. 서정자, 「여성주의 문학의 가능성을 보여준 중요한 업적들」, 『한국여성소설선집 Ⅰ』(갑인출판사, 1991), 291-292쪽.

목포에서 대구까지 동일한 여로가 O씨에게는 승진으로 인해 영전되어 가는 축복과 기쁨의 길인 반면, 젖먹이를 어머니에게 맡기고 일자리를 찾아 떠나는 정채에게는 고난과 슬픔의 길이다. 그러므로 정채가 남편의 유학시절부터 들고 다니던 가방을 굳이 들고 나선 것도 단순히 과거에 대한 추억에서가 아니라, 행복에 대한 갈망 때문이었는지 모른다. 이 작품에서 '가방'은 꿈과 사랑, 그리고 행복의 징표 역할을 하고 있다. 그러나 앞에서 보았듯이 O씨와 정채에 대한 부자연스러운 관계 설정과 묘사가 가방의 등장으로 인해 더욱 어색해져 버렸다. 사실 O씨와 정채, 그리고 가방은 아무런 관련도 없기 때문이다.

결국 「추석전야」와 「두 승객과 가방」은 여성노동자들을 주인공으로 내세워 그들의 열악한 현실을 문제삼고 있다. 「추석전야」가 보다 강건한 여성상을 제시했다면, 「두 승객과 가방」은 가진자와의 대조만을 평면적으로 보여주었을 뿐 뚜렷한 저항의식을 표출하지는 못했다. 즉 「추석전야」의 영신은 '빈부와 계급에 대한 반항'(197쪽)의식을 갖춘 자못 이성적인 여성인 반면, 「두 승객과 가방」의 정채는 자신의 일을 찾아가면서도 아이 생각에 눈물짓는 유약한 여성이기 때문이다.

박화성의 소설 중 가장 저항적 색채가 농후한 것은 바로 「하수도 공사」이다. 「하수도공사」는 목포의 실업노동자 구제를 목적으로 한 하수도 공사를 소재로 한 작품이다. 이 하수도 공사의 청부계약을 맡은 일인이 농간을 부리며 노동자의 노동력만을 착취하자 삼백여 노동자가 단결하여 결국 승리한다는 내용이다.

이 작품의 주인공은 하수도 공사장의 노동자인 서동권이다. 상업학교 3년을 중퇴하고 일본에서 '어학과 주의서적' 공부를 하고 돌아온 그는 문제적 인물로 볼 수 있다. 노동자들의 대표자인 동권은 일본 경찰의 중재 아래 청부업자와 담판을 벌이고 이를 승리로 견인해 내는 한편 노동자들의 사상학습을 지도하고 있다. '동권'은 박화성의 해방 전 소설 중 인물의 형상화가 가장 잘 이루어져 있는 편이다. 특히 1934,5년을 전후한 대부분의 소설 주인공들이 (예컨대 「춘소」의 영복이나 「중굿날」의 국범 등) 다소 모호하고 불분명하게 처리된 경우와는 구별된다. 또 「논 갈 때」의 서봉이나 「신혼여행」의 준호, 그리고 「불가사리」의 병훈은 그 신분이나 하는 일이 비교적 구체적으로 드러나 있지만, 이 작품의 동권처럼 생생한 현실감을 확보하고 있지는 못하다.

그는 노동자들뿐 아니라 이복동생인 희순과 애인인 용희에게까지 학습지도를 하고 있다. 그러나 동권을 어떤 완결된 인물로 보기는 어렵다. 여기에 의식의 매개자로서 동권을 교육하는 정이 등장하기 때문이다. 정은 아내와 함께 고학하며 '사회과학 연구에 전력을 다하는'(35쪽) 일종의 '주의자'로 볼 수 있다. 동권의 귀국이 정의 귀국과 함께 이루어졌으며, 하수도 공사장 노동자로 나갈 때도 정의 양해를 얻을 만큼 정에 대한 동권의 신뢰는 절대적이다. 그러므로 격문사건으로 정이 투옥되자 동권 역시 고향을 떠나게 되는 것이다.

따라서 동권은 정을 통해 사상학습을 받고 이를 다시 용희와 희순, 그리고 하수도 공사장 인부들에게 전해주는 연쇄적인 의식화의 매개자로 볼 수 있다. 이는 대부분의 경향소설 구성이 사상적 지도자(완결된 인물)와 그 지도를 받는 노동자(문제적 인물)로 설정되어 있는 것과는 다르다. 즉 이는 '일제에 대한 싸움 혹은 궁핍에 대한 싸움은 문제적 개인이 자각되지 않은 개인을 충격함으로써만 가능하다는 사실을 하나의 전형으로 보여'33)주면서, 의식의 연쇄적 충격을 일으키고 있기 때문이다.

결국 체불된 임금을 받아낸 동권은 정이 투옥되고 하수도 공사가 마

---

33) 김윤식, 「한국현대문학 명작사전』(일지사, 1979), 319쪽.

감되자 '당당한 일꾼으로 거듭나기 위해' 고향을 떠난다. 동권의 떠남에는 이 두 가지 이유뿐 아니라, 포악한 성격의 계모와 이복동생 희순의 결혼, 그리고 애인인 용희가 다른 이로부터 청혼받은 일 등등이 복합적으로 작용한다. 이 작품에서 용희의 등장은 당대 현실이 사랑과 이념 중 어느 것을 우위에 두고 있는지를 보여주는 좋은 예라 할 수 있다. 사랑이 용납되지 않는, 혹은 사랑을 유보할 수밖에 없는— 그리고 만약 있다 해도 그것은 순수한 이념적 동지애뿐이다.— 당대 현실의 반영인 셈이다.34) 동권에 대한 용희의 사랑은 변함없지만 동권에게 사랑은 이념보다 우위에 있을 수 없었다.

> 「내게는 지금 한가한 결혼 문제보다도 더 급한 문제가 있으니까……(중략) 나는 용희를 애인보다도 한 동지로 생각하기 때문에 용희 같은 유망한 여자와 떨어지고 싶은 생각은 더구나 없소. 그러나 정세가 허락지 않는 데야 어찌하겠소. 만일 용희가 나를 끝까지 사랑한다면 용희 스스로 용희 자체를 개척할 수 있으리라고 생각하오. 그렇지 않소. 응? 용희!」(66-67쪽)

이러한 단호한 태도 앞에서 용희 또한 동권을 따라 변혁운동에 투신하겠다는 의사를 밝힌다. 그러나 마치 조명희의 「낙동강」의 로사를 전형으로 삼고 있는 듯한 용희의 태도는 곰곰 따져볼 필요가 있다. 왜냐하면 그것은 독자적인 사상학습을 통한 실천이라기보다는 '사랑'이 매개된, 혹은 '사랑'으로 인한 불가피한 선택이기 때문이다. 따라서 그녀의 행동은 주체성이나 능동성을 확보하지 못한다. 이는 시대 변화에 따라 변형된 또다른 부덕인 '여필종부'로까지 해석할 수 있다.

---

34) 이는 장편 「북국의 여명」에도 그대로 재현되는데, 여성 주인공 효순은 사랑과 이념 사이에서 갈등하다가 결국 이념을 선택하게 된다. 또 「중굿날」의 국범의 경우도 떠난 금례에게 연연해 하기보다는 더 큰 일을 도모하고자 하는 각오를 다지게 된다.

이렇게 용희와 같이 남편 혹은 애인이나 오빠를 따라 운동에 동참하는 여성의 모습은 박화성의 다른 소설에서도 자주 볼 수 있다. 「두 승객과 가방」의 정채, 「헐어진 청년회관」의 효주, 또 「신혼여행」의 복주 또한 이러한 인물이다. 또 「하수도 공사」의 동권의 이복동생인 희순 역시 동권에게 사상적으로 의존하는 수동적 인물로 그려진다. 특히 「헐어진 청년회관」의 효주는 스스로가 '나를 움직여주던 오빠와 남편이 없어진 오늘에 힘을 잃고 방향을 잃은 무의미한 생활에 허덕이고 있'다고까지 토로한다. 따라서 박화성의 소설에 등장하는 여성을 여성해방의 관점에서 호평해온 시각35)은 재고되어야 한다.

이 소설에서 동권의 '계모' 또한 그 설정에 의문을 가지지 않을 수 없다. 마치 고대소설의 계모형 인물처럼 '이질적인 혈연을 바탕으로 인식적 불합리에 의해 발생한 가족구성원 간의 갈등을 문제삼으면서'36) 동권의 출가를 당연한 귀결로 인식시키고자 한 작가의 지나친 의도가 개입되어 있기 때문이다. 그러나 그렇다 하더라도 계모의 포악한 성격과 행동이 단순히 동권의 떠남을 합리화하기 위한 하나의 복선이라고 보기에는 지나치게 많은 지면이 이에 할애되고 있다. 또 동권의 출가가 비단

---

35) 오상인, 「1930년대 한국여류소설 연구―박화성, 백신애, 강경애 작품에 나타난 '빈궁'의 문제를 중심으로」, 영남대 교육대학원 석사학위논문, 1989.6, 81쪽. 오상인은 이 글에서 박화성 소설에 나타난 여성관이 '뚜렷한 의식을 가지고 현실을 직시하고 자신을 일으켜 세워 사회개혁운동에 뛰어들 수 있는 적극적이고 용감한 여성'이라고 주장하고 있다. 그러나 이는 「비탈」의 정찬이 바라는 현대여성의 면모일 뿐이다. 또 이를 작가의 것이라고 확대해석할 수도 있다. 그러나 그렇다 하더라도 작가의 여성관과 정작 소설 속에 그려진 여성의 모습은, 「추석전야」의 영신이나 「비탈」의 주희를 제외하고는, 그다지 일치하지 않는다. 사족이긴 하나 이러한 사실은 그의 자전에 비추어보아도 마찬가지다. 박화성이 운동가인 김국진과 이혼한 뒤 사업가인 천독근과 재혼한 것도 그녀의 사상과는 모순된 것이기 때문이다.

36) 김재용, 『계모형 고소설의 시학』(집문당, 1996), 15쪽. 특히 이 소설은 계모형 고소설의 다섯 국면(어머니의 죽음 : 예비상황 → 계모의 영입 : 영입국면 → 전처 자식 학대 및 축출 : 시련 및 분리 국면 → 갖은 고난을 이겨냄 : 시련 극복 국면 → 귀가 : 복귀 국면) 중 앞의 세 국면이 동일하게 설정되어 있다.

계모의 구박에서 연유된 것은 아니기에 계모의 등장은 다분히 작가가 어린 시절 즐겨 탐독[37]했던 고소설의 영향을 강하게 느끼게 해주는 장치에 지나지 않는다고 볼 수 있다.

결국 「하수도 공사」는 노동자들의 집단행동의 위력을 보여준 작품으로, 동권이라는 문제적 인물이 운동가로서의 거듭남을 예고하며 작품을 마감한다. 이는 앞에서 다룬 빈궁현실 제재 계열의 작품들과 마찬가지로 미래에 대한 낙관적인 인식을 바탕으로 등장인물의 단호한 결의를 확인하며 결말을 맺는다. 이 작품은 '하수도공사'라는 구체적인 사건을 밀착 취재[38]하여 이를 소재로 노동자들의 계급의식과 저항의지를 고무시켰다는 긍정적인 평가를 할 수 있다. 그런 의미에서 이 소설은 박화성을 동반자 작가 계열에 놓을 수 있는 적절한 근거를 제공하고 있다. 그러나 노동자들의 실생활을 구체적으로 묘사하지 못한 채 다소 주동인물의 가족사와 애정사에 치우쳐[39] 주제에 대한 집중성이 떨어진다는 점이 그

---

37) 이는 박화성의 다음과 같은 회고에서 확인할 수 있다. "나는 네 살 때부터 국문을 알고, 다섯 살에는 한자를 해득하여서 일곱 살 때부터 소설을 읽기 시작하였던 것이다. 집안에 있는 신구 소설을 거의 외다시피 몇 번씩 읽고 구약성서를 통독한 후에는 어머니에게 각처에서 빌려다 주기를 간청하였다. (중략) 나는 그야말로 모조리 읽었다." 박화성, 「작가수업」, 『추억의 파문』(국민문고사, 1969), 285-286쪽.

38) 박화성, 「약자의 편에 서서」, 『현대문학』 1964.8, 14-15쪽. "그때 내 고향에 전무후무한 일대공사가 시작되었는데, 그것은 유달산맥을 잘라서 길고 넓고 깊은 하수도를 만드는 일이었다. (중략) 나는 이 공사의 암흑면을 캐고자 노동자들과 개인접촉도 하고 그들의 한바에도 드나들며 흑막을 들추어내는데 성공했다."

39) 변신원, 「동반자작가가 본 빈궁과 여성의 현실—박화성론」, 한국여성소설연구회, 『페미니즘과 소설 비평』(한길사, 1995), 191쪽. 변신원은 이러한 견해에 대해 반대 입장을 펼치고 있는데, 그 근거가 매우 모호하다. 즉 '동권의 가족이나 용희의 이야기가 오히려 인물의 서사적 상황을 더욱 풍부하게 하는 요소로서 인간과 인간으로서의 여성에 관심을 두었던 작가의 폭넓은 지성이 도달한 성과'라고 주장했다. 그러나 이러한 주장은 이 작품이 120매 가량의 단편이라는 점을 감안할 때 장편에 걸맞는 이러한 정황들이 오히려 주제에 혼선을 주기 쉽다는 점과, 인간으로서 여성에 관심을 가진 작가가 그려낸 '용희'라는 인물이 오히려 비주체적이고 수동적인 존재로 그려져 있다는 사실을 간과한 것이라고 볼 수 있다.

한계로 지적될 수 있다.

「비탈」 역시 뚜렷한 이념성을 내세운 작품으로 「하수도공사」와 더불어 주목할 만한 작품이다. 특히 이 작품은 대조적 인물을 설정하여 당대 현실이 요청하는 올바른 지식인상은 무엇인지를 조명하고 있다.

작품에 등장하는 인물은 네 명의 지식인으로 압축할 수 있다. 수옥과 정찬, 주희, 그리고 철주가 바로 그들인데, 이들은 여성과 남성, 부자와 가난한 자, 그리고 이념지향적 인물과 현실지향적 인물 등 여러 분야에서 이항대립을 이루고 있다.

전문학교 3학년에 재학중 하기방학을 이용해 귀향한 유수옥은 가난한 소작인의 딸임에도 자신의 존재기반을 몰각한 허영에 찬 인물이다. 그녀는 '좌우에 있는 실사회라든가 현실이 눈에 보이지도 들리지도 않'(246쪽)는 당대 현실의 청맹과니로 오직 사랑의 미망에만 갇혀 있다. 이러한 수옥의 애인으로 등장하는 정찬은 수옥에게 끊임없이 현실에 눈뜨라고 요구하는 운동가이다.

> 「수옥씨는 다만 1933년식의 여성이었다뿐이지 현재 실사회가 요구하는 여성은 아니란 말입니다. 수옥씨는 현실에 어둡습니다. 현실과는 너무나 동떨어진 자리와 생각에 묻혀 있습니다. 수옥씨는 좁게 말하면 수옥씨의 가정과 고향에 융화되지 못할 것이고 넓게 말하면 조선의 현실이 현재의 수옥씨 같은 그런 여성을 요구하지 않는다는 말입니다. 그러나 수옥씨가 어찌 현대여성 ― 즉 현사회를 질머진 한사람 ― 사회생활의 개척과 성장을 맡은 한 분자인 그런 여성이 될 자격이 있겠소?」(247쪽)

위의 인용을 통해 볼 때 정찬이 요구하는 현대여성이란 조선의 현실을 직시하며 그 속에서 현실의 개혁과 발전을 위해 노력하는 여성이다. 이러한 등장인물의 여성관은 「신혼여행」의 준호의 설교적 발언[40]을 통

해서 또다시 반복된다. 이러한 현대여성에 근접한 인물이 바로 김주희이
다. 주희는 수옥과 보통학교, 여자고보 동급생으로 부농의 딸이면서도
농촌계몽반을 조직하고 야학을 운영할 뿐 아니라, ××공장 동맹파업을
주동하는 적극적인 운동가로 설정되어 있다. 주희는 정찬과 동지적 관계
로 맺어져 있다. 또 주희의 오빠이자 정찬의 친구인 철주는 '몸 전체에
서 귀족적 향내가 풍기는'(277쪽) 전형적인 부르조아지이다. 이들의 관계
는 다음과 같이 도식화할 수 있다.

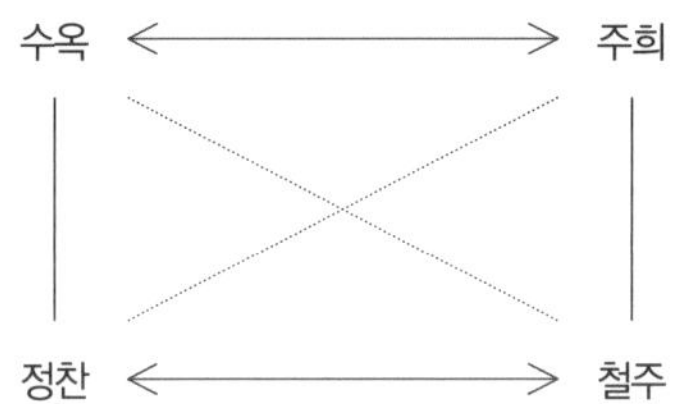

즉 수옥 / 주희, 철주 / 정찬이 서로 이념적인 차별성을 보이고 있는 반
면, 수옥과 철주 그리고 주희와 정찬은 이념적 친근성을 보이며 동일한
의식세계를 갖고 있다. 즉 '수옥이가 한국의 전근대적인 여성상에 그 당
대 지성인의 고급스런 정신적, 물질적 허영의 여성을 의미한다면, 주희
는 오로지 한국국민의 의식 변화에 적극적으로 참여하는 행동파로서 선
각자적 여성을 대표'[41]한다. 또 철주가 의식의 지향점을 상실하고 부유
하는 유약한 인텔리를 표상하고 있는 데 비해, 정찬은 적극적인 현실개
혁의지를 지닌 주체적인 인물로 등장한다. 이러한 구도 중 부농의 딸 주

---

40) "내일이나 모레나 어딜 가서든지 항상 비관하는 태도보다도 자신이 그 눈압혜 보이는
    현실에 푹 드러가서 느껴보고 생각해 보고 알어 보라는 그런 태도를 가져야 됩니다. 알
    어드럿지요?" 박화성, 「신혼여행」, 『조선일보』 1934.11.12.
41) 정영자, 「박화성 소설 연구」, 『수련어문논집』 12집, 1985.12, 55쪽.

희를 운동가로 설정하고, 빈농의 딸 수옥을 허영에 찬 여인으로 설정한 대목은 다소 의외라고 할 수 있다.

또 수옥은 동생 수진과도 대조적이다. 가세의 몰락으로 인해 학교를 그만두고 역부로 일하며 누나의 학비와 집안 살림을 맡아 하는 수진은 수옥과는 달리 건실한 청년이기 때문이다. 따라서 현실에 발을 못 붙이고 부유하며 동지적 관계인 정찬과 주희의 관계를 의심하는 수옥의 파멸은 당연한 귀결로 보인다. 그것은 이미 동생 수진이 예고한 바 있다.

> 「누님! 그들이 무슨 일로 만나는지 누님이 이해를 못하시거든요. 누님은 누님 스스로가 부족하신 것을 아직 못 깨달으시면서 그들의 인격만 의심하고 누님 스스로는 오늘과 같은 자포자기의 태도를 취하여 나가신다면 결국 누님은 전락의 비탈로 굴러 떨어지시고야 말으십니다. 타락의 비탈로요.」(292쪽)

수진의 예언대로 수옥은 정찬과 주희의 관계를 의심하다 결국 비탈에서 굴러 떨어져 죽고 만다. 이러한 수옥의 죽음은 '비탈'이라는 제목과 연결시켜 생각해 볼 수 있다. 수옥은 장녀이면서도 집안 현실은 전혀 고려하지 않은 채 학업과 허영에 찬 생활을 계속함은 물론 발전적인 의식 세계를 구축하지 못했다. 뿐만 아니라 오직 사랑에만 눈이 멀어 친구와 애인을 의심하는 등 그녀가 취한 행동은 분명 '비탈'로 치닫는 것이었다. 즉 여기에서 '비탈'은 지식여성으로서 시대의 흐름에 역행하는 의식의 타락과 함께 유부남과 사귀는 등의 방종한 생활의 타락, 그리고 그녀 자신의 죽음을 한꺼번에 상징하고 있다. 이런 수옥의 파멸과정은 수옥과 비슷한 성격으로 등장하는 「신혼여행」의 복주가 끝내 현실의 모순에 눈떠 나가는 과정을 걷는 것과는 대조적이다. 즉 복주가 사랑과 함께 현대 여성으로서의 면모를 갖출 가능성을 보여주었다면, 수옥은 사랑뿐만 아니라 목숨까지도 잃는 비극을 맞이하게 된 것이다.

결국 수옥을 제외한 모든 인물들이 손을 잡고[42] 앞으로의 투쟁의지를 맹세하며 작품은 대단원을 내린다. 이러한 결말은 정찬과 주희를 중심으로 일제와 자본가에 저항하는 지식인의 현실참여의지를 강력하게 시사하고 있다.

요컨대 이 작품은 당대 현실 속에서 지식인의 사명이 무엇인지를 묻고 있다. 특히 수옥이라는 인물을 통해 시대적 요구에 부응하는 여성이란 어떤 존재이며, 그러한 현실을 외면했을 때 이르게 되는 곳이 어디인지를 일러주고 있다. 이는 「하수도 공사」의 용희나 「신혼여행」의 복주 등과 더불어 사랑과 이념이 서로 이반되는 것이 아니라 이념적 동지애로서 조화를 이룰 수 있음을 역설하고 있는 것이다. 그러나 철저한 이항대립의 구도 속에서 등장인물을 是非라는 이분법으로 재단하고, 역시 미래지향적 의지를 도식적으로 표출했다는 점은 이 작품의 한계로 지적할수 있다.

이상으로 살펴본 바와 같이 「추석전야」, 「하수도 공사」, 「비탈」 등의 작품은 모두 등장인물들이 명확한 계급의식을 견지하고 있고, 또 미래에 대한 낙관적인 전망을 하고 있다는 점에서 공통적이다. 즉 이들 작품들은 일제와 빈궁 현실에 대한 저항을 기조로 인물들의 삶의 면면을 이항대립의 구도 속에 대조적으로 파악하고 있는 것이다.

---

42) 작품은 수옥이 죽음을 맞는 곳에서 끝났어야 한다. 수옥의 죽음 이후 철주는 정찬에게 자신을 이끌어달라고 간청하는데, 철주의 이러한 변모는 다소 돌발적이다. 수옥의 죽음 이외에 현실과 매개된 어떠한 구체적 계기로 마련되어 있지 않기 때문이다. 따라서 지식청년들의 동지적 유대를 과시하는 결말 부분은 추상적인 낙관주의를 벗어나지 못하는 작가의 관념의 소산일 뿐이다.

4. 문학의 공리적 기능

　지금까지 이 글에서는 1930년대 대표적 소설가인 박화성의 해방 전 소설에 대하여 살펴 보았다.

　박화성의 해방 전 소설은 상실과 저항의 미학을 기반으로 가난한 자들의 삶을 조명하고 있다는 데서 공통적이다. 가난과 일제라는 거대 담론에 맞서 삶의 이유와 방향을 모색하려는 인물들의 모습은 그것이 특히 일제치하라는 객관 현실을 배경으로 할 때 그 의미가 배가된다.

　박화성의 소설은 크게 두 유형으로 나누어 살펴 볼 수 있다. 하나는 집과 자식 등 삶의 기반을 상실한 후 새로운 삶의 의욕을 다지는 경우이고, 다른 하나는 주로 이념지향적 지식인을 내세워 저항의 의지를 확립하는 경우이다.

　우선 전자의 경우 등장인물들은 처음에는 자신이 처한 현실에 대해 체념적이고 수동적인 세계관을 견지하다가 홍수나 가뭄 등 거대한 역경에 직면하고는 주체적인 의식을 확보해 가는 과정을 밟는다. 이때 자연재해는 등장인물의 현실이 더 이상 물러설 곳이 없는 막힌 공간이며 이는 도피의 대상이 아니라 극복의 대상이어야만 한다는 당위적인 현실논리를 알려주는 계기로 기능한다.

　또 저항성을 담보한 작품의 주인공들은 대부분 지식인으로서 이념지향적 성격을 지닌다. 그러나 여성의 경우 남성 지식인에게 의존적이고 수동적인 성향을 보여 작가의 남성우월적 사고를 그대로 드러내고 있다. 이는 작품에 보이는 작가의 진취적인 여성관과는 다소 괴리를 이룬다. 또 그의 소설은 주로 남성과 여성, 이념과 사랑, 못가진자와 가진자의 이항대립을 통해 주제의식을 분명히 하고 있는데, 이는 때때로 작품의 결말을 도식적으로 이끄는 역기능을 동반하기도 한다.

결국 박화성의 소설은 원론적으로 볼 때 문학의 심미적 기능보다는 시대적 현실이 요청하는 공리주의적 기능을 중시하고 있으며, 이는 주로 등장인물의 설교적 발언을 통해 노출된다. 거의 예외없이 미래지향적 의지를 드러내는 도식적인 결말부분 또한 이러한 주장을 뒷받침해 준다.

요컨대 박화성의 해방 전 소설은 작위적인 인물 유형이나 도식적인 상황 설정에도 불구하고, 가난과 억압이 중첩된 당대 현실 속에서 과연 문학이 무엇을 할 수 있고 또 무엇을 해야 하는지를 명확히 제시한 대표적인 예로 거론할 수 있다는 데서 그 의의가 있다.

최정희 소설에 나타난 모성 연구

1. 여성과 모성의 갈등

이 글은 흔히 '여류 2기생'[1])으로 분류된 최정희의 1930년대 후반 소설을 검토하려는 목적에서 씌어진다. 1930년대 후반은 중일전쟁(1937년) 도발을 계기로 일제가 국민정신총동원운동을 실시, 조선과 일본 모두를 전쟁체제로 흡수하던 때였다. 또 문단에서는 카프 해체로 인해 구심점을 잃은 문인들이 전향하거나 생활 속으로 침잠하는 등 다양한 모색을 시도하던 시기였다.

최정희는 일제강점기 때부터 작품 활동을 시작해 동반자작가, 가장 여성적인 작가, 여성과 모성의 갈등을 다룬 작가 등 다양한 평가를 받은 바 있다. 최정희 소설에 대한 기존의 평가는 거의 유사한 톤을 유지하고 있다. 가장 '여류다운 여류'[2])라는 평가가 대부분인데, 백철과 김윤식, 이

---

1) 김윤식, 「인형의식의 파멸」, 『한국문학사론고』(법문사, 1973), 240쪽. 김윤식은 김명순, 나혜석, 김원주 등을 여류 1기생으로 규정하고, 주로 30년대에 활동했던 여류들로서 박화성, 강경애, 최정희, 김말봉, 이선희, 백신애, 노천명, 모윤숙 등을 여류 2기생으로 꼽았다.

재선, 홍기삼 등 비교적 초기 연구자들의 견해가 이에 속한다. 이들은 최정희 소설이 여성의 삶과 의식[3]을 여성적 어조로서 형상화하고 있다고 봄으로써 내용과 형식 모두에서 '여성적'이라는 데 의견을 모으고 있다. 즉 그의 소설은 일기체, 고백체,[4] 정감있는 여성적 목소리의 1인칭 화자가 대다수이며, 이를 통해 '여성의식의 순수결정체'[5]를 보여주었다는 것이다.

하지만 최근 들어 최정희 소설은 여성과 모성의 갈등으로 연구되곤 한다. 한 여성으로서 사랑에 대한 욕망과 '어머니'라는 당위와의 운명적 갈등이 최정희 소설의 큰 축이라는 것이 그것이다. 이러한 연구들은 작품 내 갈등의 귀결이 결국 모성으로 기울어졌다는 데 합의를 하는 듯하다. 그러나 이 글은 여성임을, 어머니임을 확인한 주인공이 결국 모성으로 회귀, 혹은 모성을 '운명'으로 받아들이는 것으로 결론짓는 것이 과연 최정희 소설의 온전한 독법일까라는 소박한 의문에서 시작된다.

이 글은 최정희 작품에 나타난 '모성'에 대해서 검토해 보고자 한다. 여기에서 말하는 모성이란 '임신·출산·수유 같은 생물학적 요소뿐 아니라 양육 및 이데올로기라는 사회적 요소까지 포함하는 복합적인 개념'[6]을 지칭한다. 모성은 자연적이고 생득적인 것으로서 이타성, 자기소멸, 수동성, 포용성 등의 성질을 띠고 있다고 보는데, 이것이 '모성성'이다. 이것을 바탕으로 여성을 아이의 출산과 양육 등 사적 영역에 가둬

---

2) 김윤식, 위의 글, 246쪽.
3) 홍기삼, 「최정희와 그 문학」, 『신한국문학전집 12』(어문각, 1974), 520쪽 '여자의 슬픔, 여자의 고뇌, 여자이기 때문에 겪지 않을 수 없는 불행, 이런 문제들을 최씨가 놓치지 않고 예각화시켜온 것들이다.'
4) 백철, 「主情과 觀念의 문학」, 『신문학사조사』(신구문화사, 1992 : 중판), 508쪽.
5) 이재선, 「최정희와 삼맥의 여성세계」, 『한국현대소설사』(홍성사, 1979), 441쪽.
6) 이연정, 「모성론에 관한 비판적 고찰—서구 페미니스트 논의를 중심으로」, 서울대 석사학위논문 1994.8, 1쪽.

두려는 하나의 이데올로기가 형성된다. 이것이 바로 모성 이데올로기이다. 모성 이데올로기란, '여성의 위치는 가정이며 가정에서 여성의 임무는 가족구성원을 돌보고 이들에게 정서적 안정을 제공하는 것이라는 사회적 통념'[7]을 말한다. 이 모성 이데올로기는 우선 여성이 모성의 역할을 통해서만 비로소 여성으로서의 자기정체성과 존재가치를 확보할 수 있다는 허위의식을 심어줄뿐더러, 모성을 여성의 본능적인 역할로 규정함으로써 모성에 대한 여성의 집착을 강조한다.[8]

모성을 핵심으로 하는 최정희의 소설은 「지맥」(『문장』 1939.9), 「인맥」(『문장』 1940.4), 「천맥」(『삼천리』 1941.1-4) 등 소위 삼맥과 「정적기」(『삼천리문학』 1938.1), 「곡상」(『조선일보』 1938.7) 등으로 대표된다. 그런데 이 작품들은 대체로 1938~41년에 발표되었다. 이 시기는 일본이 중일전쟁(1937년)을 도발한 후 태평양전쟁(1941년)까지 치르면서 일본은 물론 조선까지 전쟁태세로 돌입, 모든 것을 전시체제로 환원하던 시기였다. 전시체제가 확립되는 1938년 이후 주요 일간신문에는 전쟁의 승패 자체를 여성의 어머니로서의 역할과 직접적으로 관련시키고 어머니들의 각성을 촉구하는 기사가 급증하기 시작했다. 또 '여성의 사명과 주체가 모성'에 있으며, '아모리 찬미하여도 지나쳐 찬미할 수 없는'[9] 것이 바로 모성이라는 발언이 공공연하게 유포되어 모성신화를 창출해 내게 된다. 즉 1930년대 초까지 '식민체제에 순종적인 여성을 양성하는 데에 주력하였던 식민지배권력이 전시체제로 돌입하는 정치적 변화 속에서는 식민지하 어느 다른 시기보다도 여성의 역할 중 어머니의 역할 즉 모성에 주목하고 어머니 역할의 국가적 중요성을 강조'[10]한 것이다.

---

7) 이연정, 「여성의 시각에서 본 '모성론'」, 『여성과 사회』 6호, 1995, 174쪽.
8) 이연정, 앞의 논문, 44쪽.
9) 이광수, 「모성」, 『여성』 1936.5, 13쪽.
10) 안태윤, 「일제 말기 전시체제와 모성의 식민화」, 『한국여성학』 19권 3호, 2003, 76-77쪽.

이같은 시기에 발표된 최정희 소설은 대부분 모성을 화두11)로 삼고 있다. 그러나 이는 작품의 표면적 주제로 설정된 것이지, 배면의 주제 또는 작가의 의도와는 상치된 것으로 보인다. 작품 속에서 주인공은 입과 머리로는 한 아이의 '어머니' 역할에 충실하고자 하나, 눈과 마음으로는 한 남자의 사랑을 갈구하는 '여성'의 역할에 치우쳐 있기 때문이다. 결국 당위와 욕망 사이에서 갈등하던 작중인물이 당위적 차원의 모범답안을 제출하긴 하지만, 심중은 여전히 여성성의 차원에 머물러 있는 게 아닌가 하는 의문이 든다. 따라서 이같은 의문의 해결을 위해 최정희 작품에 나타난 '모성'을 구체적으로 점검하고, 이것이 어떻게 형성된 것이고 그 의미는 무엇인지를 살펴보려고 한다. 이의 규명을 위해 최정희의 해방 전 작품을 분석 대상으로 삼았으며, 텍스트는『최정희 선집』(어문각, 1974)이다.

2. 모성과 가부장제

최정희 소설에 등장하는 주인공들은 대부분 여성이다. 지식여성으로 기혼인데다 아이가 있다. 남편은 죽었거나 무능하고, 또 건재한다 하더라도 아내의 관심 밖 인물12)이다. 그런가 하면 남편에 대한 아무런 정보

---

11) 따라서 이같은 정황을 고려해 볼 때 최정희의 1930년대 후반 소설들이 모성을 강조한 사실은 눈여겨볼만하다. 최정희의 친일소설이라 불리는 「장미의 집」과 「야국초」 등이 1942년에 발표되었고, 심지어 「환상의 병사(幻の兵士)」(1941.2)는 「천맥」과 같은 시기에 발표되었다는 사실을 참고해 보면, 이 시기 최정희의 소설은 친일로 가는 길목에 서 있거나 이미 친일에의 유혹에 넘어갔다고 볼 수 있다. 그러기에 최정희 소설의 핵심인 '모성'이란 화두가 이 시기 식민지배권력이 요구하는 전시체제 부합용이 아니었나 의심스럽다. 그러나 이같은 결론을 도출하기 위해서는 그 자체로 좀더 깊이있는 논의를 요구하기에 이에 대한 논의는 다음 기회로 미룬다.

12) 「인맥」과 「환영」에 등장하는 남편의 경우가 그렇다. 「인맥」의 주인공 남편은 "돈있겠

도 제공하지 않은 채 그저 부재한 경우13)도 있다. 주인공들은 대부분 경제적으로 매우 어려운 형편이며, 이는 순탄치 않은 결혼관계에서 비롯된다. 즉 주인공이 '남의 등록없는 아내요, 어머니라는 탓'14)이다. 1930년대 조선의 현실에서 첩에다 아이 딸린 미망인은 법적으로 아무런 보장도 받을 수 없을뿐더러 직업을 구하기조차 어려웠기 때문에 생활은 점점 더 궁핍해질 수밖에 없었다.

해방 전 최정희 소설의 주인공들은 대부분 '자녀 때문에 자신의 개별성과 독자성이 위협받는 어머니'15)의 모습으로 등장한다. 이 어머니들은 남편과 자식의 안녕과 가족의 발전을 위해 기꺼이 희생하고 봉사하기보다는, 자신의 욕망을 드러내고 이것이 충족되지 않는 현실에 대해 불평을 터뜨린다. 이러한 독특한 어머니상은, '여성의 정체성을 모성으로 환원하고자 하는 기존의 통념과 배치'16)될 뿐더러 모성이데올로기라는 틀로 유지되는 가부장제 사회와 크나큰 갈등과 마찰과 빚게 된다.

가부장제 사회에서 여성은 모성으로 존재한다. 즉 모성에 관한 이념은 가부장제를 정당화하는 근거가 되어 왔으며, 여성은 자신의 정체성을 갖기 위하여 어머니가 되어야 했다. 또 이러한 모성이데올로기는 미화, 찬양, 신비화의 언어와 행위를 통해 강화되며 일상생활에서 재생산된다.17)

다, 인물 잘났겠다, 예편네 위해 주겠다, 지식 있겠다, 좀 좋아서 못 살겠다구 하느냐" (212쪽)라는 어머니의 말을 통해 확인할 수 있고, 「환영」의 경우는 "미국에서 8년 동안 경제학을 전공한 학자로 학식으로나 품격으로나 부족할 것 없고 외모도 늠름한 편" (187쪽)으로 설정되어 있다.

13) 예로 「흉가」, 「풍류잡히는 마을」, 「우물치는 풍경」 등을 들 수 있다.

14) 최정희, 「지맥」, 『최정희 선집』(어문각, 1974), 224쪽. 이 글에서는 『최정희 선집 : 신한 국문학전집 12』(어문각, 1974)을 텍스트로 삼으며, 이후 모든 인용과 각주에는 작품명과 쪽수만을 표기한다.

15) 낸시 초도로우·수잔 콘트라토, 「완벽한 어머니의 환상」, 『페미니즘의 시각에서 본 가족』(한울 아카데미, 1991 : 초판/2003 : 중판), 94쪽.

16) 이정옥, 「페미니즘과 모성—거부와 찬양의 변증법」, 심영희 외, 『모성의 담론과 현실』 (나남출판, 1999), 43쪽.

최정희 소설에는 이렇게 모성과 여성 사이에서 갈등하는 인물들이 등장한다. 그중 「곡상」과 「정적기」는 모성의 거부 혹은 포기라는 형태로 가부장제 이데올로기에 대한 저항을 다루고 있어 흥미롭다. 즉 이 두 작품에는 그동안 이타적이고 자기희생적인 조선의 어머니상과는 전혀 다른 어머니가 등장한다. 작품의 표면에 등장하는 어머니는 남편과의 문제로 아이와 이별하게 되어 슬픔에 빠져 있거나 여성가장으로서의 고단한 삶을 살고 있지만, 그 이면에 존재하는 어머니는 아이의 양육을 귀찮아하고 무능한 남편을 학대하는 폭력적인 모습으로 띠고 있다. '옛날의 얌전한 며느리, 착실한 안해, 선량한 어머니가 아니예요.'[18]라는 주인공의 직접적인 언술은 다음의 인용을 통해 보다 분명해진다.

> 아이는 엄마 발 밟은 것이 잘못되어서 어색한 얼골을 지었다. 그럴 때마다 나는 아이의 그 얼골에서 문득 저의 아버지 모습을 발견하고 소름이 쭉 끼치여 아이를 두세 번 뺨을 후려갈겼다.[19]

> 문수는 영문 모를 매가 무섭기도 하려니와, 너무 무서워서 매가 닿는 족족 작은 두 손으로 막으며 바들바들 떨었다. 남이는 이러는 문수에게,
> 너희들 배랑뱅이 땜에 이 고생을 한다.
> 너까지 그 모양이니 이년의 신셀 어쩌겠냐
> 쑥 글거레서 쑥이 난다구 어찌 그리 신통히 닮아 먹었느냐.
> 사내 덕 못 본 년이 자식 덕 보겠느냐(중략)
> 이런 두서도 없는 신경질을 늘어놓으며 어깨짬, 대가리, 아랫도리 할 것 없이 함부로 때렸다. 그것은 누가 보든지 어머니가 사랑하는 자식에게 대한 태도라고 할 수 없으리만큼 지독한 매질이었다.(347쪽)

<hr>

17) 조성숙, 「어머니의 경험세계와 모성이데올로기」, 『'어머니'라는 이데올로기』(한울아카데미, 2002), 54-55쪽.
18) 최정희, 「정적기」, 『삼천리문학』, 1938.1, 54쪽.
19) 위의 글, 64쪽.

가부장제 이데올로기 혹은 유교적 가치관이 현모, 양처, 효부를 요구했다면, 주인공은 이 셋 모두를 부정함으로써 경계에 선다. 두 작품의 주인공은 끊임없이 흔들리며 스스로의 감정 통제를 할 수 없다는 데 공통적이다. 특히 자식을 대할 때 더욱 그러하다. 남편에 대한 절망과 분노, 증오는 곧 남편을 닮은자식에게 공격적인 분풀이로 나타난다. 현재 자신이 겪는 가난, 고통이 결국 남편 탓으로 빚어졌다는 피해의식의 발로인 것이다. 특히 「곡상」의 남이는 아들 문수로부터 계모임을 의심받을 정도로 가혹한 어머니이다. 이러한 가학적이고 폭력적인 어머니는 '피학적 자기희생'20)이라는 기존의 어머니상과는 상반된 면모를 보인다.

결국 「정적기」의 경우 시어머니가 아이를 데리고 가게 되고, 「곡상」의 경우는 아편중독자인 남편이 아들을 팔아버리는 결말을 맞게 된다. 이러한 결말은 기존의 작품에서 그려진, 포용적이고 희생적인 어머니의 환상을 가차없이 부수는 전복적 가치를 드러낸다. 다시 말해 이는 가부장제 이데올로기의 핵심이라고 할 수 있는 모성을 포기하거나 거부하는 행위이다. 그러나 사회적으로 강제된 가치에 대해 표면적으로는 반기를 들었지만 곧 이 문제가 개별적 차원에서 해결할 수 없는 상황임을 깨닫는다. 따라서 이 딜레마는 다음과 같은 합리화로 은폐할 수밖에 없다.

> 나와 어머니의 운명은 누가 이렇게 맨드러 놓았는지 몰나. 여자의 운명이란 태초부터 이렇게 고달프기만 했을가. 아니 이 뒤로 몇십만년을 두고도 여자는 늘 이렇게 슬프기만 할 건가. 그렇다면 그것은 여자에게 자궁이란 달갑지 않은 주머니 한 개가 더 달린 까닭이 아닐가. 수없이 만흔 여자의 비극이 자궁으로 해서 생기는 것이라면 그놈의 것을 도려내는 것도 좋으련만. 그렇지만, 자궁없는 여자는 더 불행할 것도 같다. 「어머니」는 불행하면서도 그 불행한 중에서 선을 알고 진리를 깨달을 수 있으니까.

---

20) 이인복, 「피학적 자기희생의 귀로」, 『문학과 구원의 문제』(숙대출판부, 1982), 109쪽.

되려 행복할지 모른다.(56쪽)

자궁은 생명력과 재생의 상징이자 모성의 상징21)이다. '자궁이란 달갑지 않은 주머니'를 갖고 태어난 여성이 어머니이기에 겪을 수밖에 없는 시련과 자기희생은 '불행한 중에서 선을 알고 진리를 깨달을 수 있'어 '되려 행복'하다는 결론으로 매듭짓는다. 짐짓 여성적 운명의 상징으로 부여받은 '자궁의 슬픔'을 달게 받아들이겠다는 선언으로 들린다.

하지만 이는 최정희 소설이 갖는 독특한 결말구조의 하나로 읽어야 한다. 작품 중반까지는 사회적 가치관에 도전하고 강요된 이데올로기에 저항하는 서술내용을 보이다가, 결말부분에 이르면 순식간에 모성을 찬양하는 착한 어머니로 돌아간다. 서술방식 또한 그러하다. 중반부까지는 조밀하고 섬세한 심리 묘사나 대화가 주를 이루는 반면, 결말부분에 이르면 복합문과 장문이 사용된 서술적 요약이 주를 이룬다.22) 이는 작품 내 서술흐름에 따른 자연스러운 결론이라기보다는 애초부터 기획된 작가의 의도를 전면에 노출하기 위한 방법으로 보인다. 주인공 혹은 작가는 아직도 강요되고 억압된 모성에 동의하지 않을뿐더러 여성의 욕망에 무게를 두고 있으면서도, 표면적으로는 당대 사회가 요구하는 가치관에 부합하려는 결론을 내리고 있다. 따라서 이는 당위적 차원의 위장된 결론일 뿐이다.

---

21) 김미현, 「육체의 글쓰기」, 이화어문학회, 『우리문학의 여성성·남성성 : 현대문학편』(월인, 2001), 106쪽.

22) 구인환, 「한국여류소설의 문체」, 『아세아여성연구』 11, 1972.12, 169쪽. 이 글에서 구인환은 '삼맥은 묘사와 대화의 장면을 주로 하면서 서술에 의한 요약을 하는 사실적인 문체'라고 평했다.

3. 위장된 모성

최정희의 해방 전 대표작으로 불리는 「지맥」, 「인맥」, 「천맥」의 경우는 어떠한가. 우선 「지맥」부터 살펴보자. 「지맥」의 은영은 남편 사망 이후 냉혹한 현실과 맞닥뜨린다. 그녀는 '남의 등록없는 아내요 어머니인 탓'에 경제적으로 무척 곤궁할 뿐더러, 시가의 무관심으로 호적 문제가 처리되지 않아 아이의 입학도 여의치 않은 형편이다.

이 작품 안에는 은영 외의 '불행한 운명의 소유자'로 부용, 그리고 하순 어머니가 등장한다. 부용은 은영이 가정교사로 간 집의 안주인이다. 전남편에 의해 전남 부호의 첩으로 팔려온 부용은 헤어진 다섯 살난 딸에 대한 그리움과 새 남편의 전처소생과의 마찰로 불화를 겪고 있는 인물이다. 하순 어머니 역시 하순을 남의 집에 맡기고 외국으로 재가한 여성이다. 은영과 부용은 각각 남의 첩이라는 데 공통적이다. 은영이 '사랑'이 매개로 된, 혹은 유부남인지 모른 채 결합한 자발적 첩이었다면, 부용은 '가난'으로 인한 비자발적, 강요된 첩이라는 데 차이점이 있다. 또 은영과 하순 어머니는 전남편이 사망하였다는 데서, 부용과 하순어머니는 각각 새남편이 자신의 아이들을 미워하며 아이와 함께 재가를 허락치 않았다는 데서 공통적이다. 이렇게 불안한 '자리'는 이후 이들의 불행한 현실을 예고한다. 이들 셋은 모두 '자궁의 슬픔' 속에서 살아간다. 이들은 또 의붓아비, 의붓어미의 모성과 부성에 대해서 부정적이라는 동일한 의식을 소유하고 있다.

> 한구석엔 언제나 그앨 미워하는 마음이 늘 꿈틀거리구 있어요. 그 맘을 없앨려구 끔찍이 노력해두 그게 안 돼요.(233쪽)
> 부용이, 부용이가 큰 마누라 아인 못 사랑하잖어. 암만 사랑하재도 안 되잖아. 그것과 마찬가지루 제 자식이 아닌 아이들, 아니 제 자식이 아니

더래두 아무런 관련이 없는 남의 자식은 귀해할 수 있구 사랑해 줄 수 있
는 경우가 있지만 사람의 심리란 것이 참으로 기묘한 거야. 가만 보라구.
의붓자식을 미워 않는 사람이 별루 있는가. (239-240쪽)

부용과 부용의 새남편, 하순의 새아버지의 행동을 통해 은영은 자신에
게 청혼한 상훈마저 이와 유사할 것이라는 판단을 하고 멀리 떠나게 된
다. 최정희의 '계모−계부 모티프'는 다른 소설에서도 반복되는데, 「천
맥」의 허진영 역시 이러한 계부 범주에 넣을 수 있다. 허진영은 부용의
새남편 혹은 하순의 새아버지와 동일한 인물로 보아도 무방할 정도로
그 캐릭터가 유사하다. 게다가 부용의 새남편과는 달리 작품에 전경화되
어 있어 그의 부정적 행동은 더욱 부각된다. 이러한 사실은 '가부장제적
서사물에서는 악녀적 계모에게만 해당되고 남성인물에게는 적용되지 않
던 의붓자식에의 증오심'[23]을 드러내고 있다는 점에서 독특하다.

은영은 해주로 떠나기 전 상훈이 와서 형주, 설주를 자기 앞으로 입적
하겠다는 말을 하는 꿈을 꾼다. 그 꿈속에서 은영은 그의 제의에 대해
다음과 같이 말한다.

나는 그의 말이 고맙고 슬프고 질식할 만큼 목이 메었으나 아이들을 그
이 앞으로 하면 홍가를 이가로 하라는 말이 기가 막혀서 그만 성을 벌컥
내었다. 그래서 상훈은 더 말을 못하고 무안해하며 돌아갔다.(246쪽)

'홍가'를 '이가'로 바꿀 수 없다는 은영의 발언은 결국 모성과 부성은
혈연에서 비롯될뿐더러 혈연으로 물려받은 성(性)만이 아이의 정체성을
확인하게 해준다는 의식에 사로잡혀 있음을 확인할 수 있다. 결국 은영
이 사랑하는 상훈과 헤어져 떠나게 되는 것도 이 혈연중심적 사고 때문

---

23) 이호숙, 「결백한 도전과 수용」, 『페미니즘과 소설비평 : 근대편』(한길사, 1995), 332쪽.

이다. '어머니'라는 자리는 이렇게 혈연이 맺어준, 결코 벗어날 수 없는 여성의 운명이라는 것이다. 즉 가부장제 이데올로기에 저항하면서도 혈연이라는 것에 얽매여 사랑마저 포기하는 은영의 모습에서 우리는 지독한 혈연중심주의를 확인할 수 있다.[24] 결국 은영은 가부장제의 우두머리인 아비에 대한, 물론 그것이 계부라 할지라도, 부정적인 행태를 고발하면서도, 그 핵심인 혈연주의는 벗어나지 못하는 이중적이고 모순적인 모습을 보인다.

> 별이 하늘의 궤도를 벗어나지 않듯이 나는 지상의 궤도를 벗어나지 않을 인내와 극기와 성실과 용기를 준비해야 되겠다는 생각을 가졌다. 생각을 가질 뿐만 아니라 나는 결심을 굳게 하고 형주 설주가 엄마와 처음 타보는 기차가 즐거워서 바깥이 잘 보이지도 않는데 손가락질을 하며 재잘거리며, 웃어대며, 내게 여러 가지 질문을 하던 때 만족하게 그들 질문에 대답을 못해 준 일을 뉘우치며, 그것들이 자는 옆에서 그들을 잘 성장시키는 것이 내게 던져진 운명이요, 내가 벗어나지 못할 지상의 궤도라고 마음속에 부르짖었다.(246쪽)

결국 이탈을 용인치 않는 궤도 위의 별처럼 여자에게 주어진 운명을 어쩔 수 없이 받아들이겠다는 결론이다. 하지만 좀더 세심히 관찰해 보면 이 역시 단지 당위적인 결론일 뿐이지 마음속에서 우러나온 목소리는 아니다. "애욕에서 발을 빼는 날이라야"(242쪽) 구원을 받을 수 있다는 신부의 말에도 불구하고, "해주로 떠나는 바로 직전까지도 나는 플랫폼에서 전송하는 신부의 눈을 피해가며 행여 그가 나왔을까 하고 수없

---

24) 그러나 당대 상황을 고려해 본다면 '어머니가 자신이 낳은 아이에게 끌리는 사랑보다 더 현실적으로 구속력있고 강력했던 혈연주의는 남성 혈연이었는데 아들 둘을 남편의 가계에서 찾지 않는다는 것은 아무래도 현실감이 부족하다는 비판'을 받게 된다. 정순진, 「모성과 여성의 갈등」, 『여성의 현실과 문학』(푸른사상, 2001), 232쪽.

이 찾았던 것"(246쪽), "차에 올라서도 마음은 여전했다."(246쪽)는 구절을 보면, 모성에 헌신하겠다는 은영의 단호한 결심은 오히려 속마음과는 괴리되어 마음먹은 대로 안 되기에 더욱더 소리높이는 복창에 지나지 않는다. 다시 말해 여전히 흔들리는 자신을 다스리기 위해 거는 일종의 최면이나 주문에 가까운 것이다. 따라서 그녀의 다짐은 아이 둘을 둔 어머니에게 기대하는 사회적 요구에 응하는, 위장된 포즈로서의 모성 선언일 뿐이다.

「천맥」의 연이는 남편이 죽자 생활고와 아이 양육 때문에 재혼한 여성이다. 첩이었던 연이는 남편 사후 사회로부터 아무런 법적·제도적 도움을 받지 못한 '등록없는 아내'였다. 물론 간호원이라는 직업을 갖고 있긴 했지만 어린 아이의 양육을 해결할 수 없어 재혼을 택한다. 당시 경제적 자립이 불가능한 여성이 사회에서 살아남을 수 있는 방법이 결혼밖에 없었기 때문이다.[25] 그러나 아이 때문에 선택한 결혼은 곧 아이 때문에 위기를 맞는다. 허진영과 아들과의 마찰이 점점 심해지고, 이로 인해 아들이 엇나가기 시작한다. 문제는 '허가'와 '이가'의 갈등, 즉 혈연이 아니기 때문이다.

"그 슬픔의 원인은 간단했다. 허가네 (진영)족보와는 하등의 관계가 없는 연이가 데리고 온 이가(李哥) 아이 때문이었다. 연이는 이 다시 없이 귀중한 아이가 자기에게 그처럼 커다란 슬픔을 갖다 줄 줄은 조금도 몰랐다."(250쪽)

---

25) 이렇게 법적으로 보호받지 못하는 여성의 현실에 대한 울분은 이후 일제 말에 씌어진 소설 「야국초」에서 친일의 빌미를 제공한다. 즉 가부장제의 희생물인 여성에게도, 특히 미혼모에게도 '평등한 권리와 보호를 제공한다면 구습에 얽매인 조선을 버리고 과감히 일본을 택하겠다는 논리'로 비약하게 되는 것이다. 이선옥, 「여성해방의 기대와 전쟁 동원의 논리」, 김재용 외, 『친일문학의 내적 논리』(역락, 2003), 258쪽.

은영은 진호가 엇나가는 이유가 모두 허진영의 탓이라고 돌린다. 허진영이 진호를 사랑하지 않는 이유는 결국 자기 혈연이 아니기 때문이라는 것이다. 그러나 전남편인 상수가 살아 있을 적에 신동이라고 불릴 정도로 똑똑하던 아이가 의붓아버지의 미움으로 못난이가 되었다는 연이의 논리에는 이미 '어머니'의 자리가 없다. 연이가 진호에게 다정하게 굴고 안아주었을 때 진호는 '본래의 얼굴'(254쪽)로 돌아갈뿐더러, 어머니의 사랑을 독점하려는 집착도 강하다. 그런데 연이는 그러한 진호의 요구에 제대로 부응해 주지 못한다. 그러므로 모자간의 유대가 끈끈하다면, 진호에게 모성애를 충분히 발휘했더라면 혈연이 아닌 의붓아버지의 무관심에도 불구하고 진호의 탈선은 그리 심각하지 않았을 것이다.

결국 연이는 아이 때문에 재혼을 한다고 하였지만, 그보다는 '일이 귀찮고 힘들'었기 때문에, 또 유족한 집안의 마님으로 '긴 치마에 행주치마를 입고 아늑하니 들앉아 살림'(249쪽)하고 싶었기 때문에 재혼한 것이다. 그렇기 때문에 다시 허진영 병원의 간호일을 하게 되자 허진영에 대한 증오가 한층 깊어진다. 이때 연이는 또다시 모성을 내세워 이혼을 선언한다. 하지만 그 이면에는 전남편과의 비교를 통해 여러모로 성에 차지 않는 허진영에 대한 생래적인 거부와, 원하지 않는 '공적 영역'으로의 진출에 따른 불만이 자리잡고 있는 것이다.

연이는 진호를 데리고 나와 보통학교 때 선생이 원장으로 있는 보육원을 찾는다. 그곳에서 연이는 진호와 원생들을 돌보며 그동안 제대로 발휘해 보지 못했던 모성을 발현할 기회를 갖는다. 그로 인해 '눈물없는 세상'이 가능할 것이라는 기대에 부푼다. 그러나 '눈물없는 세상'에 대한 기대도 잠시, 연이는 '하늘이 어디로 날아간 것처럼 허전해서' 견딜 수 없는 지경에 이른다. 그렇다면 모성만으로 충족되지 않는 연이의 허전함은 어디에서 연유한 것일까. 그것은 억압된 모성이 제대로 기능하게 되자마자 고개를 든 여성성 때문이다. '여성의 삶의 목표는 성적인 개별성을 획득하는 것이며, 그것은 어머니가 되는 것과 반대되는 것이다. 즉 여성다움은 모성이 배제된 이성관계에서의 성'26)이다. 연이의 경우 어릴 적부터 흠모의 대상이었던 김성우에 대한 그리움이 연이를 또다른 고통 속으로 몰아넣는다. 결국 개인적 모성 혹은 확대된 모성만으로는 여성이 행복할 수 없다는 것, 곧 모성성과 여성성이 동시에 만족되어야만 '눈물 없는 세상'이 가능하다는 것이 이 작품의 기본메시지인 것이다.

김성우는 허진영과 정반대의 이미지로 등장하는 인물로서, 「지맥」의 이상훈과 동일하게 신격화된 인물이다. 뿐만 아니라 「인맥」의 허윤과도 상통한다. 김성우의 '후리후리한 체격, 검은 시선, 부드럽고 궁글린 음성'(276쪽)과 상훈의 '밑바닥을 흔들어 놓는 그 음성과 산림같이 깊숙한 눈'(235쪽), '심원한 표정, 목조(木彫)같이 이지적인 얼굴'(243쪽)은 허윤의 '둥글고 우렁찬 음성'(201쪽), '산림(山林)같은 사색과 얼음 같은 고독을 무한히 동경함직한 그이의 눈'(201쪽)같은 묘사와 매우 똑같이 복제되어 현실감이 없다. 이들은 외모뿐 아니라 인격적으로도 성숙한 면모를 보인다. 타인에 대한 배려가 지극하고 공동체적 삶에 대한 실천적 행동을 아끼지 않는가 하면, 시와 바이올린 등 예술적 취향까지 갖춘 고상한 인물들이다.27) 이 인물들은 주인공과 일정한 거리를 유지하며, 물질적·정신적 도움을 주는 동시에 정서적 고통과 갈등을 불러일으키는 존재로 기능한다.

---

26) 낸시 초도로우·수잔 콘트라토, 앞의 글, 90쪽.
27) 김성우라는 인물은 작가의 보통학교 선생이었던 '김준성'을 모델로 하고 있는 듯하다. '그곳에서 배운 선생님 가운데는 김준성 선생이 있었다. 선생님을 소녀는 평생 존경하고 사랑했다. 그는 못하는 것이 없는 만능재주꾼이었다. 바이올린이나 풍금도 잘 켜고 노래가사로 지었다.(중략) 그는 밥도 안 먹는 사람으로 믿었다.' 서영은, 『강물의 끝 : 최정희 전기소설』(문학사상사, 1984), 15-16쪽.

성우 선생은 내 말을 못 알아들었다. 내 맘을 모른다. 날 조금치두 사랑하지 않는다. 그러길래 그렇게 아이들 손을 붙잡구 내달리다시피 훌훌히 나간 것이 아니냐. 나같으면 애들 먼저 내보내구 오래오래 온갖 애길 할 건데……. 얘길 안하구 그냥 거저 바라만 봐두. 아 말두 없이 바라만 봐두. 성우 선생은 내가 자길 생각하듯 생각하지 않는다. 반만두 못하다. 반은커녕 십분지 오두, 아니 십분지 이두…….(283쪽)

이렇게 조급해하는 연이의 모습은 이미 무성적, 초월적 존재로서의 어머니에서 훨씬 벗어나 있다. 이때 연이는 이성적 사랑을 갈구하는 온전한 한 여성으로만 존재한다. 흔들리는 연이의 마음은 이제 자식을 위해 헌신하는 이타적인 모성성에서 벗어나, 자신의 행복 추구를 기원하는 이기적인 '탈신화적 모성성을 구현'[28]하고 있는 것이다.

위의 두 작품의 주인공들에 비해 「인맥」의 선영은 좀더 적극적인 면모를 지니고 있다. 선영은 다분히 충동적인 성격의 소유자로 친구의 남편을 사모하여 괴로워한다.[29] 결혼한 지 3년 된 선영은 아직 아이도 직업도 없으며, 풍족한 생활 덕에 가사노동에서도 벗어나 있다. 게다가 '희랍적 정열과 교양'(203쪽)까지 갖춘 선영을 가리켜 '산문적인 일상성에 안주할 수 없는 시혼의 소유자'[30]로 규정할 수 있을 것이다.

선영이 충동적이고 감정적이라면, 허윤은 냉정하고 이지적인 인물이다. 허윤에 대한 이루어질 수 없는 사랑으로 집을 나와 방황하던 선영은, '사랑하는 사람의 정숙과 행복'을 빈다는 허윤의 말 한마디에 가정으로 되돌아가 비교적 충실한 아내로 살며 아이까지 낳아 기르게 된다. 소설

---

28) 이진희, 「1930년대 소설에 나타난 母像 연구」, 서강대 석사학위논문 1998.7, 65쪽.
29) 최정희의 「인맥」은 지하련의 「결별」과 동일한 모델을 소재로 취하고 있다. 친구의 남편을 사랑하는 이야기를 최정희는 '애인의 서사'로, 지하련은 '아내의 서사'로 풀어냈다는 것이다. 이에 대한 자세한 설명은 서정자, 「지하련의 페미니즘소설과 '아내의 서사'」, 『지하련 전집』(푸른사상, 2004), 343-368쪽을 참고할 것.
30) 이미리, 「최정희론」, 숙대 석사학위논문 1980, 25쪽.

은 선영의 친구이자 허윤의 아내인 혜봉의 편지를 통해 여성이 가야 할 길에 대한 사회적 충고를 환기한 후, 이에 대한 자신의 생각을 명료하게 밝히는 것으로 마무리된다.

우리는 역시 지켜야 할 것을 다시 말하면 우리의 할머니 어머니와 그 외의 모든 여성들이 지켜 온 길을 지키는 데서 즐거울 수 있고 행복할 수 있지 않겠느냐는 것, 그것을 전연 몰랐던 것인데 그이와 결혼해서 사는 동안에 평범한 속에 진리가 있다는 것을 깨달았다는 것……(중략)(220쪽)

내가 읽은 책들이 가르치듯이 모성애가 세상의 무엇보다 가장 강하고 고귀하고 또 그것처럼 참된 것이 없는 것을 알면서도 그 강한 것, 그 고귀한 것, 그 참된 것 때문에 내가 가진 다른 감정을 버릴 수는 없었습니다. 내게는 모성애가 강하고 고귀하고 참된 것이나 마찬가지로 그이를 생각하는 내 감정도 세상의 무엇보다 가장 강하고 고귀하고 참되다 생각했습니다.(221쪽)

혜봉의 주장은 오랜 시간 우리의 선조들이 지켜왔던 것들, 즉 '어머니'로서의 의무와 책임을 다하자는 것이다. 할머니에서 어머니로, 다시 딸로 이어지는 여성의 삶의 역사를 '인맥'으로 보고 이를 좇아야 한다는 논리인데, 이에 대해 두 번째 인용문을 통해 본 선영의 생각은 정반대이다. 즉 모성이 소중한 만큼 여성적 삶의 욕망 역시 소중하다는 것이다. 이는 앞의 두 작품(「지맥」, 「천맥」)과 동일한 결론이다. 이같은 결론은 모성은 인류이자 천륜이고, 어머니된 자의 사랑은 불륜이자 궤도 이탈로 매도하는 사회적 통념을 부정한다. 여성을 어머니로 환원함으로써 여성의 성적 주체로서의 욕망 표출까지 제한하려는 가부장제 이데올로기에 대한 정면도전인 셈이다.

이 작품 역시 표면적으로는 아이를 낳은 선영이 모성성에로 회귀한

듯 보이지만 이 또한 사회의 지배담론에 부합하려는 기획된 설정일 뿐
이다. 즉 준비해 둔 숙제를 제출하듯이 당위적 결론으로 제시한 것이지
작중인물의 진정성을 담보해 낸 것은 아니다. 오히려 '여성의 자기 욕망
의 추구를 자학적인 방식으로 발산하고 모성으로 갈등을 얼버무린'[31)
혐의가 짙다. 결국 최정희는 '삼맥'을 통해 모성성보다는 여성성을 강조
하려 했던 것으로 보인다. 즉 표면에 드러난 모성성은 당시에는 감히 소
리높여 말할 수 없었던 여성성의 욕망을 은폐하여 주는 위장 역할로 기
능하고 있다.

4. '사랑' – 최정희 소설의 화두

'한국 사회는 각성된 여성에게는 폭력적'[32)이었다. 자식이라는 절대절
명의 이름 앞에 대부분의 여성들은 인생을 차압당하고 자아의 각성을
포기했다. 자신의 개별적 욕망보다는 '어머니'라는 당위의 이름으로 살
아야 했다. 최정희 소설의 핵심이자 서사축은 '자궁의 슬픔'을 지닌 여
성의 사랑과 모성과의 투쟁이다.

여성적인 글쓰기를 문제삼을 때는 완전히 지워지지 않고 흔적을 남기
면서 그 배면에 존재하는 양상까지 문제삼아야 할 것이다.[33) 이것은 기

---

31) 이상경, 「식민지에서의 여성과 민족의 문제 – 일제 파시즘하의 최정희와 임순득」, 『실천
  문학』(2003 봄), 66쪽.
32) 박헌호, 「나도향의 '어머니'를 통해 본 모성과 근대적 주체성의 관계 양상」, 『식민지 근
  대성과 소설의 양식』(소명출판, 2004), 219쪽.
33) Gilbert, S. M, & Gubar, S, *The Madwoman in the Attic*(Yale U.P. New Haven and
  London), 1979, p.73 김미현(1996), 앞의 책, pp.385-386에서 재인용. 이러한 글쓰기는
  길버트와 구바가 '양피지(palimpsest) 위의 글쓰기'라고 본, 지배적인 이야기와 침묵하는
  이야기를 포함하는 이중적 목소리로 된 언술과 연결될 수 있다. 표층의 이야기가 보다
  접근이 힘들고 사회적으로 덜 용납되는 심층적 의미의 층위를 가리거나 희미하게 하는

존의 규범이나 억압에 복종하는 표면상의 의식적인 측면과 그러한 의미
를 뒤집으려는 강력한 무의식의 저류를 함께 인식해야 여성적 글쓰기의
양상을 밝혀낼 수 있음을 말해준다. 텍스트에서 말해지지 않은 것이 말
해지는 것만큼이나 중요한 이유도 여기에 있다.

최정희는 작품에 기혼의 지식여성을 등장시켜 그들의 삶의 굴곡을 모
성이라는 화두로 풀어냈다. 가난하고 남편 없는 여성의 어머니 노릇의
고단함과 신산함을 최정희는 당대 다른 작가의 그것보다 훨씬 더 구체
적 경험의 서사로 그려냈다. 그러나 최정희 소설의 구조는 작품의 표면
과 배면에 대한 심층적인 분석을 필요로 한다. 표면적으로는 가부장제
이데올로기에 저항하며 모성을 포기하거나 거부하는 모습을 보이다가,
결론에 이르면 모성으로 회귀하며 순응하는 모습을 보이기 때문이다. 하
지만 이 과정은 개연성을 확보하지 못한 채 급격한 선회로 이루어지거
나, 서술적 요약으로 제시되어 있어 작중인물의 진정성에서 우러난 자연
스러운 귀결이라고 보기 어렵다. 이때의 '모성'은 당대 사회의 분위기상
소리높여 말할 수 없는 여성적 욕망에 대한 은폐의 도구로 사용되었기
때문이다.

따라서 최정희 소설의 표면적 주제는 모성성이다. 그러나 그 배면에
존재하는 잠재적인 목소리는 사회적으로 용납되기 어려워 가식이나 위
장이 필요한 '어떤 것', 즉 모성이데올로기에 의해 억눌리고 고통받아
흔들리는, 혹은 모성만으로는 충족되지 않는 여성의 개별적·주체적인
욕망인 것이다. 그 욕망의 이름은 결국 '사랑'으로, 최정희의 소설을 일
관하는 화두라 할 수 있다.

것, 잠재적인 충동을 나타내기도 하고 그것을 감추기도 하는 것, 순응하는 동시에 전복
시키는 것이 '양피지 위의 글쓰기'의 의미라고 할 수 있다.

지하련 소설 연구

1. 임화의 아내에서 작가로

지하련은 1940년 12월 「결별」로 등단하여 1946년 8월 「도정」을 발표하기까지 단 7편의 작품만을 창작한 작가다. 과작인데다 작품활동을 한 시기 또한 우리 문학의 암흑기가 불리는 1940년대 초반이라 그녀의 존재는 그동안 우리 문학사에서 거론되지 못했다. 그저 그녀가 카프의 맹장이었던 임화의 두 번째 부인이라는 정도가 고작이었다. 그러나 1980년대 후반 해방기 문학에 대한 연구가 활발하게 전개되면서 「도정」이란 작품이 상당한 주목을 받았고, 이러한 사실에 힘입어 그녀의 존재가 새롭게 부각되기 시작했다.

1912년 경상도 거창에서 출생[1]하여 마산에서 성장한 지하련은 본명이 이현욱으로 1940년 백철의 추천을 받아 등단했다. 1936년 임화와 결혼해 두 아이를 키우며 간간히 소설을 발표하던 그녀는 1947년 10월 임

---

1) 지하련, 「인사」, 『문장』 3권 4호, 1941.4, 264쪽.

화와 함께 월북2)했다. 이후 1953년 임화가 간첩죄로 숙청되자 지하련은
실성하여 거리를 헤매다 평북 회천 근처의 산간 오지로 끌려가 교화소
에 격리, 수용되어 있던 중 1960년 초에 병사3)했다고 한다.

　해방 전 주로 여성화자의 섬세한 심리와 부부간의 갈등을 그렸던 지
하련의 작품세계는 「도정」에 이르러 역사와 개인을 접목시키는 데까지
나아간다. 「도정」은 이태준의 「해방전후」와 더불어 조선문학가동맹이
제정한 1946년도 해방문학상 소설부문 최종후보작까지 올랐던 작품이
다. 수상작은 「해방전후」에게로 돌아갔지만 이 작품은 당시 평자들로부
터 '주제의 시대성과 표현의 조밀'4)이라는 점에서 높은 점수를 받은 바
있다. 이러한 「도정」의 성과는 갑자기 혜성처럼 나타난 것이라기보다는
그녀의 해방 전 작품 속에서부터 서서히 잉태하고 있었다고 볼 수 있다.
즉 한정된 등장인물들의 복잡하고 섬세한 심리 묘사와 의식과 실천의
갈등 등은 이전의 작품에서 충분히 검증되고 있기 때문이다.

　따라서 이 글에서는 지하련의 소설을 해방을 기점으로 나누고, 이를
등장인물의 정체성 유무에 초점을 맞춰 살펴 보고자 한다. 해방 전 그의
소설은 주로 결혼과 동시에 정체성을 상실한 여성들의 일상사를 부부간
혹은 남녀간의 애정 갈등을 중심으로 다룬 반면, 해방 후에 발표된 「도
정」은 그간의 자신의 삶을 비판적으로 재검토한 주인공이 결국은 자신
의 정체성을 확보하고 기꺼이 역사의 길에 동참한다는 내용이 중심을
이룬다. 여기에서 정체성은 자신의 삶을 규정하고 나아갈 방향을 결정하

---

2) 정영진은 지하련의 월북시기가 임화보다 1년 뒤인 1948년 말이나 1949년 봄쯤으로 추정
　하고 있다. 그 근거로는 지하련의 첫 창작집 『도정』의 발행시기가 1948년 12월 15일이
　었기 때문에 아마도 자신의 책 출판을 지켜보지 않았겠느냐는 것이다.
　정영진, 「비운의 작가 지하련의 삶과 문학」, 『문학사의 길찾기』(국학자료원, 1993), 233쪽.
3) 이기봉, 『북의 문학과 예술인』(계몽사, 1966), 291쪽.
4) 『문학』 제 3호, 1947.4, 56쪽.

는 중요한 요인이 된다. 따라서 지하련 소설에서 등장인물의 '정체성' 유무는 비단 인물의 성격뿐만 아니라 주제와도 밀접한 상관성을 갖는다.

2. 정체성 상실과 구심력

이 장에서는 지하련이 해방 전에 창작한 소설5) 중 「결별」, 「체향초」, 「가을」, 「산길」 등 4편의 작품을 대상으로 지하련 소설의 특징을 살펴보고자 한다.

이 네 편의 소설은 모두 자전적인 인상을 짙게 풍기고 있다는 데서 공통적이다. 「결별」의 '형예'나 「체향초」의 '삼히', 그리고 「산길」의 '순재' 등은 모두 부부 혹은 남녀간의 갈등을 겪고 있으며, 이 갈등은 곧 이들의 복잡다단한 내면 심리 변화로 치환된다. 이들이 심리적 갈등에 치중할 수 있었던 것은 우선 이들 모두가 아이가 없거나 임신중으로 비교적 다른 주부들보다 시간적 여유가 있다는 점을 들 수 있다. 둘째는 모두 서구식 신교육의 수혜자들로서 자유연애과 남녀평등 사상에 어느 정도의 지식을 갖고 있거나 이에 동조하고 있다는 점이다. 그러나 이러한 선진 의식의 확보는 오히려 자기 주변의 전통적인 일상과 마찰을 빚어내고, 이는 내면심리의 갈등을 더욱 증폭시키는 계기로 작용한다. 셋째 이들은 비교적 경제적인 안정을 누리고 있었기 때문에 당대 보편적인 고뇌의 하나였던 궁핍한 현실에서 벗어나 있다는 점을 들 수 있다.

이러한 사실들을 고려할 때 작품의 등장인물들은 작가 자신과 긴밀한

---

5) 지하련이 해방 전에 창작한 작품은 모두 6편이다. 이중 4편만이 잡지에 게재되었을 뿐, 다른 두 편(「종매」, 「양」)은 해방 후 창작집(『도정』 : 백양당, 1948)을 낼 때 함께 수록된 것들이다. 이 글에서는 해방 전에 공개적으로 발표된 위의 네 편만을 분석 대상으로 삼았음을 밝혀둔다.

관계를 갖는다. 지하련 역시 부유한 가정 출신으로 빈궁한 생활의 경험이 없으며, 동경소학교를 거쳐 동경경제전문학교를 수학6)한 인텔리로서 고등교육을 받았고, 이후 임화와 결혼한 뒤 끊임없는 임화의 외도를 곁에서 지켜봐야 했기 때문이다. 따라서 흔히 여성 작가들의 작품이 그렇듯7) 해방 전 지하련의 소설 역시 다분히 사소설적이라고 볼 수 있다.

「결별」(『문장』 1940.12)은 남편과의 갈등을 겪고 있는 젊은 아내에게 초점을 맞춘 작품으로, 당시 매일신보 학예부장이자 평론가인 백철에 의해 '찰싹 달겨붙는 듯한 纖細莫比한 感覺美와 場面마다 나타난 女性다운 緻密한 觀察의 度는 他人의 追倣을 許하지 않는 才智가 빛나는 好箇의 短篇'8)이라는 평가를 받은 바 있다.

'형예'는 결혼한 지 얼마 되지 않은 주부로서 의식의 혼란을 겪고 있는 인물이다. 이는 그녀가 아직 아이를 갖지 않은 신혼의 주부이기 때문에 갖는 통과의례일지도 모른다. 즉 아이를 키우며 살림하는 완벽한 주부도 아니고, 생활에 위협을 받을 정도로 가정형편이 가난한 것도 아닌데다가 가족 구성 형태가 핵가족이었고, 여학교에서 받은 어느 정도의 교육 등이 쉽게 자신의 자리를 잡지 못하게 하기 때문이다.

작품 속에서 형예는 모든 곳에서 근대와 전통 간의 갈등에 시달린다. 이는 다시 말해 의식과 일상 간의 갈등에 다름아니다. 사고방식은 근대적이고 서구적인 것을 지향하지만 자신의 일상은 그렇지 않은데서 오는 자기불만인 것이다. 이는 곧 통제할 수 없는 감정의 과잉을 낳고 만다. 예컨대 서구식 교육의 결과로 자유연애를 동경하면서도 자신은 '어머니

---

6) 이현욱, 「편지」, 『삼천리』 1940.1.
7) 쥬디스 키건 가디너는 "여성들의 소설은 자서전적이고 그들의 자서전은 소설적"이라고 언급한 바 있다. 쥬디스 키건 가디너/신은경 옮김, 「여성의 정체성과 여성의 글」, 김열규 외 공역, 『페미니즘과 문학』(문예출판사, 1988), 229쪽.
8) 백철, 「지하련 씨의 '결별'을 추천함」, 『문장』 1940.12, 82쪽.

가 몇번 타이른다고 그냥 시집'을 왔는가 하면, 여학교 때 친구 정희가 연애결혼을 하자 '연애라구, 다 좋을 수가 있나'하며 불쾌해 한다. 이러한 불쾌의 원인은 사실 자기자신에 대한 못마땅함에서 비롯된다. 자신의 의식과 삶이 적절한 조화를 이루지 못해 갈등을 빚어내고 있는 것이다.

이는 부부간의 문제에서도 마찬가지다. 세인들에게 인망이 높다는 남편을 형예 자신은 그다지 인정하지 않으며, 관평 간다며 일 얘기를 하자 고소를 금치 못한다. 그러면서 왜 여자는 관평을 가지 못하냐며 불만을 가진다. 물론 형예의 남편이 내외를 엄격히 구분하는 전형적인 유교주의자로 등장하지만, 형예가 그렇게까지 남편에게 불만을 가질 뚜렷한 이유는 없다. 오히려 사소한 말꼬리를 잡고 늘어지는 형예의 비뚤어진 심사가 부부불화의 원인이라고 볼 수 있다.

그러나 곰곰 따져보면 형예의 의식세계가 추구하는 것이 과연 근대적인 것인가는 의문이다. 왜냐하면 우연히 마주친 명순이 남편 덕에 행복해 하는 모습을 보고 질투한다든지, 정희의 새 신랑을 보며 묘한 감정을 갖는 것, 혹은 사소한 말다툼 끝에 남편이 자신을 사랑하지 않을 것이라는 결론을 내고 고독에 빠진다는 식의 결론은, 여자의 행복은 사실 남편에 달려 있다는 전통적인 사고방식을 바탕에 깔고 있기 때문이다.

이러한 형예의 태도는 결혼으로 인해 갑자기 바뀐 환경 속에서 제자리를 찾지 못한 데에서 오는, 즉 여성의 정체성 상실에 그 원인이 있다. 이러한 정체성 상실은 사소한 일에 집착하고, 친구들의 삶을 시기하며, 타인과의 교류를 원만히 하지 못하는 결과를 빚어낸다. 그녀의 독특한 대화법은 이러한 사실을 보다 분명하게 드러내 준다.

> 형예는 조금도 맘에 있어 계획한 말도 아니면서, 정히 말맛따나, 결국 말재주로 놀려주게 된 것이 웃읍고,(71쪽)

　　……하고, 쉽사리 대답해 버렸다.(71쪽)
　　……하고 허벅지벅, 저도 알 수 없는 말을 한다.(81쪽)
　　이렇게 생각고 보니 어쩐지 정말 꼭 그러할 것만 같다.(81-82쪽)

　위의 인용을 통해 볼 때 형예는 마음에 없는, 마음과는 다른, 혹은 저도 알 수 없는 말을 해 놓고는 그 말의 뜻을 진실로 받아들인다. 온전한 사유과정을 거치지 못하고 즉흥적으로 나온 형예의 대화는 상대방을 당황하게 만들뿐더러, 자신의 생각조차도 정확하게 파악하지 못하게 한다. 또 이러한 태도는 타인과의 대화를 무의미하게 만들어 관계를 지속, 발전시키지 못하고, 자신의 생각 속에서만 맴도는 결과를 가져온다. 자신의 생각 속에서 사소한 시비거리들은 점점 그 부피가 커져 걷잡을 수 없는 불안이나 공포로 변질된다. 남편과의 불화나 거기에서 빚어진 고독도 결국은 이러한 형예 자신의 태도에서 비롯된 것이다. 형예와 같은 화법은 다른 소설들에게서도 일정하게 보인다.

　　그는 무슨 연설을 하듯 딱딱한 태도로 된둥만둥 말해 봤다.(「체향초」, 4쪽)
　　삼히는 제가 꺼낸 말이면서도 오라버니가 정말 불쾌한 생활을 한다고는 어느 모로 보나 제 마음이 긍정키 어려운 사실이다.(「체향초」, 6쪽)
　　삼히는 이렇다는 별 이유도 없이, 그저 얼핏 나오는 말로 —그러니 반 작난삼아 — 「외인부대」같다고 했드니(「체향초」, 20쪽)

　　하고는 자기도 뭔지 모를 말을 중얼거렸다.(「가을」, 208쪽)

　　「잘 압니다.」 / 하고, 연히 말에 대답을 했으나, 뭘 잘 안다는 것인지 스스로도 모를 말이다.(「산길」, 144쪽)
　　「깊고 옅고간 결국 같을 겁니다.」 / 하고, 자기도 모를 말을 중얼거렸다.(「산길」, 145쪽)
　　하고는 허둥허둥 모를 말을 중얼거렸다.(「산길」, 150쪽)

　각기 세 작품에서 따온 위의 인용은 「체향초」의 삼히, 「가을」의 석재, 그리고 「산길」의 순재 모두가 형예와 같이 말과 의식이 일치하지 않고 있음을 보여준다. 이렇게 타인과의 대화를 진지하게 개진하지 않는 한, 진정한 인간관계는 유지되기 어렵고 따라서 이들의 고독은 사실 불가피한 것일 수밖에 없다. 지하련은 네 편의 소설을 통해 타인과의 관계를 불신하고 자신의 내면에서만 맴도는 전형적인 달팽이형 인물을 제시하고 있다. 이는 어쩌면 당대의 시대적 상황을 타인과의 모든 인간 관계가 무의미하고, 그 관계 자체마저도 절연되었다고 느낀 작가의 시대 감각일는지도 모른다.

　「체향초」(『문장』 1941.3)는 병 요양차 친정에 내려온 한 여성, 삼히의 고향체류기이다. 고향에서 그녀는 전향한 오빠의 일상을 목도하고, 오빠의 친구 태일에게 묘한 감정을 갖는다. 그러나 작품은 삼히의 입장에서 서술되고 있지만 내용은 두 전향자의 각기 다른 삶에 초점을 맞추고 있다. 즉 이전의 사상을 포기한 채 일상생활에 복귀한 오빠와 여전히 자리를 찾지 못하고 부유하는 태일의 삶이 그것이다. 특히 애써 일에 몰두하려는 오빠의 심리적 갈등이 삼히의 눈을 거쳐 꼼꼼이 중계된다. 전향자인 오빠가 겪는 심리적 갈등은 자신이 선택한 생활에 대한 명확한 입장 표명이 곤란하다는 데 있다.

　　「그건 아까 오라버니는 자랑스러하네 하고 묻든, 너처럼 자랑을 느낄수도, 또 태일군처럼 내 생활을 완전히 무시할 수도 없기 때문에―」 (중략) 「태일 군 같은 사람은, 너허군 다르지만 아무튼 날 거짓부랭이로 산다구 헌단다.」[9]

---

9) 지하련, 「체향초」, 『문장』 1941.3, 6쪽.

이렇게 삼히의 오빠는 과거와 완전하게 결연하지 못하고, 또 현실과도
완벽하게 타협하지 못하는 어정쩡한 상태를 유지하고 있다. 전향의 유형
으로 볼 때 오빠의 전향은 '보통인 지향의 전향'[10]이라고 할 수 있다.
그러나 그것마저도 제대로 이루어내지 못한 오빠의 모습을 보며 삼히는
오빠의 태도가 '횡폭하고 비겁'(27쪽)하다고 생각한다. 그러나 그렇다고
하여 과거와 결별하고 현실에도 뿌리내리지 못하는 태일의 삶에 찬동하
는 건 아니다. 오빠가 보기에 태일은 자랑과 생명, 그리고 육체를 가졌
기에 '살아 있는 사람'(18쪽)이지만, 삼히가 보기에 그는 '겹으로 된 인
간'(12쪽)이거나 '외인부대'(20쪽)일 뿐이다. 둘 다 진정한 자신의 삶을 영
위하지 못하고 있다는 데서 그들은 삼히에게 긍정적으로 평가될 수 없
는 인물들이다. 과거의 사상과는 어쩔 수 없이 결별했지만 또다른 버팀
목을 찾지 못해 방황하는 이들은 결국 자신의 정체성을 상실한 인물들
이기 때문이다.

그렇다면 삼히가 긍정적으로 여기는, 혹은 가치있다고 판단하는 인물
은 과연 어떤 모습인가. 다음 상반된 두 종류의 인용은 삼히가 어떤 것
에 진정한 가치를 두고 있는지를 알 수 있게 한다.

쉴새없이 손등으로 떨어지는 땀을 수건으로 한번 씻는 법도 없고, 애써
그늘을 찾이려구도 않았다. 또 이러한 땐, 삼히가 일즉이 보지 못한, 이마
복판에 일자로 내려뻗은 어데난 혈맥이 있어서, 이것이 무서운 인내나, 아
집을 말할 때처럼 일종 이상하게 섬찍한 인상까지 주었다. (중략) 이상한

10) 리차드 H. 미첼은 일본의 예를 들어 전향을 설명하는 자리에서 전향을 다음 세 가지
  유형으로 구분한 바 있다. 첫째는 정치적 전향이다. 이는 이전에 반정부적인 과격분자
  였던 자가 자기비판을 행하여 국가를 지지하는 자로 회귀하는, 이데올로기상의 입장의
  변경을 의미한다. 둘째는 보통인 지향의 전향이다. 이는 일상생활에의 욕구가 중심이
  된 전향을 가리킨다. 셋째는 정신적 전향으로 이전에 지녔던 사상을 무엇인가 다른 사
  상과 자리바꿈하는 것을 말한다. 리차드 H.미첼, 김윤식 옮김, 『일제의 사상통제』(일지
  사, 1982), 183쪽.

자기 주장이 반다시 남을 해치거나 간섭하거나, 남의 세계를 헝크러 놀 것이다.(7-8쪽)

　이른바 「거인」도 죽고 「천사」도 가고 없는, 소란한 시장의 아들로 천상 태여나 적고 초라하게 자라서, 한올에도 능히 인색한 — 그러면서도 상구 「고향」을 딴데 두어 더욱 몰골이 사나운 — 웃어운 형상으로 나타났다. 그러나 삼히는 어쩐 일인지, 이 웃운 모습이 오이려 정이 가는 것을 어찌할 수가 없었다.(22-23쪽)
　그러면서도 그는 어쩐지 이러한 오라버니의, 방황하는 모습에, 오히려 존경이 가는 것을 어찌할 수가 없었다.(26쪽)

위의 인용을 통해 볼 때 삼히는 어떠한 가식에도 물들지 않고 본연의 모습에 주목하고 있다는 것을 알 수 있다. 즉 당위로서의 박제된 삶을 영위하는 것이 아니라 인간적인 고뇌에 몰입해 있는 살아 있는 인간의 모습에 더 큰 가치를 부여하고 있다. 이는 비단 삼히의 생각만이 아니라 작가 지하련이 당대 전향자를 바라보는 시각이기도 하다. 땅을 일구든 연구실이나 사관학교를 선택하든 그러한 결정과 실천에는 반드시 인간적인 진실이 담겨져 있어야 한다는 것이다.

요컨대 「체향초」는 작가 자신의 사소설적 경향을 강하게 내포하고 있는 전향소설이다. 한설야의 「이녕」이나 김남천의 「처를 때리고」 등 당대의 전향소설 대부분이 전향자가 생활에 복귀하는 과정의 어려움을 그렸다면, 이 작품은 전향자의 위선적이고 박제된 모습을 비판적인 시각으로 지적하고 있다. 뿐만 아니라 그러한 인물들의 생활에로의 과장된 복귀가 아닌 진정한 인간으로의 복귀를 촉구하고 있다. 즉 그것이 어떤 것이 되었든간에 확신을 가지고 주체적으로 살아가라고 제안하고 있는 것이다. 그러나 이러한 결론은 이것이 전향자 자신의 시점이 아니라 제 3자의 눈을 통해 서술되고 있기 때문에 어느 정도의 객관성을 확보할 수 있는 반면, 그만큼 전향자 자신의 고뇌의 중심에서는 벗어나 지극히 관념적인 결론에 도달할 수밖에 없다는 이중성을 지닌다.

다음에 살펴 볼 것은 「가을」(『조광』 1941.11)과 「산길」(『춘추』 1942.3)이다. 이 두 작품은 여러 모로 함께 논의해 볼만한 작품이다. 둘 다 부부간 혹은 남녀간의 애정갈등을 그렸으며, 「가을」의 '정예'와 「산길」의 '연히'는 같은 범주에서 볼 수 있는 인물들이기 때문이다.

정예와 연히는 둘 다 유부남을 사랑한다는 데 그 공통점을 찾을 수 있다. 게다가 그 상대가 자신의 친구 남편이라는 점에서도 동일하다. 또 남자의 아내이자 친구가 이 사실을 알면서도 자신을 외면하지 않고 오히려 같은 여성으로서 이해해 준 점도 유사하다. 정예가 짝사랑을 하며 가슴앓이를 했다면, 연히는 자신의 사랑을 한낱 실수로 치부하고 가정으로 돌아간 남자에게서 배신을 당한 것이 다른 점일 뿐이다.

정예와 연히의 사랑의 대상이 된 두 남자의 태도는 판이하다. 「가을」의 석재는 정예의 마음을 어느 정도 알면서도 그녀의 파멸을 방치하였다가 궁극에 이르러 '내가 고약한 사람일 거요. 당신 말마따나 내가 우열한 사람일 거요. 그리고 당신은 숭없지도 아무렇지도 않소.'(208쪽)라며 자신의 잘못을 뉘우치는 태도를 보인다. 그러나 「산길」의 순재 남편은 연히와의 관계는 직접적으로 드러나지는 않지만 순재와의 관계를 통해서 그의 성격을 가늠해 볼 수 있다. 그는 아내인 순재가 연히를 만났다고 하자 자신의 행동을 그저 '실수'로 돌리며 '이미 지나간 일이니 이해'(148쪽)하고 '무조건 용서'(150쪽)하라며 가볍게 넘기는 비윤리적인 태도를 보인다.

특히 「산길」의 순재 남편은 앞서 살펴본 「결별」의 형예 남편처럼 보수적이고 남성중심적인 성격을 갖는다.

「사랑하는 사람을 두고 또한 여자를 사랑한다는 건 한갓 실수로 돌릴 수밖에. 당신네들 신성한 연애파들이 보면 변색을 하고 돌아설진 모루나 연애란 결코 그리 많이 있는 게 아니고, 또 있대도 그것에 분별있는 사람들이 오래 머물 순 없는 일이거든. 본시 어른들이란 훨씬 다른 것에 많은 시간이 분주해야 허니까.」[11]

순재 남편은 남성과 여성의 관계를 어른과 아이로 생각하고 있으며, 연히와의 사랑 역시 잠시 스쳐가는 바람과도 같이 오래 머물 수 없는 유희로 치부한다. 그러나 문제는 이러한 인물을 대하는 순재의 태도에 있다. 「결별」의 형예가 남편의 고압적이고 보수적인 태도나 발언에 반발하며 과잉반응을 내보이는 반면, 「산길」의 순재는 남편의 말에 순순히 복종하는 소극적인 모습을 보인다. 즉 남편의 외도를 알고 그 상대여성을 만나고 돌아와 남편을 본 순재는 오히려 '많이 괴로워요?'라며 남편의 마음을 위로하려 하고 있기 때문이다.

생각하면 남편은 역시 훌륭하다. 가만히 곁눈질을 해 보아도 그 누워 있는 자세로부터 말하는 표정까지 그리 늠늠하기 짝이 없다. 만사에 있어 능히 나무랠 건 나무래고 옹호할 건 옹호하고, 살필 건 살피고 뉘우칠 건 뉘우쳐서 세상에 꺼리낄 게 없다. 어느 한 곳에도 애여 남을 괴롭힐 군색한 인격이 들었든 것 같지 않고, 관모로 뜰어봐야 상책이 한곳 나 있을 것 같지 않다. 단지 전보다 '하나'를 더 겪었을 뿐. 이제 그 겪은 바를 자기로서 처리하면 그뿐이다.[12]

즉 순재는 남편에 대한 무조건적인 이해와 존경을 바탕으로 남편의 외도까지 자신이 감당해야 할 몫이라고 생각한다. 그 이유는 '저를 의지하려는 마음이 남편을 의심할 때보다 더 괴로운 이유는 어데 있는가'(140

---

11) 「산길」, 『춘추』 1942.3, 151쪽.
12) 「산길」, 151쪽.

쪽)라며, 문제는 자신의 내부에 있다고 판단했기 때문이다. 처음 남편의 외도 사실을 알았을 때 '별안간 덜미를 쥐고 덤비는 고독'(139쪽)은 부부 간의 믿음이 깨어진 지금 오히려 '평화'(151쪽)로 바뀌게 된다. 「결별」의 형예가 궁극에 이르러 남편이 자신을 해치려고 한다는 환각에 빠져 극심한 고독을 느낀다면, 이 작품의 순재는 오히려 남편을 있는 그대로 인정하면서 마음의 평화를 얻고자 하는 것이다.

따라서 「결별」의 형예나 「산길」의 순재처럼 남편을 지극히 적대적인 인물로 취급하거나 또는 비윤리적인 남편을 무조건적으로 포용하는 행위는 모두 자신의 정체성을 상실한 데서 비롯된다. 순재가 처음 남편의 외도를 알았을 때, 그리고 친구 연히를 만났을 때, 그리고 집에 돌아와 남편과 이야기할 때 그녀는 자신의 뚜렷한 관점을 갖지 못하고 상대방에 따라 흔들리는 모습을 보여주기 때문이다. 친구 문주를 통해 남편과 연히와의 관계를 알았을 때 순재는 우선 '남편에 대한 분함과 연히에 대한 노여움'(137쪽)을 느낀다. 그러다가 연히와의 산책을 통해 순재는 연히에게 '더 사랑을 가지세요'(145쪽)라고 냉소하는가 하면, 집에 와 남편의 짤막한 사과를 듣자 마음의 평화를 얻고 곧 연히를 '총명하고 아름다'운(151쪽) 여자로 생각한다. 이는 물론 자신이 이미 아내라는 유리한 입지를 확보하고 있다는 계산 때문이기도 한데, 그렇다면 연히와의 대화를 통해 아내가 아닌 똑같은 위치에서 경쟁하고 싶다는 발언 역시 이러한 계산 위에서 행해진 것이라고 볼 수 있다.

문제는 자기 자신에게 있다는 순재의 판단은 자신의 삶에 대한 합리적인 사고나 그에 따른 결단이 아니라, 남편의 외도 또한 자신이 이해하거나 인내하면 된다는 식의 결론에 빠지게 된다. 따라서 순재는 연히의 연애를 통해 자유연애를 지지하는 것처럼 보이지만 정작 전통적인 결혼관이나 남녀 관계의 틀 속에서 벗어나지 못한다.

「가을」과 「산길」은 모두 산책 모티프를 원용하고 있다. 석재와 정예는 광화문에서 효자정을 거쳐, 경무대 솔밭에 이르러서 서로의 심정을 다소나마 털어놓으며, 순재와 연히는 인적이 드문 소화동 산길에 접어들어서야 남편의 이야기를 주고받는다. 이들에게 산책은 문제의 본질을 밝히고 그것을 해결하여 서로에 대한 오해를 해소하는 장치로서 기능한다.

지금까지 지하련의 초기소설들을 검토해 보았다. 이들 소설들은 여러 면에서 공통점을 보인다. 첫째 여성화자를 등장시켜 여성의 섬세하고 복잡한 심리를 정치하게 묘사해 냈다는 점이다. 둘째는 이들 인물들이 근대적인 것을 지향하는 듯이 보이지만 정작 그들이 안주할 곳은 전통적이고 보수적인 여성상이었다는 데에서도 공통적이다. 셋째 이들은 가족 내에서 자신의 자리를 찾지 못하고 방황하고 있다는 점이다. 그리고 넷째 이들은 부부간 혹은 남녀간의 관계나 타인과의 관계를 원만하게 풀어내지 못한 채 자신의 내면 속에서만 맴도는 달팽이형 인물들이다. 다섯째, 위의 모든 특성들은 등장인물 모두가 여성이나 남성이나 할것없이 모두 정체성을 상실한 인물들이라는 데에서 비롯된다. 이러한 정체성 상실은 사소한 일에도 곧잘 내면의 흔들림을 야기시키고 그 흔들림은 의식의 평형을 유지하지 못한 채 인물의 성격을 더욱 편협하게 몰고 가는 역할을 한다. 즉 정체성 상실은 등장인물들로 하여금 안으로만 파고드는 구심력의 지배를 받게 하는 결정적인 요인인 것이다.

3. 정체성 확보와 원심력

「도정－소시민」(『문학』 창간호, 1946.7)은 제 1회 해방문학상 수상후보에까지 오른 작품으로 자기비판의 문제를 다루고 있다. 해방 전 그녀의 작품이 주로 여성화자들의 개인적인 일상사를 바탕으로 내면심리의 흐름을 포착해 낸 반면, 해방 후에는 그녀만의 밀실에서 뛰어나와 이제 역사의 격랑과 호흡을 같이 하고자 하는 의욕이 돋보인다. 특히 과거 자신의 이력과 삶에 대한 자기비판을 거친 주인공이 꼼꼼한 갈등 끝에 새 조국 건설에 동참한다는 내용을 전개하고 있어, 환희의 감정에 들떠 무비판적으로 새 시대를 맞는 이들을 그린 당대의 다른 작품들과 차별성을 지닌다. 이제 지하련의 작품 세계는 달팽이처럼 안으로만 파고드는 구심력을 거부하고, 자신의 정체성을 확보함으로써 사회로 나아가는 원심력의 지배를 받게 된 것이다.

「도정」은 과거 당원이었으나 출옥 후 아무런 활동도 하지 않고 칩거해 있던 주인공 석재가 해방을 맞아 자신의 나약한 사고와 행동을 비판하고, 운동의 일선에 나선다는 내용을 담고 있다.

사회주의 운동을 하다가 투옥된 뒤 보석으로 풀려난 공산주의자 석재는 해방 때까지 6년간 일체의 운동을 재개하지 않고 있던 이른바 '운동의 휴지분자'였다. 일제 시대 정치운동이나 사상운동을 하던 이들은 다음 세 가지 유형으로 세분화[13]될 수 있다. 첫째, 사상적 절조만을 지키고 있거나 지하서클을 조직하여 계속 저항운동을 했던 자들, 둘째, 저항전선에서 이탈하여 해파리처럼 생활하였던 자들, 셋째, 일본제국주의에 기울어져 있었던 자들이 그것이다. 그중 두번째 부류에 속하는 소위 탈락분자 혹은 휴식분자들은 '각지 보호관찰소의 요감시 대상자들로서 대개 조직적 연결도 없거니와 과거 운동에서 이탈한 경력 때문에 정치운동 재개의사가 있으면서도 정치운동의 전면에 나서기를 주저하거나 자제'[14] 하고 있던 이들을 가리킨다. 주인공 석재가 앞의 도식 중 두번째

---

13) 고영민, 『해방정국의 증언―어느 혁명가의 수기』(사계절, 1987), 17-18쪽.
14) 안소영, 「해방후 좌익진영의 전향과 그 논리」, 『역사비평』 24호, 1994 봄, 292쪽.

부류에 속한다면,15) 석재의 친구 기철은 그 세번째 부류에 속하는 자일 것이다. 이들은 주로 광산브로커 혹은 술장사 등을 하거나, 일제의 국책 사업에 적극적으로 협력한 자들이기 때문이다. 게다가 잠시 언급만 하고 지나쳤지만 석재의 친구 '강'은 아마도 첫 번째 유형에 속하는 인물일 것이다. 여전히 지하에서 나름의 운동을 전개하고 있기 때문이다.

해방의 소식을 들은 석재는 감격스럽다기보다는 오히려 무엇인지 초조하고 불안해 한다. 그러면서도 이제는 '나를 떠난 정성과 정열을 한번 바쳐보구 싶다'는 소망을 갖는다. 이는 과거 자신의 삶이 너무도 밀실에만 갇혀 있었다는 반성에서부터 시작된다. 공산당이 생겼다는 소문, 그리고 그 최고 간부가 기철이라는 소식에 석재는 내심 착잡해진다. 기철은 '돈이 제일일 땐 돈을 모으려 정열을 쏟고, 권력이 제일일 땐 권력을 잡으려 수단을 가리지 않을 사람'이기 때문이다.

공산주의자에서 광산브로커로 변신한 바 있던 기철은 석재와 대조적인 인물로 그려지고 있다. 그는 과거 자신의 행위에 대해 일말의 비판도 없이 공산당의 최고 간부를 맡은 권력지향적 사이비 운동가이다. 다시 말해 시류에 영합하는 지극히 카멜레온적 인물인 것이다. 그러나 자신은 어떠한가. '어제까지 옹졸한 주제에 그래도 소위 <양심>이란 어금길에서 제깐엔 스스로 고민하는 척 몸짓하며 살아온' 자신 역시 비판의 대상이 되긴 마찬가지이다. 석재의 고민은 여기서부터 시작된다. 선과 악의 이분법적 대결구조를 지닌 그의 사고 때문에 그의 고민은 더욱 증폭되고, 그 고민의 끝은 늘 인간성이라는 문제의 벽에 부딪치게 되는 것이다.

---

15) 윤세중의 「십오일 후」의 주인공 '나' 역시 이 부류에 포함시킬 수 있다. 그는 과거에 지하운동을 하다가 투옥된 적도 있지만, 출옥한 뒤부터 해방 때까지 아무 일도 하지 않은 휴지분자였기 때문이다. 또한 이석징의 「한계」에 등장하는 '나' 역시 일을 휴지하는 공산주의자로서 이 부류에 속한다.

> 괴물(공산당—인용자)은 칠같이 어두운 밤에서도 화— 히 밝은 단 하나
> 의 <옳은 것>을 지니고 있다. 그는 믿었다. —옳다는— 이 어디까지 정
> 확한 보편적 <진리>는 —나쁘다는— 어디까지 애매한 윤리적인 가책과
> 더불어 오랜동안 그에겐 커다란 한 개 고민이었던 것이다.16)

석재는 객관적으로 검증된 보편적인 진리와 자신의 주관적인 판단 사
이에서 갈등한다. 하지만 석재에게 있어 '당'이란 청년시절부터 지녀온
신념의 한복판에 놓이는 것으로서 결코 도외시하거나 버릴 수 없는 존
재다. 자신이 이제까지 지녀온 신념의 부정이나 폐기는 곧 자신의 존재
에 대한 부정과 동일한 것이기 때문이다. 그러나 석재가 그 신념에로 곧
장 나아갈 수 없는 것은 운동의 휴지분자로서 겪을 수밖에 없는 자책감
때문이다. 그 자책감의 정체는 바로 양심이다. 「도정」이 여타의 다른 작
품들과 차별성을 갖는 것은 바로 도덕적·윤리적 차원의 자기비판을 주
인공이 행하고 있기 때문이다. 즉 양심의 문제를 정면으로 다루고 있다
는 것이다. 이러한 점은 조선문학가동맹 주최 1946년도 문학상 소설부
문 후보에까지 오를 수 있었던 충분한 이유가 되었다.

> 8·15 직후 국내에서 발흥한 민주주의운동에 있어서의 양심의 문제를
> 취급한 거의 유일한 작품으로서 새로운 조선문학이 창조하여 나갈 인간
> 의 형상의 한 경지를 개척하고 있으며, 심리 묘사 及 인물의 형상화에 있
> 어 표시된 작가의 비범한 자질과 더부러 우리들 가운데 있는 소시민성의
> 음영을 감지하는 예민한 감각은 주목에 값하는 것이다.17)

뿐만 아니라 주인공의 내면세계에 대한 집요한 천착과 디테일의 뛰어
난 묘사로 인해 작품에 있어서 양심적 차원의 자기비판은 더욱 부각된

---

16) 지하련, 「도정」, 『문학』 창간호, 1946.7, 59쪽.
17) 「1946년도 문학상 심사결과 及 결정이유」, 『문학』 3호, 1947.4, 56쪽.

다. 결국 석재는 서울에 와 공산당에 가입하고, 가입원서의 계급란에 '소시민'이라고 써넣는다.

> 나는 나의 방식으로 "소시민"과 싸호자! 싸움이 끝나는 날 나는 죽고, 나는 다시 탄생할 것이다. ……나는 지금 영등포로 간다. 그러타! 나의 묘지가 이곳이라면 나의 고향도 이곳이 될 것이다……
> 별안간 홧홧증이 날 정도로 전차가 느리다.
> 그는 환─이 뚜러진 "영등포"로 가는 대한길을, 두 활개를 치고 뛰고 싶은 충동에, 가마니 눈을 감으며, 쥠ㅅ대에 기대어 섯다.[18]

이 대목은 자신의 소부르조아적 계급을 인식하고, 그 소시민과의 투쟁을 통해 운동의 일선에 나선다는 결말부분이다. 물론 어느 논자의 우려대로 석재가 앞으로 "제 2의 기철이 될지 아니면 소시민성과 정말로 싸우게 될지는 판단할 수 없[19]"다. 그러나 이를 「도정」의 한계로까지 확대해석할 필요는 없다. 왜냐하면 "석재 자신의 소부르좌적 자기극복은 내부적 양심의 가책의 과정에서 수행되어질 것이 아니다. 보다도 더 많이 역사의 흐름에 대한 忘我的인 의무감, 정의감 등의 교착된 감정이 자신을 감격시키면서 현장으로 끌어가야 할 것이"[20]기 때문이다.

문제는 해방 전 지하련의 작품의 주인공은 이렇게 안과 밖의 갈등이 있을 때 안으로만 침잠한 데 비해, 이 작품에서는 단호하게 사회로 발을 내딛는 모습을 보여주었다는 데 있다. 그 이유는 바로 자신의 정체성을 확보했기 때문이다. 자신은 이제 이력이 화려했던 과거의 공산당원이 아니라 새 역사 창조사업에 백의종군하는 소시민으로 거듭난다. '실상 이

---

18) 지하련, 「도정」, 67쪽.
19) 서경석, 「미군정기 소설의 현실인식」, 김윤식 편, 『해방공간의 민족문학 연구』(열음사 1989), 100쪽.
20) 정태용, 「지하련과 소시민」, 『부인』 19호, 1949.3, 44쪽.

소시민성이야말로 해방공간의 가장 합당한 지식인상의 원점'21)이라고
볼 때, 자신의 내부에 도사리고 있는 소시민성을 인정하는 것은 그 소시
민성을 극복할 수 있는 가장 첫 번째 길인 것이다. 따라서 더 이상 자신
이 누구인지, 무엇을 해야 하는지 갈등하지 않아도 됨은 물론, 역사가
원하는 바로 그 자리에 서 있을 수 있게 된 것이다.

　결국 이 작품의 제목인 '도정'은 해방 직후 한 개인이 다시 태어나 내
딛는 길을 가리킴과 동시에 새 나라 건설을 지향하는 역사의 길이라는
이중적 의미를 지닌다. 해방을 맞은 다양한 인물들의 시각과 활동을 제
시함과 동시에 한 인물의 내면세계의 굴곡을 정치하게 그려낸 이 소설
은 지하련의 대표작이자 해방기에 발표된 소설들 중 가장 진지한 작품
중의 하나라고 평가할 수 있다.

4. 심리 묘사의 궁극

　지금까지 이 글에서는 1940년대에 활동했던 작가 지하련의 작품들을
등장인물들의 '정체성' 유무를 잣대로 삼아 분석하였다. 연구 결과 지하
련의 작품 경향은 해방 전과 해방 후로 나누어 볼 수 있다.

　해방 전 그의 소설은 주로 결혼과 함께 정체성을 상실한 여성화자들
이 등장한다. 이들은 아이가 없거나 임신중이었고, 경제적 형편이 넉넉
한 고학력의 주부들이다. 이들은 남편이나 친구는 물론 타인과의 관계를
원만하게 유지하지 못하고 자신만의 생각 속에 칩거해 있다. 따라서 어
떠한 문제가 발생했을 때 그 해결 방법을 자신의 내부에서 찾는 전형적

---

21) 김윤식, 「지하연, 동반의 대결의식」, 『임화 연구』(문학사상사, 1989), 495쪽.

인 달팽이형 인물들이다. 심리 묘사가 대부분을 차지하는 것도 이 때문이다. 이때의 심리 묘사는 매우 정치하고 섬세하여 지하련 소설의 탁월한 경지를 보여준다. 그러나 때로는 이러한 장황한 심리 묘사가 주제를 적극적으로 부각시키는 데 방해가 된 점 또한 분명한 사실이다.

반면 해방 후 작품인 「도정」에서는 극심한 내면의 갈등을 딛고 밖으로 나서는 인물을 보여 주고 있어 흥미롭다. 특히 과거의 운동가를 등장시켜 내부의 치열한 양심과의 투쟁과 자기비판의 문제를 전면에 부각시킨 후, 결국 역사의 길에 동참한다는 결론은 그의 작품경향의 변모를 읽을 수 있는 대목이다. 등장인물의 이같은 변모는 잃었던 정체성의 확보가 그 계기로 작용한다. 이는 더 이상 구심력의 지배를 받는 사적인 인물이 아니라 좀더 발전적인 면모를 지닌 역사적 인물에 주목하겠다는 작가 자신의 창작선언임과 동시에 시대적 요청에 적극적으로 부응하겠다는 의지의 소설적 표현인 것이다.

결국 지하련의 소설은 그가 즐겨 쓰는 심리 묘사만큼이나 섬세하게 변모되었다. 특히 등장인물의 내면 풍경에 대한 정치한 묘사는 궁극적으로 「도정」의 석재로 하여금 양심이란 문제에 봉착하게 만들었고, 결국 자기비판을 견인해 낸다. 이로써 「도정」은 해방기 소설사에 최초로, 그리고 가장 치열하고 진지하게 자기비판의 문제를 다룬 소설로 남게 되는 것이다.